I NARRATORI DE

PEDRO ZARRALUKI

Un'estate a Cabrera

traduzione di
Barbara Bertoni

NERI POZZA EDITORE

Titolo originale:
Un encargo difícil

ISBN 88-545-0093-3

Il nostro indirizzo internet è: www.neripozza.it

A Coco

Era mezz'ora che Benito Buroy Frere aspettava nella sala d'attesa. Aveva posato il cappello sulla sedia accanto alla sua e ogni tanto ne palpava la fodera nella speranza che il sudore si fosse asciugato. Odiava rimettersi il cappello ancora umido. In mezz'ora Benito Buroy aveva fatto tutto quello che si poteva fare in un luogo simile. Aveva sfogliato il giornale, cercato di attaccare discorso con il poliziotto dietro il banco, che non si curava di rispondergli e lo guardava con diffidenza se gli chiedeva della moglie o faceva qualsiasi altra domanda, e aveva osservato, con la placida curiosità dei pensionati, la donna che spazzava canticchiando un motivo di Angelillo.

In quel momento la donna ormai aveva finito di pulire la sala d'aspetto, ma le vecchie mattonelle erano talmente sconnesse che la polvere e persino i mozziconi si erano infilati nelle fessure. La donna, probabilmente abituata a quello strano fenomeno, si strinse nelle spalle e uscì con un sospiro di rassegnazione. Benito Buroy si chiese dove andasse a finire la polvere che quel pavimento inghiottiva a ogni passata di scopa.

Stava pensando proprio a questo, quando la porta dell'ufficio si aprì e spuntò la faccia del commissario. Era un uomo scuro in volto, e così piccolo che ci si sentiva a disagio a posare lo sguardo su di lui. Si rivolgeva agli altri con l'ostilità tipica delle persone a cui manca qualcosa, anche se di solito si sentiva soddisfatto di sé, soprattutto del proprio senso dell'umorismo.

«Spero che mi porti buone notizie», disse a mo' di saluto. «A Burgos hanno bisogno di froci comunisti che facciano da puttane ai detenuti».

Il poliziotto dietro al bancone si sforzò di ridere per compiacere il superiore. Benito Buroy si alzò. Dopo aver preso il cappello e aver istintivamente palpato la fodera notando che era ancora umida di sudore, disse:

«Con tutto il rispetto, mi dica quando l'ho delusa».

«Entra, ma che non ti passi per la testa di farmi incazzare».

Il commissario si sedette alla scrivania senza invitare l'altro ad accomodarsi. Benito Buroy rimase in piedi con il cappello in mano. La finestra incorniciava un gabbiano con le ali spiegate, tese e tremanti, immobile in aria.

«Tutto a posto», disse Benito Buroy.

«Non pretenderai che creda alla tua parola. Esigo prove».

Buroy estrasse dalla tasca interna del cappotto una busta e la posò sulla scrivania. Il commissario la aprì con finta indolenza. Conteneva una lunga relazione dattiloscritta. Si mise a leggerla appoggiando la fronte alla mano.

«È il rapporto del comandante di Cabrera», disse Benito Buroy. «Si è occupato lui di tutte le pratiche e lo ha fatto seppellire nel cimitero dell'isola... Immagino che lei non ne vorrà trasmettere copia al consolato tedesco».

Il poliziotto confermò senza entusiasmo, come se quella faccenda gli avesse portato via già troppo tempo.

«Ridammi la pistola».

Benito Buroy tirò fuori l'arma avvolta in un fazzoletto. Lo aprì con cura, prese la pistola per la canna e gliela porse. Il commissario estrasse il caricatore.

«Mancano due pallottole», disse. «Prima te ne bastava una».

«Mi trema la mano. Dovrei cominciare a pensare di smetterla di occuparmi di queste faccende».

«Smetterai quando te lo dirò io. Adesso vattene, torna al tuo bar. E ti ho già avvisato: se mi incontri per strada, non mi salutare. Io non ho niente da spartire con i pervertiti».

Una volta fuori, Benito Buroy si rallegrò che finalmente tutto tornasse alla normalità. Fermo sul marciapiede, per qualche secondo si lasciò accarezzare la faccia dal calore del sole. Con gli occhi chiusi e le mani in tasca, ne approfittò per decidere cosa fare. Dopo un attimo di esitazione si diresse al mercato. Se il programma di razionamento glielo permetteva, poteva comprare un pezzo di baccalà, che poi avrebbe preparato con salsa di pomodoro e cipolla. Dopo quanto era successo nelle ultime settimane, non era sicuro che Otto Burmann volesse ancora cucinare per lui.

Si mise in marcia con il sorriso sulle labbra. Quasi fosse trascorso tantissimo tempo, il pensiero di quel povero cristo di Otto gli aveva portato alla mente il ricordo di quando si appartava con Erica nel gabinetto del bar. Era una reminiscenza assai poco romantica, ma Benito Buroy non si riteneva una persona da cui ci si potesse aspettare di meglio… Una voce gli sussurrava dentro la testa: «Prova disprezzo per te stesso subito, non aspettare domani, potrebbe essere troppo tardi». Dove aveva sentito quella frase? Gli piaceva, gli andava a pennello come un vestito troppo caro per le sue tasche.

Era quasi l'ora di pranzo quando si presentò al bar con due pezzi di baccalà avvolti in un foglio di giornale.

Da quando aveva lasciato quel tugurio per eseguire l'incarico affidatogli dal commissario, erano trascorse tre settimane. Tre settimane così lunghe che aveva la sensazione di essere completamente cambiato. Eppure lì ogni cosa era come prima, lui stesso aveva ripreso l'atteggiamento di sempre, come se i cambiamenti avvenuti in lui non avessero nulla a che fare con il suo solito tran tran a Palma di Maiorca. Se adesso era un'altra persona, avrebbe dovuto cercare se stesso come chi cerca uno sconosciuto in altre città e altri ambienti. Ma era tardi anche per quello.

Posò il pacchetto sul bancone e si guardò intorno. Avevano già tolto di mezzo i resti dei danni provocati dalla polizia. Otto Burmann stava cercando di aggiustare la gamba rotta di un tavolo capovolto sul bancone. Erica, in cima a una scala e con un fazzoletto a fiori in testa, imbiancava la parete in fondo al locale.

«Sei già qui», disse Otto quando lo vide, con la stessa espressione di avvilimento che avrebbe avuto per informarlo di una disgrazia.

Benito Buroy lo guardò spazientito.

«Dammi una birra. Là a Cabrera non c'è. Mi è mancata».

Otto Burmann aprì la ghiacciaia, ma indugiò con la bottiglietta in mano.

«Di certo non sarò io a esserti mancato. A te non importa altro che soddisfare il corpo... E chissà cosa avrai fatto su quell'isola. Niente di buono, ne sono sicuro. Quel poliziotto deve stravedere per te, mi ci giocherei la testa. In questo paese siete tutti dei selvaggi».

«Non cominciare, porca troia! Apri la bottiglia che ho sete».

Il tedesco mise un bicchiere sotto il rubinetto per togliere la polvere. Poi lo posò ancora gocciolante sul bancone. In quel momento un lampo di furtiva complicità gli attraversò la faccia.

«Sono due settimane che Erica non beve», disse con voce improvvisamente allegra e un po' teatrale. «Guardala. Non ha più il culo che sembra una piazza d'armi».

La donna si era girata per sorridere all'uomo appena entrato. Buroy notò che non aveva il viso gonfio come prima. Persino le ragnatele di capillari che le coprivano le guance erano scomparse.

«Sei bella», le disse. «Sembri un'altra».

E subito dopo, senza pensarci troppo, con la facilità con cui si esprimono le idee che da tempo ci accompagnano di nascosto, idee vecchie che d'un tratto appaiono come rivelazioni, aggiunse:

«Vuoi sposarmi? Otto ci farà da testimone e pagherà la festa di nozze».

Un grugnito del tedesco preannunciò una delle sue sfuriate, ma fu Erica a rispondere senza smettere di passare il pennello sul muro:

«Non prendermi in giro. Adesso sono fragile. Non so neppure se riuscirò a essere una persona normale, ma ho dei progetti. In Inghilterra, quand'ero più giovane, cucivo dei bei vestiti».

Buroy non aveva azzardato quella proposta per prenderla in giro, tuttavia pensò che in fondo era meglio se lei la interpretava così. Ammesso che Erica non ricadesse nel vizio, non gli sarebbero mancate le occasioni per tornare all'attacco, e prima o poi lei avrebbe ceduto. Tutte le donne finivano per abbandonarsi alla compagnia di un uomo, quasi sempre del primo venuto, senza guardare troppo per il sottile, come chi vuole mettersi al riparo dalla pioggia. Su questo Benito Buroy non si faceva troppe illusioni. Il suo matrimonio, se mai si fosse sposato, sarebbe stato un po' triste, malinconico, come un pomeriggio trascorso in casa ad ascoltare la radio.

«Bene», disse. Ormai aveva finito la birra. «Però vieni lo stesso in bagno con me. Sono tre settimane che faccio una vita da prete».

«Nemmeno per sogno. Adesso non lo faccio più nei cessi ma a letto, come le signore. Magari dopo, quando avrò finito di dipingere».

Era più di quanto Otto Burmann potesse sopportare:

«Magari dopo te ne torni a casa tua, sporcacciona! E tu, stronzo, non mi avevi detto che avresti cucinato per me? Sono stufo di farmi succhiare il sangue da tutti! Proprio stufo! Cretini! Non siete altro che dei cretini...!»

Benito Buroy appoggiò i gomiti al bancone dando le spalle al tedesco. Tese le mani e notò che gli tremavano le dita. Dopo aver affrontato la morte gli succedeva sempre così: le mani gli tremavano per una settimana, a volte anche di più.

Tirò un profondo sospiro e lasciò uscire lentamente l'aria dalle labbra. Con i gomiti appoggiati al bancone, sentendo come un rumore di fondo gli interminabili improperi di Otto Burmann, chiuse gli occhi e ricordò i placidi tramonti nella languida solitudine di Cabrera, le lunghe serate sulla balconata del Comando militare a fumare sigari dal sapore rivoltante, e ricordò il giorno in cui il Lluent aveva pescato il tonno più grande che si fosse mai visto, e quell'altro in cui Camila aveva trasformato un camion dell'esercito in un'attrazione da luna-park, e le lunghe ore in cui l'ombra del fico lo aveva riparato mentre aspettava il momento di uccidere Markus Vogel. Senza lasciarsi sedurre dalle prime avvisaglie della nostalgia, pensò che tutto si era finalmente e inevitabilmente concluso, e la sua vita tornava a essere quella di sempre, quella che era abituato a vivere.

Aprì di nuovo gli occhi con la sensazione di forzare una serranda arrugginita. Erica canticchiava in cima alla scala. Adesso era una donna pulita, quindi una donna fragile. Benito Buroy osservò il tremore delle proprie mani e per fermarlo strinse forte i pugni. Si disse: prova disprezzo per te stesso subito, non aspettare... sopravvivi!

A Camila non piaceva la dignità esagerata con cui la madre affrontava le avversità della vita. Più queste la aggredivano, più lei andava a testa alta, decisa, superba. Le bastava sollevare il mento per guardare con aria sprezzante chi cercava di piegarla. Era uno strano modo di sentirsi importante davanti a se stessa o a persone che indubbiamente l'avrebbero assecondata, ma che adesso erano morte o lontane. Del mondo in cui avevano vissuto non restava nulla, nulla e nessuno. A Camila la madre ricordava le statue delle piazze, ieratiche e vittoriose mentre i piccioni defecano sulla loro testa.

Avrebbe voluto piangere, ma si sentiva troppo ferita perché questo le bastasse. Seduta a poppa della barca, rannicchiata per ripararsi dagli schizzi, vedeva il mare che l'elica fendeva come un coltello chiudersi di nuovo, senza dolore e senza sangue, dopo il loro passaggio. L'isola di Maiorca, da cui erano salpati mezz'ora prima, era diventata una linea nebulosa all'orizzonte. In quel momento navigavano tra scogli inospitali che spuntavano dall'acqua come spettri dalle tenebre. Davanti a loro si vedeva Cabrera, persa nel nulla, assurdamente minuscola e sterile. Le rovine di un castello si innalzavano sopra l'imboccatura del porto.

La barca era piena di casse, talmente carica che procedeva a fatica, lamentandosi come se una forza invisibile la tirasse verso il basso. Il motore arrancava facendo ribollire la superficie del mare con un gorgoglio simile a quello che emetteva Camila quando la madre la costringeva a fare i gargarismi contro il mal di gola. L'acqua, di un blu così profondo da fare paura, diventava una lamina trasparente quando spazzava la coperta. Sembravano rimanere a galla per una negligenza del fato.

Un uomo mingherlino e dall'aria burbera era in piedi vicino alle casse. Con una mano si afferrava alle corde che servivano ad assicurarle, nell'altra teneva un sigaro che si sforzava di portare con qualche fatica alle labbra. Davanti a lui, la madre di Camila era seduta su alcune latte. Alzava il mento con decisione e non sembrava scomoda, anche se era completamente inzuppata.

«Signora Forteza...» cominciò a dire l'uomo.

«Mi chiamo Leonor Dot, ho sempre usato il mio cognome da nubile», lo interruppe lei. «Inoltre avete fucilato mio marito sei mesi fa. Adesso sono vedova».

«Signora vedova Forteza», continuò l'altro con un certo sarcasmo nella voce, «le posso assicurare che Cabrera non è un posto adatto a lei, e tanto meno a una giovane come sua figlia. Le autorità sono disposte a trattenervi su quest'isola tutto il tempo necessario. Se firma questi documenti, potreste cominciare una nuova vita in qualsiasi luogo della Spagna. Se lo desiderate, vi daremo persino il passaporto. Lei è una donna forte, lo ha già dimostrato, ma credo che dovrebbe rivedere la sua decisione».

«Non dica sciocchezze. È da molto che non prendo nessuna decisione. Voi non me lo permettete».

«Su questi isolotti, a parte il distaccamento militare, ci

sono solo quattro pescatori ubriaconi e topi, migliaia di topi. Si mangiano tutto, quei figli di puttana... Faccia come vuole. Ma se cambia idea, lo dica al comandante. Lui mi contatterà».

Leonor Dot non rispose e spostò lo sguardo sulla costa. L'insenatura che ospitava il porto si apriva tra montagne brulle. Su quella di destra c'era un faro. Si vedeva una scala ricavata nella roccia che saliva fin lassù. Su quella di sinistra si levavano i ruderi di un castello. Quando entrarono nell'insenatura, le onde cessarono di frangersi contro la chiglia. Al centro, all'imbocco di una valle coperta di ulivi che si addentrava nell'isola, c'erano le baracche polverose dell'insediamento militare. Ma la barca non si diresse in quel punto. Virò verso la parte posteriore del castello, dove alcune vecchie case scalcinate sembravano sgretolarsi intorno al porto, costituito da un molo di pietra che partiva da uno spiazzo dove si trovava un fico centenario. Su un lato, davanti all'unica casa che sembrava abitata, c'erano un paio di tavoli sotto un pergolato. Qualcuno, con la calligrafia esitante ma accurata degli analfabeti, aveva dipinto sopra la porta la parola "osteria".

Sul molo li aspettavano un ufficiale e due soldati. C'era anche un tipo dai capelli lisci tutto spettinato, con la camicia aperta fino all'ombelico, che sembrava orgoglioso di far prendere aria alla folta peluria che gli copriva il petto. Non appena vide scendere a terra l'uomo che viaggiava sulla barca l'ufficiale si mise sull'attenti.

«Capitano Constantino Martínez, comandante del posto! Nessuna novità, signore! Ai suoi ordini, signore!»

«Non c'è bisogno che lei faccia rapporto», rispose il nuovo arrivato. «Sono della polizia».

L'ufficiale abbassò la mano, e i due soldati che si erano messi sull'attenti dietro di lui appoggiarono i fucili a terra. Uno si tolse il berretto per grattarsi la testa.

«Chi ha ordinato di mettervi in riposo? Chi?» gridò il militare. «Sull'attenti, cazzo!»

«Senta, capitano», continuò il poliziotto, «questa è la vedova di Ricardo Forteza, e quella è sua figlia Camila. Rimarranno a Cabrera fino a nuovo ordine. Sarà suo compito controllare che non lascino l'isola».

«Non si preoccupi, signore. Ho già ricevuto istruzioni. A Cabrera attraccano solo pochi pescatori, tutte persone rispettose e degne di fiducia, e la barca settimanale dei rifornimenti. Qui non arriva e non parte nessuno senza che io lo sappia».

Leonor Dot aveva posato per terra la valigia di cartone con tutti i suoi averi.

«Dove vivremo?» chiese al militare.

«Questo è competenza di Paco, signora. Glielo presento. È lui».

Con un gesto ampio, come se stesse mostrando loro dove dirigersi, indicò il tipo dal petto villoso. L'uomo accennò un gran sorriso che scoprì qualche dente devastato dalla carie.

«Sì, sono Paco. Vi accompagnerò a casa vostra. Si chiama Can Xuxa. La Xuxa è morta prima della guerra, ma qui tutti continuano a chiamare la casa con il suo nome».

«Molto gentile. Vorremmo rimanere sole il più presto possibile», dichiarò Leonor Dot prendendo a braccetto la figlia e sollevando con l'altra mano la valigia.

Le poche case del paese erano disposte a grappolo intorno allo spiazzo e a un tratto del sentiero che si inerpicava tra la scarsa vegetazione della montagna. Alcune erano senza tetto. Non si vedeva nessuno. L'uomo salì di buon passo fino all'ultima e le aspettò sulla porta.

«Dovrete chiudere il chiavistello da dentro», disse loro mentre la apriva. «La serratura è in buono stato, ma non ho trovato la chiave. Chissà cosa ne avrà fatto la Xuxa».

Era una povera casa con una sola stanza, costruita su un pendio. Il lato che si affacciava sulla baia conservava lo scheletro di un portico e su un fianco c'era un piccolo terreno infestato dalle ortiche e cintato da un muretto.

«È l'orto», spiegò l'uomo. «La casa è vuota da anni, ma il tetto non perde. I militari hanno portato un tavolo e un paio di brande. Mia moglie, che ha un carattere un po' difficile, si è rifiutata di metterla in ordine. Dice che qui non avrete niente di meglio da fare... Bene, che Dio vi protegga».

L'uomo si allontanò lungo il sentiero che scendeva al porto. Camila si affacciò dall'interno per mostrare alla madre un dito sporco di fuliggine.

«Con che cosa mi pulisco? La cucina è lercia da fare schifo».

Leonor Dot entrò in casa. Guardò con desolazione i muri macchiati d'umidità, il tavolo e le due sedie di paglia, le due brande in fondo alla stanza. Nient'altro. Né un armadio né una dispensa. Vicino al fornello a legna c'era una mensola in muratura rivestita di piastrelle colorate. Sulla mensola, lenzuola e coperte dell'esercito, una pentola e due piatti di stagno.

Leonor Dot si avvicinò a una finestra. Dovette forzarla finché non cedette con uno schiocco di legno secco e i battenti si aprirono emettendo un triste cigolio. Da lì si vedeva tutta l'insenatura. In quel momento entrava in porto un piccolo leuto. Leonor Dot posò una mano sul davanzale, si portò l'altra agli occhi e scoppiò a piangere. Piangeva disperatamente, le spalle scosse dai singhiozzi.

Dietro di lei, Camila fece una smorfia di disgusto e si lasciò cadere su una sedia.

«Si direbbe che conservi tutte le tue energie per loro», disse con rancore, a voce bassa. «Sei noiosa solo con me».

Il mare è come l'anima. Sai che è profondo ma non immagini fino a che punto, perché è anche impenetrabile. Ed è pieno di mostri terribili e un po' grotteschi, proprio come l'anima. Il Lluent mi ha raccontato che in queste acque ci sono razze e squali più grandi della sua barca da pesca, ma sono sicura che esagera. Anche se a volte, quando nuoto, vedo ombre che scivolano sotto di me. Allora mi spavento e mi metto a cantare a squarciagola e ad agitare i piedi finché le ombre non scompaiono, si dissolvono nelle profondità come il riflesso delle nubi. Perché in fondo al mare è molto facile spostarsi da un luogo all'altro, non ci sono frontiere né esiste la gravità. I pesci sono gli uccelli dell'acqua.

Mia madre dice che il Lluent beve troppo. Dice che spesso non riesce a reggersi in piedi ed è un miracolo che non sia mai caduto dalla barca. Ma io so che questo non può succedere. Il Lluent non cadrà mai dalla barca perché rispetta moltissimo la profondità. Una mattina in cui l'ho incontrato mentre faceva colazione sul molo, mi ha insegnato a vedere le cose attraverso il vetro della sua bottiglia di vino. Tutto era verde e dalle proporzioni ingannevoli, come quando si nuota sott'acqua. «Un uomo è come una bottiglia», mi ha detto. «Se gli guardi attraverso, vedi tutto distorto». Probabilmente il Lluent, abituato a osservare le onde in cerca di banchi di pesci, vede sempre così, e per questo, quando esce dall'osteria, è tutto stordito e cammina barcollando. Forse va in giro da troppo tempo con la sua barca sulla superficie del mare. O forse sarà anche vero che beve troppo.

Mia madre non mi lascia andare con lui quando va a pescare, ma a volte lui ci porta tutte e due a fare piccole gite lungo la costa. Lei si mette sempre a piangere non appena ci allontaniamo dal porto, non perché abbia paura, ma perché ricorda le gite in barca che faceva con mio padre. Il Lluent, è ovvio, non può rimpiazzare né lui né nessun altro. A malapena potrebbe rimpiazzare se stesso, però non credo che sappia quanto appare strano agli occhi degli altri. Quando vede piangere mia madre, anche a lui vengono le lacrime agli occhi e comincia a colargli il moccio dal naso in silenzio mentre giocherella con gli ami. Io non piango, anche se mi piacerebbe, perché loro sembrano felici quando mia madre dice: «Adesso basta, Lluent, siamo due sciocchi», e si puliscono il naso, lui con la manica, lei con un fazzolettino che tira fuori dalla scollatura. Non piango perché non ci riesco. Mi limito a guardare il mare, che di giorno è trasparente come il vetro di una bottiglia e lascia vedere i pesci e le alghe sul fondo. Ma non è sempre così. Nel pomeriggio le acque si calmano e si intorbidiscono, stanche di tutto quello che nascondono, e si chiudono in se stesse. E la sera il mare è già completamente nero e sembra che tutto dentro di lui sia nero e un po' pericoloso, come nell'anima.

Il peggior segreto del mare sono le meduse, esseri quasi incorporei che ti minacciano senza che tu li veda né ti accorga di averli vicino. A me ricordano quelle paure che a volte ti fanno sussultare senza motivo, o quelle tristezze che ti invadono a poco a poco e ti fanno sprofondare nel dolore quando meno te lo aspetti, o le cattive idee che ti ronzano per la testa e ti fanno sentire meschina perché non puoi smettere di inseguirle come se fossero farfalle.

Credo che le meduse non dovrebbero esistere, e il Lluent la pensa come me. Pazzo com'è, quando le vede dalla barca le prende con le mani e le getta sugli scogli, dove si trasformano in pozze di gelatina. Poi si asciuga le mani sui pantaloni e sputa in acqua, cercando di ripulire il mare con la sua saliva.

Quando Otto Burmann vide quell'uomo sulla porta del bar, uscì da dietro il bancone e si avviò zoppicando verso il fondo del locale. Dopo aver dato un'occhiata alla cucina sudicia immersa nella penombra, si fermò davanti alla porta del bagno, che qualcuno colpiva dall'interno in modo ritmico e insistente. Osservò per qualche secondo il pomolo tondo. Una delle viti si era allentata e ballonzolava a ogni vibrazione della porta. Senza pensarci due volte, Otto Burmann afferrò il pomolo, lo fece girare e lo tirò verso di sé. Si trovò davanti un paio di grandi natiche femminili, nude e arrossate, che si agitavano in una frenesia che subito si interruppe. Poi alzò lo sguardo verso l'uomo che, seduto sul water, affondava le dita nella folta chioma che gli cadeva tra le gambe.

«*Das gibt's nicht!*» esclamò Otto Burmann. «Erica si è rimessa a bere... e c'è il commissario che ti sta aspettando al bar. Tirati su i pantaloni».

L'uomo seduto sul water lo guardò, scocciato. Diede alcuni colpetti sulla schiena della donna, che alzò a tentoni un braccio mentre posava le ginocchia per terra. Non sembrava in grado di alzarsi da sola.

«Non si tratta così una donna, Benito», lo rimproverò il tedesco. «Né questa né nessun'altra».

«Aiutami. Da solo non ce la faccio a tirarla su».

Otto Burmann la afferrò sotto le ascelle. Una volta fuori dal bagno, le rassettò la gonna e, tenendola per la vita, la accompagnò al bar, dove la sistemò senza troppi riguardi su una sedia davanti a un tavolo libero. La donna aveva il viso gonfio, le guance cosparse di minuscole vene e labbra grosse che teneva contratte in una brutta smorfia. Si guardò pigramente intorno. Sembrava vedere un mondo diverso da quello reale, o forse niente del tutto. Cercò invano di mettere a fuoco il volto del tedesco. Poi schioccò con rabbia la lingua.

«Mi hai stufato, Otto. Mi avete stufato tutti. Dammi un gin».

Nel locale c'erano solo quattro uomini che giocavano a carte in un angolo. Il poliziotto era appoggiato al bancone. Assorto, apparentemente incurante di quanto lo circondava, passava il polpastrello di un dito sul palmo dell'altra mano come se ne studiasse le callosità. Otto Burmann si rimise dietro il bancone e da lì osservò Benito Buroy che usciva dal retrobottega con le mani in tasca. Aveva riacquistato la solita aria noncurante, tradita soltanto da una indefinibile paura che celava nello sguardo. Era stato proprio il terrore che trapelava dai suoi occhi a sedurre il tedesco e a indurlo a perdonargli qualunque cosa.

«Sta diventando una passeggiata», disse il commissario

con voce roca e umida appena l'uomo gli fu accanto. «Dopo la Francia, l'Inghilterra capitolerà da un momento all'altro. A quest'ora staranno già bombardando Londra».

Benito Buroy lo guardò con indifferenza. In fondo al locale, Erica cercò di accendersi una sigaretta che le cadde di mano e rotolò per terra. Borbottando parole sconclusionate, posò una mano sul tavolo e infilò la testa sotto come se la stesse immergendo in un secchio. Oltre la porta a vetri pioveva a catinelle. Un acquazzone di fine agosto. L'impermeabile del commissario era fradicio.

«Ehi, tu», disse al tedesco, «portaci due birre».

Si sedette a un tavolo vicino all'entrata e indicò a Benito Buroy la sedia davanti a sé.

«L'ultima volta mi ha promesso che mi avrebbe lasciato in pace», disse l'altro senza accettare l'invito.

«Siediti, cazzo. Un sadico depravato come te non può venire a dirmi cosa è bene e cosa no. Se ti ordino di fare qualcosa, la fai e basta. Sennò ti rispedisco in prigione».

Benito Buroy gli obbedì di malavoglia. Il commissario bevette un lungo sorso di birra. Poi si passò le mani sui capelli bagnati e se le sfregò energicamente.

«Abbiamo un problema con un tedesco. Non uno storpio come questo, che è scappato saltando sulla gamba sana quando ha sentito il primo sparo, ma un tedesco con le palle, un gran figlio di puttana. Dice di chiamarsi Markus Vogel, ma sono stati trovati documenti in cui è registrato come Paul Wahle o Ricardo González».

«Lo dica alla Gestapo. Loro sapranno come regolarsi».

«Non fare il coglione, Benito», si spazientì il poliziotto. «Sei proprio un coglione, porca troia! Credi che verrei a cercarti se potessi risolvere la faccenda in un altro modo? Credi che mi piaccia stare seduto in questo schifo di bettola che puzza di scolo?»

Benito Buroy si girò a guardare la pioggia che cadeva oltre la porta. La sera il commissario passava di lì abbastanza spesso, beveva qualche birra o alcuni bicchieri di vino, a volte si chiudeva persino con Erica nel bagno del retrobottega. Forse Erica era la sola persona in quella città a non aver mai avuto la pretesa di sembrare diversa da quello che era.

«Insomma», continuò il poliziotto, «è stata proprio la Gestapo a chiederci di cercarlo. Vogliono rimpatriarlo e sospettano che sia in giro da queste parti. Ed è vero. È al confino a Cabrera».

«Da quanto tempo?»

«Circa tre mesi».

«A quest'ora sarà già impazzito. Nessuno può resistere su quell'isolotto».

«Lui sì, te lo assicuro. In teoria lavora per l'Abwehr, il servizio segreto dell'esercito tedesco, e non dovrebbe essere affare della Gestapo. Ma l'hanno visto più volte con un'americana dell'OSS che gira per Madrid come se fosse a casa sua. Sono stati assieme all'hotel Palace e alla corrida. I tedeschi sono incazzati neri. E non gli abbiamo raccontato che quel tipo ha fatto qualche lavoretto anche per noi. Quel bastardo ce l'ha messo in culo a tutti per bene e i capoccia non vogliono che si sappia. Sicché sai già cosa ti aspetta».

Posò sul tavolo un oggetto avvolto nella carta straccia. Benito Buroy soppesò un momento la pistola.

«Dovrò sparare più volte per far fuori tutte le sue identità», disse con plateale rassegnazione.

Il commissario scoppiò a ridere.

«Sei uno stronzo!» esclamò. «Sei proprio un grande stronzo!»

E rivolgendosi al bancone:

«Portaci altre due birre!»

Subito dopo, drizzandosi un po' sulla sedia per osservare la donna che, dopo aver sbattuto diverse volte la testa contro il piano del tavolo, aveva deciso di rimanere immobile lì sotto, in un mondo improvvisamente ristretto, disse:

«Erica, brutta troia! Non vorrai mica fumarti la sigaretta lunga distesa per terra?»

Leonor Dot prese una sedia e rimase seduta a lungo sotto il portico, le mani sulle gambe e lo sguardo perduto sul paesaggio limitato dell'isola. I ricordi l'assalivano come ritornelli di canzoni tristi, ma lei cercava di adattarsi alla nuova situazione. Anche nelle circostanze peggiori c'era sempre riuscita. Pensava che tutti gli spagnoli, quelli che adesso, finita la guerra, sicuramente si ritrovavano negli inquieti meandri dell'esilio, le centinaia di migliaia di detenuti in attesa di un perdono incerto e crudele, persino i favoriti dal nuovo regime che, solo per riprendere la vita normale, cercavano di ostentare miseria, insomma tutti i sopravvissuti alla guerra civile, prima o poi avrebbero finito per fare la stessa cosa: sedersi in un cantuccio a riposare e lasciar scorrere il tempo. Era proprio quello che doveva fare, lasciar scorrere il tempo e godersi la relativa tranquillità che poteva offrirle Cabrera. Il mondo aveva cominciato un'altra guerra e quell'isolotto, per quanto inospitale, sembrava un buon posto per tenere al sicuro la figlia e aspettare l'arrivo di tempi migliori.

Camila, dietro di lei, pensò che la madre fosse assorta nei suoi pensieri. Era senz'altro meglio che vederla piangere, per cui decise di non disturbarla. Si pulì il dito sporco di fuliggine con le erbacce che invadevano l'entrata e aprì la valigia che Leonor aveva posato per terra. Trovò alcuni indumenti intimi, un semplice *nécessaire*, un cappotto che guardò con odio perché le stava stretto, e quattro libri ricoperti con le pagine di *Solidaridad Nacional*. Sfogliò i libri e ne scelse uno, *Luci di bohème* di Valle-Inclán, in cui il padre aveva sottolineato le frasi che gli piacevano. Si sdraiò su una branda e si mise a leggere le parti sottolineate, senza capirle troppo, finché non si addormentò. Quando si svegliò, con il suono delle parole lette ancora sulle labbra, il sole stava calando e la madre non aveva cambiato posizione. Il silenzio era così totale che le provocava le palpitazioni e una vaga sensazione di paura, quella lieve inquietudine che assomiglia tanto a un malessere dell'anima. Camila decise di combatterlo nel modo migliore che conosceva, lo stesso che adottava quando da bambina la lasciavano sola nel grande appartamento dell'Ensanche di Barcellona e credeva di percepire presenze indefinite acquattate tra le ombre: rovistare in giro per la casa per impossessarsi di tutti i suoi segreti. Lì non c'era granché da esplorare, ma non impiegò molto a scoprire per terra, sotto la mensola con le piastrelle, una piccola cornice con la foto di una donna dalla faccia rubizza. Aveva la testa coperta da un fazzoletto annodato sotto il mento, una gran verruca sulla guancia e il profondo sguardo di sfida di chi non crede assolutamente nei ritratti. Su un lato del portico Camila notò qualcosa di arrugginito fra le piante. Era una falce dall'aspetto sinistro. Poi, in un angolo di quello che era stato l'orto, trovò una costruzione rotonda che sembrava un pozzo. Si sporse con molta attenzione, perché le pietre si muovevano, e lasciò cadere un sassolino. Subito dopo udì nitidamente il rumore che faceva colpendo la superficie dell'acqua. Fu allora, mentre si scostava dal pozzo, che vide una lucertola guizzare in una delle tante crepe della malta. Prese un bastoncino per costringere l'animaletto a uscire ma, quando lo introdusse nella fessura, la pietra dietro la quale si era nascosto si staccò e cadde ai suoi piedi. La ragazzina si chinò con cautela per guardare nel buco. Dentro c'era il piccolo rettile, immobile e sul chi vive, accanto a una scatola di latta che brillava nel buio. La ragazza scacciò con il bastoncino l'involontario cerbero ed estrasse la scatola. Sul coperchio era dipinto un elefante che camminava nella giungla cavalcato da un indiano con il turbante. Alzò il coperchio con il cuore che le batteva forte. Trovò diverse banconote antiche, un anello molto grosso con una pietra azzurra, e una chiave grande e un po' arrugginita. Camila la prese ignorando tutto il resto e, incapace di trattenersi, corse sotto il portico.

«Mamma! La Xuxa nascondeva i suoi segreti nel pozzo! Ho trovato la chiave di casa!»

Dapprima la madre si rifiutò di alzarsi, poi accettò di andare a provarla. La serratura cedette al primo tentativo, anche se protestò cigolando.

«Ha bisogno d'olio», disse Leonor Dot.

E, recuperando parte del suo autocontrollo, aggiunse:

«La vita ti fa regali inaspettati. Adesso possiamo chiudere a chiave una porta che nessuno voleva aprire».

Posò il braccio sulle spalle della figlia e uscirono di nuovo sotto il portico. Nell'insenatura il sole si fondeva alle nubi basse nel placido fuoco del tramonto. I gabbiani, arancioni sotto quella luce, planando acquisivano un colore simile alla ruggine. Leonor Dot pensò che, se le cose fossero andate diversamente, quello sarebbe stato un bel posto per ritirarsi con Ricardo. Abbracciò Camila e se la strinse al petto. Pensò anche che la figlia stava crescendo. La testa le arrivava già all'altezza del mento, e quando la abbracciava poteva odorarle i capelli. A Leonor Dot odorare i capelli delle persone a cui voleva bene procurava una strana sensazione di pienezza.

Camila, vedendo che finalmente la madre usciva dall'apatia, si dimenticò della scatola di latta e dei tesori in essa contenuti. Cinse con il braccio la vita della donna e alzò lo sguardo verso di lei.

«Mamma, non abbiamo mangiato niente da questa mattina. Ho fame. Tu no?»

Le parole della bambina fecero rinascere dentro Leonor Dot il vigoroso pragmatismo di madre. Si guardò intorno un'ultima volta con fastidio, e si mise subito all'opera. La prima cosa da fare, ancor prima di cercare qualcosa da mettere sotto i denti, era riordinare un po'. Prepararono assieme i letti con la biancheria militare. Poi si azzardarono a premere l'unico interruttore, che accendeva una lampadina solitaria e titubante appesa a un filo in mezzo alla stanza. Cercarono invano un bagno e scelsero un luogo appartato dove fecero pipì una alla volta proteggendo a turno un'intimità che apparentemente nessuno poteva profanare. Infine, dopo essersi lavate la faccia sotto il filo d'acqua agonizzante che usciva dal rubinetto, chiusero la porta a chiave e si avviarono verso l'osteria.

A uno dei tavoli sotto il pergolato sonnecchiava l'uomo che le aveva accompagnate a casa. Vedendole passare borbottò qualcosa e cercò di alzarsi, ma si arrese con un'espressione di infinita stanchezza. Entrarono. Dentro non c'era nessuno, anche se il pavimento era coperto di cicche. Un bancone di mattoni occupava tutto un lato. Nella parete di fronte c'era un caminetto sopra il quale era incorniciata, fra macchie di fuliggine, una fotografia di Francisco Franco. Una bandiera spagnola dipinta sulle pareti faceva da cornice a tutto il perimetro del locale.

Da una porta spuntò una donna grassa con un grembiule lercio che, asciugandosi le mani, esclamò:

«Alla buon'ora! Ma cosa credete, di poter venire quando vi pare e piace?»

«Non sapevamo...» si scusò Leonor Dot.

«Be', adesso lo sapete! Ho dovuto tenervi la cena da parte. Ora ve la mangiate e domani sarà un altro giorno! Con quello che mi pagano e con questo maledetto razionamento, non aspettatevi granché. Su, sedetevi a uno di quei tavoli!»

Le nuove arrivate scelsero un tavolo vicino alla finestra. I vetri erano così sporchi che non si riusciva quasi a vedere fuori. Il fico della piazza, avvolto nel buio crescente della sera e deformato dal lerciume che appannava i vetri, sembrava una lussureggiante pianta sottomarina. Camila, contratta sulla sedia, si lasciò scappare una risatina nervosa e guardò la madre con espressione angosciata. Era intimidita e non sapeva dove mettere le mani. Leonor Dot, palesemente a disagio, con un gesto energico spazzò via dal tavolo i resti di un pasto precedente, un mucchio di briciole e una lisca di sardina. Poi, vedendo che la donna apriva una credenza per tirare fuori le posate e due piatti, si alzò.

«Mi permetta di aiutarla», si arrischiò a dire.

«Non ne ho bisogno», rispose di malavoglia l'ostessa. «E

anche lei non si aspetti niente da me. Ognuna pensi per sé, che ce n'è già abbastanza da sopportare».

Leonor Dot sollevò il mento, ma si trattenne e sedette di nuovo senza aprire bocca. Inorridita da come tutto poteva essere penoso e sgradevole, e sentendosi improvvisamente fragile e umiliata come non mai, Camila fece quello che più detestava: si mise a piangere, e lo fece come i bambini piccoli, senza coprirsi il volto.

«Dio Santo!» esclamò la donna mostrandosi sorprendentemente partecipe.

E girandosi verso Leonor aggiunse:

«Come può far questo a una bambina?»

Poi scomparve attraverso la porta della cucina prima che l'altra potesse risponderle. Poco dopo riapparve tenendo in una mano una casseruola fumante e nell'altra un gran cucchiaio.

«Semolino», annunciò. «Non nutre ma riempie. È tutto quel che c'è. E da bere, acqua. Mio marito tiene per sé il poco vino che ci arriva. Eccolo là fuori, ubriaco fradicio».

Leonor Dot si accorse che l'ostessa per la prima volta si era rivolta a loro senza astio. Uscendo dalla cucina le aveva cercate con lo sguardo, per poi distoglierlo subito, sentendosi vagamente a disagio. Tuttavia, dopo aver posato la casseruola sul tavolo, osservò con attenzione la bambina. Camila, che si era già calmata, teneva le mani tra le cosce e il mento abbassato sul petto. La donna allungò una mano con molto riguardo, temendo di spaventarla, e le accarezzò i capelli. Avvertendo la pressione delle dita, la ragazzina irrigidì il collo.

«Come ti chiami?» le chiese, cercando di infondere alla voce minacciosa un pizzico di dolcezza. «Io mi chiamo Felisa García García. Ma non perché i miei genitori fossero fratelli, ma perché ci sono tanti García[1] in giro. Vedrai, piccola, che andremo d'amore e d'accordo».

1. Gli spagnoli hanno un doppio cognome, il primo è quello del padre, il secondo della madre (*N.d.T.*).

«Allora vai a Cabrera?» chiese indispettito Otto Burmann. «Quando te ne vai... e per quanto tempo?»

Benito Buroy si era seduto su una poltrona e giocava con la pistola. Era un'Astra piuttosto vecchia ma ben ingrassata. Il caricatore conteneva tutte le pallottole. Benito le aveva tirate fuori per contarle. C'erano tutte e sei: nella camera di caricamento non ne era rimasta nessuna. I due uomini si trovavano nell'alloggio dove vivevano, situato sopra il bar. Avevano appena chiuso il locale, lasciando Erica addormentata sul tavolo dove, dopo essersi scolata altri due gin, aveva perso conoscenza. Fuori continuava a piovere a dirotto.

«Quando parti?» insistette Otto Burmann, aprendo con rabbia la dispensa e tirando fuori una mezza dozzina di uova avvolte in fogli di giornale. Le posò sul piano di marmo con tanta rabbia che un paio si ruppero.

«*Mein Gott!!* Guarda cosa mi fai fare...»

Benito Buroy scosse il capo in un gesto in cui si mescolavano fatalità e impazienza.

«Non so quanto tempo dovrò rimanere», disse, «comunque la barca parte dopodomani. Ce n'è una ogni mercoledì».

Il tedesco, tenendo a freno l'indignazione per non fare altri danni, aveva aperto con cura i fogli di giornale. Recuperava le uova intatte e le lavava sotto il rubinetto.

«Non so quali peccati avrai commesso in guerra, Benito. Non lo so, né voglio immaginarmeli, ma quel poliziotto fa di te quello che vuole. Non me la racconti giusta, Benito. Proprio per niente. A dire il vero non so nemmeno perché ti lascio restare a casa mia».

D'un tratto si voltò verso una finestrella che si affacciava su un piccolo cortile interno.

«Cosa guardi, schifosa?... È sempre lì, nascosta dietro le tendine, quella porca!»

«La colpa è tua che dai spettacolo. E poi, non so di cosa mi rimproveri. Se non avessi avuto la polio, anche tu andresti in giro con un fucile. Con un po' di fortuna adesso saresti a Parigi, seduto al Café de Flore con una francesina».

«Ma quale francesina del cazzo! Voglio solo starmene per conto mio, che tu sparisca per sempre dalla mia vita e mi lasci in pace!»

Benito Buroy intanto rimetteva le pallottole nel caricatore. Una gli cadde per terra.

«Porca puttana, Otto. A volte sei insopportabile. Non ho fame. Vado a letto».

«Davvero?» saltò su l'altro. «Be', allora io esco! Stanotte non aspettarmi!»

Buttò sul marmo la padella che aveva appena tirato fuori dalla credenza e uscì sbattendo l'uscio. Benito Buroy raccolse la pallottola da terra, finì di montare il caricatore e con la pistola in mano andò alla porta. La aprì con un sorriso cinico. Otto Burmann, seduto sul pianerottolo, si abbracciava le ginocchia. Sembrava un po' più calmo.

«Mi fai paura», disse il tedesco. «Sei davvero imponente con quell'arma terribile».

In quei momenti Benito Buroy provava vergogna di se stesso.

«Non fare lo stronzo, Otto. Dài, entra».

Le guardie incaricate di sorvegliarlo lo guardavano con rispetto. Era così alto che doveva abbassarsi per passare dalle porte, e aveva una barba lunga e bianca che gli conferiva un'aria da profeta. Alcune guardie dicevano che, se non fosse stato una spia, lo avrebbero scritturato per fare Gesù in un film di Benito Perojo, con Julio Peña nel ruolo di un apostolo e Imperio Argentina in quello della Maddalena. Perché, oltre a essere molto slanciato, aveva uno sguardo penetrante, ti guardava come se lo stessi deludendo su qualcosa della massima importanza e lui, per quanto ti perdonasse, voleva chiarire che se ne rendeva conto. Così dicevano certe guardie mentre giocavano a *remigio*. Altri sostenevano invece che assomigliava a Rasputin, che aveva lo sguardo da pazzo e sicuramente lo era, perché solo i pazzi sono capaci di trapassarti con un'occhiata.

Era già una settimana che stava rinchiuso nel seminterrato della succursale della polizia della Puerta del Sol. I superiori avevano detto di fare attenzione a non commettere errori, di trattarlo bene e aspettare ordini dall'alto. Ed era quello che facevano. A volte giocavano a carte con lui, e gli rollavano persino qualche sigaretta nonostante corresse voce che avrebbero presto razionato il tabacco. Finché una mattina apparve un colonnello piuttosto basso e grosso, che a ogni falcata si alzava sulle punte per guadagnare un aspetto marziale e qualche centimetro in più. Era di pessimo umore. Chiese alle guardie di condurlo nella cella dello straniero e le mandò via con un gesto energico, come quando si scaccia una mosca fastidiosa. Voleva stare solo con quell'uomo.

Lo straniero era seduto sul letto e non si alzò quando lo vide entrare. Giocherellava con un bottone che gli si era staccato dalla camicia e pensò di essere stato sfortunato: i peggiori militari erano quelli con l'aria da panettieri o da commessi di drogheria, che in effetti, se non ci fosse stata la guerra di mezzo, avrebbero fatto proprio i panettieri o i commessi di drogheria. Erano i più tosti. Si limitò a starsene zitto e non batté ciglio quando il colonnello gridò che voleva una sedia. Una delle guardie si affrettò a portargliela. Il militare la piazzò in mezzo alla stanza, si accomodò e incrociò le braccia sul pancione prominente. Alzò un sopracciglio e osservò attentamente lo straniero.

«Lei mi sconcerta», disse. «Deve sapere che da qualche giorno la Spagna ha cambiato il suo status di neutralità in quello di non belligeranza. Mentre le vostre truppe entravano a Parigi, noi occupavamo la città di Tangeri senza trovare resistenza. Gli inglesi adesso sono più soli che mai, ma certo non per merito suo. Tutte le informazioni che ci ha passato su di loro si sono rivelate false. Mi chiedo per chi stia lavorando».

Lo straniero emise un lungo sospiro. Poi rispose in perfetto spagnolo:

«Colonnello, le mie azioni mirano sempre a difendere la gloria eterna del Reich. Si ricordi che siete stati voi a mettervi in contatto con me, e in modo assai poco ortodosso. Io mi sono limitato a passarvi tutte le informazioni che avevo sulla Royal Navy. I miei informatori sono affidabili, ma non infallibili. Vi ho anche riferito il grande interesse che ha la Germania ad aiutarvi a recuperare la rocca di Gibilterra e a neutralizzare il nemico sullo stretto. Con questo credo di aver rischiato abbastanza e di avere fatto la mia parte. Se il vostro governo non vuole truppe tedesche sul suolo spagnolo, né vuole entrare in guerra, non può poi avanzare pretese, soprattutto alle spalle di quelli che di fatto sono i suoi alleati».

Il militare si mosse a disagio sulla sedia. Guardò lo straniero con diffidenza, come se avesse davanti una granata inesplosa.

«Abbiamo preso informazioni presso la sua ambasciata», annunciò. «Non conoscono nessun Paul Wahle, né Markus Vogel. Mi ha dato dei nomi falsi. E, naturalmente, lei non si chiama neanche Ricardo González, né fa parte della Guardia di Franco, come risulta dai suoi documenti. Si direbbe che lei non esista se non per me, il che mi mette in una posizione difficile. Ma a pensarci bene, la sua lo è ancora di più».

«Non sia ingenuo, colonnello. Dovrebbe immaginare che non dipendo dalla mia ambasciata e ho più documenti io che stellette sulle spalline lei. Farebbe bene a chiedersi dove e grazie a quali conoscenze li ho ottenuti... Parliamoci chiaro. Lei ha davanti un agente tedesco di cui si è servito in modo illegittimo. Non può tenermi rinchiuso qui, né ha interesse a farlo. Mi lasci sparire e speriamo che questa storia venga presto dimenticata».

Il militare si alzò e si avvicinò all'unica finestra. Erano in uno scantinato. Attraverso le sbarre si vedevano i piedi dei passanti.

«Sono tentato di darle retta», disse dopo aver riflettuto. Però, lasciando trapelare l'astuzia nella voce, aggiunse:

«La Gestapo, tuttavia, si è mostrata molto interessata al suo caso e ci ha avvisato di agire con prudenza. Anche in Germania esistono traditori. A noi, senza andare troppo lontano, sono stati necessari tre anni di guerra per sconfiggere il nemico interno».

Si girò verso lo straniero e gli rivolse uno sguardo indifferente e al tempo stesso risoluto. Ancor prima che parlasse, il prigioniero capì che quell'incontro per lui non sarebbe finito bene.

«D'accordo, farò come dice lei», concluse il militare. «La lascerò sparire, ma in un posto dove non potrà far male a nessuno e dove non potrà neanche eludere la mia sorveglianza. Vedremo quali sorprese ci riservano i prossimi giorni».

«Non può trattenermi, colonnello! Sono un cittadino tedesco!» Markus Vogel era scattato in piedi con il volto paonazzo, ma la sua statura non sembrò intimidire il colonnello, che non distolse lo sguardo flemmatico e distaccato, come se seguisse il volo di un palloncino. «Provocherà un gravissimo incidente diplomatico! Si sta giocando la carriera!»

Il militare si diresse verso l'uscita. Quando aveva già impugnato la maniglia, si girò un momento e rispose:

«Ne è davvero convinto? Ho molte stellette, è vero, ma poche medaglie. Noi dei servizi segreti lavoriamo lontano dai campi di battaglia, il che ci fa passare inosservati. Siamo un po' come il pancreas dell'organizzazione dello Stato, non crede? Ma perché sto spiegando queste cose a lei che lo sa meglio di me? Buon viaggio... A proposito, le piace il mare?»

E, senza attendere la risposta, uscì dalla stanza.

A volte Andrés mi accompagna al mio nascondiglio. È l'unico a conoscerlo, ma non c'è pericolo che si faccia scappare qualcosa, dato che non parla e comunque nessuno lo starebbe a sentire. Cammina dietro di me annuendo con la testa, perché è un po' tonto e dice sì in continuazione finché non crede di essere solo, forse per non far dispiacere a nessuno. Andrés vive dando ragione a un mondo che non capisce. Suda anche parecchio. Questo mi fa un po' schifo. Persino quando dorme ha le mani come se le avesse appena estratte da un secchio d'acqua fredda, e sulla punta del naso una immancabile goccia lì lì per cadere sulla pancia. Qualsiasi cosa gli richiede uno sforzo tremendo, per cui è sempre esausto, come un atleta che, dopo aver finito una corsa, deve iniziarne subito un'altra. Tuttavia non mi lascia portare niente. Prende lui la cesta con la merenda e, se il terreno diventa troppo scosceso, mi passa davanti facendo sì con la testa, salta sulle rupi, posa la cesta per terra e mi porge una mano sudata che a me fa un tantino ribrezzo. A volte, per la smania di rendersi utile, corre con tanto zelo che arriva fino in cima alla salita e da lì mi offre il suo aiuto, come se potessi volare e lui volesse rendere dolce il mio atterraggio. Quando finalmente gli arrivo vicino, gli do la mano con una certa ripugnanza e osservo il mare blu e l'orizzonte attorno a noi e le nuvole che non sono mai le stesse.

«Uf!» esclama Andrés.

Allora rimango a guardarlo perché sembra che stia per dire qualcosa, ma lui non ha mai niente da dire. Io, solo per scherzo, cerco di cavargli di bocca qualche parola:

«Guarda che bello, Andrés. Vero che è bello?»

E lui annuisce con la testa guardandosi intorno per scoprire a cosa io mi riferisca di tanto bello, e non potrà mai capirlo senza il mio aiuto.

Il mio nascondiglio è una caletta a cui si scende passando tra due sabine che formano un tunnel. Sulla piccola lingua di sabbia ci sto soltanto io, e l'acqua è così limpida che sembra non esistere. Quando ci entri hai la sensazione che una brezza fresca ti accarezzi i piedi e salga su per il corpo fino ad avvolgerti completamente. Faccio qualche bracciata e poi mi lascio galleggiare. Quindi, con lo sguardo perso tra le nuvole, allungo le gambe e apro le braccia, pensando che sono sullo stesso orizzonte che ci circondava quando eravamo in cima al pendio. Allora ho la certezza di galleggiare su un intero pianeta che gira nell'universo, e vedo Andrés che mi spia nascosto tra le sabine. Perché Andrés non fa mai il bagno con me. Si limita ad accompagnarmi e a spiarmi e, se lo saluto con la mano, si nasconde scivolando fra i rami con gran trambusto.

«Dove vai con giacca e cappello?» esclamò il commissario. «Sono per le persone distinte».

Benito Buroy si fermò sul molo con l'aria preoccupata. Posò per terra la valigetta di pelle in cui aveva messo due cambi d'abito e la pistola, e passò la mano sul risvolto della giacca.

«Non ho altri vestiti», disse. «Tutto quello che ho addosso è di Otto».

Vicino a loro parecchi soldati finivano di caricare la barca che doveva condurli a Cabrera. Un poliziotto li aiutava. Il pilota dell'imbarcazione cominciò ad assicurare il carico con una lunga corda di sparto.

«Ma quello storpio di un culattone non ha abiti vecchi?» urlò il poliziotto.

«Il padre è ricco», rispose Benito Buroy. «Lo sa già, commissario. Ha una ditta farmaceutica a Monaco. Ogni mese gli spedisce grandi casse che Otto non si prende neanche la briga di aprire. Ma qui quelle cose servono. Io le distribuisco tra i vicini e tengo qualcosa per me».

Il commissario aprì le braccia alzando gli occhi al cielo.

«Signore Iddio, perché mai abbiamo combattuto una guerra? Perché gli anarchici si vestano come signorini e facciano opera di carità nel quartiere?»

Si voltò verso l'appuntato che aiutava a caricare la barca.

«Senti, cerca dei vestiti per questo disgraziato. Un cappotto o qualsiasi cosa faccia pensare che si trovi in cattive acque. E porta anche la valigia più lercia che trovi».

In attesa che l'ordine venisse eseguito, andarono in una taverna del porto. In cielo non si vedeva neanche una nuvola. I gabbiani sorvolavano stridendo le barche ormeggiate al molo e si tuffavano in mare, abbattuti da frecce invisibili, per risalire poi di nuovo in volo muovendo appena le ali. Una nave da carico fece suonare la sirena. Dal fumaiolo si sprigionò una densa nube di fumo nero.

Il commissario sembrava di buonumore. Con il caldo che faceva quella mattina, sicuramente preferiva fare una gita a Cabrera che passare la giornata a sudare alla scrivania del suo ufficio. Spinse la porta della taverna con la punta del piede e lasciò che Benito Buroy allungasse la mano per tenerla aperta mentre entravano.

Il locale era una stamberga di pescatori. In quel momento era vuoto, perché erano tutti in mare e non sarebbero tornati fino a tarda mattinata. Dietro al bancone un uomo ascoltava la radio con aria sonnolenta.

«Buongiorno, Manolillo», lo salutò il poliziotto. «Spegnila, dài! Non vedi che ci sono dei clienti?»

Il gestore si affrettò a spegnere l'apparecchio. Con grande diligenza, come se d'un tratto avesse un gran daffare, si mise a pulire il piano di marmo con uno straccio.

«Sai che a Madrid hanno dato la prima di *Margherita Gautier*?» continuò il commissario. «Con la mitica Greta Garbo! Che sorriso ha quella stronza! Com'è conturbante, cacchio! Sai come volevano intitolare il film i censori spagnoli? *Margarita Gutiérrez!* Proprio così! Me lo ha raccontato uno di loro, che è di queste parti. Un gran puttaniere e un carissimo amico. Uomini con le palle, ecco cosa sono i censori. Non so perché diavolo non gli abbiano dato retta… Insomma, due bicchieri di vino!»

E dando dei colpetti sul bancone con il palmo della mano:

«Sbrigati! Che li vogliamo bere oggi!»

Benito Buroy stava dietro al commissario, che si voltò verso di lui. Con la cordialità sguaiata dei compagni di bevute, e nonostante l'altro non avesse mosso un dito, fece capire chiaramente chi comandava tra i due.

«Non ci provare neanche! Oggi pago io...! D'ora in poi, però, quelle casse le voglio nel mio ufficio».

«Quali casse?» chiese Buroy.

«Quali vuoi che siano? Mi sembri cretino, cazzo! Quelle del frocio che vive con te! Quelle casse... tutte... le voglio nel mio ufficio. Altrimenti vi faccio chiudere la bettola e vi sbatto dentro per offesa alla pubblica decenza. Come devo dirtelo? Ehi, tu, non ho ragione?»

«Certo», rispose il taverniere. «Ma lei sa già che qui non paga, neanche se mi desse tutto l'oro del mondo. E offre la casa anche al signore che è con lei».

«Cosa vuoi dire...? Non sparare cazzate, barista! Se fosse venuto senza di me lo avresti fatto pagare, vero? E con me non lo fai pagare, è così o no...? Allora sono io a offrirgli da bere e tu zitto e mosca, altrimenti faccio chiudere pure te!»

Il taverniere, che non era molto sveglio, cominciò a boccheggiare senza sapere come cavarsi d'impaccio. Per fortuna il poliziotto mandato dal commissario a cercare i vestiti aprì la porta e infilò dentro la testa rispettosamente. Poi entrò scusandosi di interrompere la festa. Era riuscito a trovare un cappotto di panno nero dai gomiti lisi e una valigia scassata. Ora l'aspetto di Benito Buroy sembrò soddisfare il commissario.

Poco dopo navigavano in direzione di Cabrera sulla barca piena di pacchi. Il pilota era al timone nella cabina. L'appuntato che accompagnava il commissario si era sistemato discretamente a poppa, dove passava il tempo giocherellando con il cappello. Il suo superiore si era acceso un sigaro e si godeva la brezza. Benito Buroy, seduto di fronte a lui, lo osservava in silenzio pensando che a Cabrera avrebbe dovuto uccidere un uomo. Non era la prima volta che lo faceva e sicuramente non sarebbe stata neanche l'ultima, ma l'idea lo disturbava. Dopotutto era più di un anno che la guerra era finita. Prigioniero dei nazionalisti fin dallo sfondamento del fronte dell'Ebro, Benito Buroy aveva passato diversi mesi nel carcere di Burgos. Lo avevano lasciato uscire a condizione che spifferasse i nomi che ricordava e si prestasse a fare certi lavoretti come quello che lo attendeva sull'isolotto, sempre agli ordini dello stesso commissario, che a quell'epoca aveva preso servizio nella provincia di Barcellona. Il patto che gli avevano proposto era chiarissimo: o eliminava certi tipi che erano già più morti che vivi, o sarebbe stato lui a finire davanti a un plotone d'esecuzione. E Benito Buroy accettò. A dire il vero non gli costava molto continuare a sparare. Ci era abituato e sapeva di ripulire semplicemente il paese da individui che nessuno avrebbe potuto salvare, bestiacce rintanate in sgabuzzini e nascondigli dietro armadi sfondati. Tre anni di guerra avevano incattivito molti che non sarebbero stati capaci di riprendere una vita normale e regolare. Cosa fare di questa gente? Per uscire davvero vincitori da quegli anni di conflitto era necessario eliminarla. Un lavoro ingrato ma indispensabile, così dicevano quelli che lo avevano messo agli ordini del commissario... Mesi dopo, quando fu destinato a Maiorca, il commissario lo portò con sé sull'isola. Lì aveva permesso a Buroy di godere di una certa tranquillità, quanto bastava perché credesse di aver già adempiuto alla sua parte dell'accordo. Ma quella mattina, seduto sulla barca che lo portava a Cabrera, Buroy era giunto alla conclusione che non si poteva spazzar via il risentimento provocato dalla guerra, perché era proprio il risentimento che alimentava quelli che dicevano di voler farla finita con la minaccia che questo rappresentava; e il paese intero, un paese fondato sul risentimento, stava tornando alla normalità a spese di quelli che, come lui, erano obbligati a continuare a espiare le proprie colpe per non essere privati del certificato di buona condotta che serviva per cancellare la fedina sporca.

Quella mattina, per la prima volta da quando era diventato uno sporco assassino, Benito Buroy si chiese cosa avesse mai fatto la sua vittima. Markus Vogel poteva essere una spia, un altro assassino, un rinnegato come ne esistevano tanti. Tuttavia, proprio la certezza che fosse colpevole di qualcosa cominciava a sembrargli irritante. Con una guerra recente alle spalle e un'altra in corso, chiunque era colpevole di molte cose. Perché non lasciavano tornare tutti a casa a leccarsi le ferite della propria coscienza e a illudersi di poter iniziare una nuova vita senza passato e senza ricordi? Visto che avevano vinto la guerra e del nemico non rimanevano che cadaveri e fuggitivi, perché attizzavano tanto l'odio? Perché avevano bisogno di continuare a perseguitarli?

Nel frattempo il commissario, senza dubbio immerso in ben altri pensieri, guardava soddisfatto Benito Buroy. Lo indicò con il sigaro, preparandosi a fargli la predica.

«Con quel cappotto cencioso e quella valigia da pagliaccio di provincia, ora sembri davvero povero in canna. Chiunque penserebbe che sei appena uscito di prigione, altro che con i vestiti da damerino con cui sei arrivato questa mattina. Ma cacchio! A chi può venire in mente di vestirsi in quel modo? A Cabrera sarai un rosso al confino... Ma non preoccuparti, i militari sono al corrente di tutto e non ti daranno fastidio. Ma per gli altri deve essere un rosso uscito di testa a toglierci dalle palle quel tedesco. Capito?»

Benito Buroy annuì.

«Sono sicuro che non dovrai fare troppa fatica», concluse il commissario. «In fondo devi solo interpretare te stesso».

Con queste parole concluse la conversazione e si frugò un orecchio con l'unghia del mignolo. La traversata cominciava ad annoiarlo. E gli si era anche spento il sigaro. Lo buttò in acqua, si alzò maledicendo gli sballottamenti della barca e andò in cabina a parlare con il pilota. Allora l'appuntato, che fino a quel momento era rimasto zitto a poppa, si avvicinò a Benito Buroy e gli mise una mano sulla spalla, dicendogli con gentilezza:

«Tratti con cura le cose che le ho dato, per favore. Me le hanno prestate dei parenti».

Quando iniziarono a dar colpi alla porta, Camila era ancora a letto e Leonor Dot, svegliatasi alle prime luci del giorno, era nell'orto a strappare le erbacce. Udendo il baccano si affacciò da un lato della casa e si trovò davanti Felisa García che brontolava di cattivo umore. Accanto a lei, un ragazzo che sembrava ritardato portava un secchio e una scatola di cartone. Quando vide Leonor Dot, l'ostessa si mise le mani sui fianchi e alzò un sopracciglio notando la falce che aveva in mano.

«Vuole aprirmi la porta?» disse. «Come ha fatto a chiuderla?»

Leonor Dot la salutò con un sorriso e fece il giro della casa per entrare dal portico. L'interno era in penombra perché la sera prima aveva usato come tende le coperte che il caldo rendeva superflue. Disturbata dai rumori, Camila aprì un occhio cisposo, emise un grugnito e si tirò il lenzuolo fin sopra la testa. La madre aprì la serratura e Felisa García entrò rimboccandosi le maniche e sbuffando, fingendo di essere sfinita.

«Non creda che lo farò tutti i giorni!» si lamentò con il suo vocione sguaiato.

Poi vide che Camila era ancora a letto e cercò di moderare il tono:

«La bambina dorme? Alla sua età si è come i gatti, agili e pigri da morire. Lasciamola riposare. Che se la goda per oggi. Nel frattempo noi due daremo una bella ripulita».

«Felisa», cominciò a dire Leonor Dot, «non immagina quanto gliene sono grata...»

«Ma mi faccia il piacere! Basta con queste storie, altrimenti me ne torno a casa!»

Il ragazzo aveva posato gli oggetti per terra e guardava rapito la crisalide in cui si era trasformata Camila. Ma la donna gli diede una pacca sulla spalla.

«Andrés, va' a vedere se riesci a riparare il pergolato! Queste signore avranno bisogno di un po' d'ombra».

Non appena il ragazzo fu uscito, Felisa García si mise a

riempire il secchio nell'acquaio. Leonor Dot si rimboccò le maniche e si chinò per aprire la scatola di cartone. Dentro c'erano stracci, strofinacci e un paio di bottiglie che dovevano contenere aceto e varechina. Non aveva mai pensato che oggetti così banali avessero potuto sembrarle un tesoro.

«È mio figlio, il più piccolo», disse l'ostessa indicando verso il portico con il mento. «È venuto così, che cosa si può fare. Ma è un bravo ragazzo. L'altro, il maggiore, è andato in guerra. Ha donato le gambe alla patria e adesso è Cavaliere Mutilato e vende biglietti della lotteria a Madrid. Sto cercando di convincerlo a tornare, ma risponde che qui non potrebbe andare da nessuna parte sulla sua sedia a rotelle, che sarebbe una tortura. Che stupidaggine! gli dico... in fondo vivere è sempre e comunque una tortura! Non crede anche lei?»

Assorbita dai propri dispiaceri, Leonor Dot non aveva mai pensato che la guerra potesse significare la sconfitta per qualcun altro oltre ai vinti. Tuttavia, vicino a quella donna che non sapeva spiegarsi le cose se non affrontandole a muso duro, che aveva motivi da vendere per andarsene in giro sempre imbronciata e nonostante tutto le regalava una pulizia generale che rendeva più vivibile la sua vita in quel luogo (in fondo un po' di pulizia ci voleva, soprattutto perché lì ci dormiva una bambina, e poi chiunque, non importa chi sia, ha diritto all'ombra di un pergolato), quella mattina Leonor Dot pensò che la cosa peggiore delle guerre è che, per la gente comune, un bel giorno finiscono e non si nota la differenza se non per la distruzione che hanno prodotto.

«Non resti lì impalata», continuò Felisa, «perché dobbiamo rendere questo porcile pulito come uno specchio. Ai pavimenti ci pensi lei, che è giovane. Io mi occuperò dei vetri e dei fornelli. Poi vedrò se a casa trovo qualche pezzo di stoffa per fare un paio di tende».

Qualche tempo dopo, quando Camila, dopo essersi girata e rigirata nel letto, si tirò su e le guardò con gli occhi svegli e ben aperti, la casa non sembrava più la stessa.

«C'è odore di acido fenico», disse, «come nella clinica dove è stata la mamma».

Felisa García guardò un attimo Leonor Dot, che se ne stava in ginocchio sotto la mensola con le piastrelle a passare lo straccio negli angoli.

«Alzati, piccola!» L'ostessa si voltò verso Camila minacciandola con uno strofinaccio sporco. «Io e tua madre abbiamo quasi finito e bisogna scendere a fare colazione!»

La bambina saltò giù dalla branda e si mise lo stesso vestito che portava il giorno prima. Guardò Felisa García, che in quel momento puliva l'intelaiatura di una finestra borbottando che era già stufa di quelle damine di città, e pensò che tutto era improvvisamente cambiato, come quando ci si sveglia da un incubo. Il mondo era brutto solo di tanto in tanto. Poi usciva il sole e quella donna faceva il contrario di quanto diceva, e l'odore di pulito era così forte da farle persino girare un po' la testa.

«Felisa!» gridò Camila, permettendosi tale confidenza perché sentiva di potersela già prendere. «Ho trovato un sacco di cose!»

Aprì la valigia che le donne avevano lasciato sul tavolo e tirò fuori il ritratto della signora rubizza. Felisa García scoppiò in una risata secca come un colpo di tosse, prese la cornice e passò sul vetro lo straccio polveroso lasciandolo più sporco di prima.

«È la Xuxa... Guarda che quella lì io la odiavo...»

«Ho trovato anche questa scatola. Vero che è bella? E dentro ci sono dei soldi...»

«Sono dell'epoca di Alfonso XIII[2]», disse Leonor Dot avvicinandosi. «Dove li hai trovati? Perché non me l'hai detto?»

«Era così taccagna che le banconote le scadevano in mano!» commentò l'ostessa.

2. Alfonso XIII di Borbone, re di Spagna dal 1886 al 1931 (*N.d.T.*).

Camila continuò a rovistare nella scatola di latta e rispose alla madre:

«Sì che te l'ho detto. Ti ho detto che la Xuxa nascondeva i suoi segreti nel pozzo. La chiave di casa era qui dentro. E anche questo. È così grande che mi sta solo nell'alluce».

A Felisa García sfavillarono gli occhi.

«O Madonna santa! O Dio del cielo, ma è l'anello! Fammelo vedere. O madre di Dio! Per comprarselo quella strega aveva speso tutto quello che aveva, che era parecchio. Eccome se era parecchio! Magari non mangiava, ma passava i pomeriggi sulla porta di casa a mostrare questa pietra a chiunque passasse. Voleva essere sotterrata con l'anello, ma non lasciò detto dove lo aveva nascosto. E sì che lo abbiamo cercato! Dappertutto, eh sì! Ma ovviamente per venderlo, perché vale una fortuna...»

Ci fu un silenzio imbarazzante.

«Se lo tenga, Felisa», propose Leonor Dot. «Non lo diremo a nessuno».

«Io? Ma se l'ha trovato la piccola!»

Però, contraddicendo le sue parole, se lo infilò nel reggiseno con la velocità di un prestigiatore.

«Faremo una cosa», continuò. «La settimana prossima andrò da mia sorella a Maiorca. Lei mi aiuterà a trovare qualcuno a cui venderlo. Suo marito conosce molta gente, lavora alla dogana. A casa loro non mancano mai bottiglie di whisky e di vermut. E dopo andrò in giro per negozi e comprerò cose per noi... per voi, ma anche per me».

«Pentole!» esclamò Leonor Dot senza potersi trattenere. «E una tovaglia! E un paio di forbici...! E semi per l'orto!»

«Mi prepari una lista... Non si preoccupi, mia sorella sa leggere. Adesso andiamo a mangiare qualcosa, che ce lo siamo guadagnato. Dov'è sparito Andrés? Scommetto che si è addormentato, quel briccone!»

Nei momenti peggiori pensava che avrebbe perso il controllo dei propri pensieri, ma erano debolezze passeggere a cui poneva rimedio esercitando la memoria. Non appena un leggero smarrimento gli insinuava il sospetto che le sue facoltà mentali stessero venendo meno, si inginocchiava, si piegava in avanti come un musulmano, e faceva il possibile per ricordare una conversazione avuta anni prima con il fratello, o i mobili della casa di un podologo dove era entrato solo una volta zoppicando per colpa di un'unghia incarnita, o uno dei libri che leggeva sotto il salice piangente della tenuta dei genitori in Baviera. Le reminiscenze, a mano a mano che gli permettevano di scoprire gli infiniti meandri della memoria, gli restituivano progressivamente la sensazione di essere di nuovo se stesso, inginocchiato come un musulmano nell'angolo più solitario del mondo. Allora si alzava e affrontava il mare, quel mare immenso e terribile per chiunque non lo guardi in modo distratto. Perché a lui guardarlo suscitava la sensazione di trovarsi davanti a un vastissimo manto impenetrabile, o a un cielo così aperto che gli sembrava di perdersi in un labirinto abbagliante, o di essere accarezzato con la voluttuosa attrazione della pazzia da un vento che non veniva da nessuna parte. E pensava, una volta vinto il desiderio di dissolversi in quel luogo senza limiti, che bisognava essere molto giovani o molto anziani per trovare serenità nel mare. Lui poteva cercarla solo nei ricordi che gli sfuggivano. Ricordi come quello di un camion carico di opere di Otto Dix, di Albert Birkle o di Ludwig Meidner, pieno di quadri avvolti in lenzuola, che attraversava la notte con il salvacondotto del ministro dell'Educazione del popolo e della Propaganda. Il conducente, con le guance arrossate, era nato a Berchtesgaden e parlava solo di mucche. O il ricordo di Lidia sbronza nel letto dell'hotel Palace, la coppa di champagne in frantumi sul comodino e una risata interminabile sulle labbra. O quello della villa di Santander dai saloni vuoti in cui una bambina, dopo averlo osservato a lungo per studiarne le intenzioni, si era affacciata alla finestra e aveva gridato ai poliziotti di andarsene, che lì non c'era nessuno. Dopo quasi cento giorni sull'isola non sentiva tanto la nostalgia delle persone, quanto delle loro voci.

In mancanza d'altro, scriveva sulla sabbia passi o poesie che si sforzava di ricordare nelle lunghe ore di ozio, alcune citazioni approssimative di Goethe, un aforisma di Lichtenberg o versi di Hölderlin e Rilke. «*Denn das Schöne ist nichts als des Schrecklichen Anfang...*» Con un grosso bastone incideva le lettere, tanto lunghe e profonde che per scriverne una doveva fare una piccola passeggiata. Poi si arrampicava fino all'ingresso della sua grotta e leggeva ripetutamente, a voce alta, a volte gridando, quella pagina effimera che le onde, di notte, avrebbero di nuovo lasciato in bianco... poiché del terribile il bello non è che il principio.

All'inizio aveva fatto lunghe escursioni per l'isola, ma gli era bastato poco più di un mese per conoscerne ogni angolo. Più tardi trovò quella grotta nascosta e vi si installò. A poco a poco venne invaso da un'invincibile abulia. Dormiva molto. A volte si sdraiava all'ombra di una sabina e stava lì a sonnecchiare tutto il giorno. Oppure faceva il bagno, un po' per motivi d'igiene, ma soprattutto per sgranchirsi il corpo. O pescava con le lenze che gli aveva regalato il Lluent. Le lasciava in mare, legate a qualche sporgenza della roccia, e poi tirava su dei bei pesci che in gran parte servivano ad alimentare di nuovo le lenze o venivano ributtati putrefatti in acqua. Imparò a guardare le piante per ore, a osservare come il vento le cullava e come gli insetti le visitavano, con l'interesse con cui avrebbe potuto spiare dei vicini stravaganti. Imparò anche a godersi lo spettacolo del crepuscolo, a partire dal momento in cui le nuvole si tingevano della prima pennellata di rosa fino a quando la luna e le stelle non diventavano padrone assolute delle tenebre, senza accorgersi del passare delle ore e senza elaborare un solo pensiero.

L'acqua se la procurava in una misera sorgente che sgorgava vicino alla sua grotta. Non era molto buona e all'inizio gli aveva provocato vomito e diarrea, ma alla fine ci si era abituato. Per tutto il resto doveva scendere in paese. Cercava di non farlo, ma il vizio del fumo lo condannava a cercare quell'aiuto che per qualsiasi altra cosa rifiutava. Così ogni tanto rispolverava i vestiti con cui era arrivato sull'isola, che teneva nella grotta per queste occasioni, si lavava con cura, si pettinava davanti a un piccolo specchio e si avviava verso il porto, come se stesse tornando da una piacevole passeggiata in campagna. Quando lo vedeva entrare nell'osteria, elegante e così poco provato dalla solitudine, Felisa García tirava un sospiro di sollievo. Si chiedeva come quell'uomo potesse sopravvivere sperduto tra le scogliere, e temeva, a ragione, che un giorno non tornasse più, che rimanesse a imputridire davanti al mare senza che nessuno lo trovasse. Ma quell'uomo di poche parole tornava sempre. Salutava molto educatamente l'ostessa e si sedeva all'ombra del pergolato, dove aspettava che questa, maledicendolo per quanto era testardo, gli servisse un piatto di verdure, un pezzo di carne stopposa e un bicchiere di vino sottratto al marito. Il rituale era sempre lo stesso. Mangiava tutto, senza però mostrare particolare avidità, e non appena aveva finito, con l'ansia di chi sa di fare qualcosa di riprovevole, chiedeva a Felisa García se per caso non aveva un po' di tabacco. Lei lo malediceva di nuovo mentre gli consegnava, avvolti nei fogli di giornale perché nessuno li vedesse, un paio di pacchetti di Ideales o di trinciato di prima scelta. Allora lui la ringraziava con un leggero inchino, nel quale la donna scopriva tutta l'eleganza del suo orgoglio insolvente, per poi ritirarsi di nuovo nella desolazione della sua tana.

Una mattina, entrando nell'osteria, l'uomo vide una donna seduta al tavolo vicino alla finestra, in compagnia di una ragazzina. Paco giocava a domino sul bancone con il Lluent, che quel giorno non era uscito a pescare perché il mare era in burrasca. Andrés osservava il gioco con entusiasmo, anche se non lo capiva. Felisa García, che in quel momento usciva dalla cucina, lo rimproverò per l'aria smunta e lo prese per un braccio per portarlo dalle sconosciute.

«Ecco qui il nostro maledetto eremita!» gridò di buonumore, almeno per chi la conosceva abbastanza da accorgersene.

Piantò l'uomo davanti al tavolo e indicò le due donne come se stesse per accusarle di qualcosa.

«Voglio presentarle Leonor Dot e sua figlia Camila. Sono arrivate da poco sull'isola, ma non assomigliano per niente a lei. Non se ne vanno in giro per i monti a perdere la tramontana. Hanno ripulito dalle erbacce l'orto di casa e pianteranno legumi e verdure».

Leonor Dot si alzò. L'uomo le prese la mano e, dopo averla portata alle labbra, vi depose un bacio che non le sfiorò neanche la pelle.

«I miei ossequi, signora», disse. «Mi chiamo Markus Vogel».

Poi si rivolse alla bambina. Camila non si era mossa. Leggermente imbarazzato, le diede qualche pacchetta sulla testa. Esitò un attimo, si schiarì la voce e, dopo aver abbozzato un sorriso, uscì e si sedette sotto il pergolato.

«Santo Dio, che spreco!» bisbigliò Felisa. «Guarda se devo sopportare tutto quello che sopporto quando ci sono uomini come lui sperduti sui monti... L'ho sempre detto, i migliori sono sempre quelli che se ne vanno».

«Il suo ritorno a Maiorca dipende dall'esecuzione o meno dell'incarico che le ho affidato», disse il commissario dopo essere salito sull'imbarcazione.

E, sostenendosi alla spalla del suo subordinato per non perdere l'equilibrio, aggiunse con maliziosa ironia:

«Nella nuova Spagna persino un rosso può riabilitarsi se si comporta come una persona per bene».

Il commissario era rimasto a Cabrera un paio d'ore, il tempo sufficiente per fare una visita alla vedova di Ricardo Forteza e bere qualche bicchiere all'osteria. Ma la fame cominciava già ad attanagliargli lo stomaco. Voleva tornare a Maiorca. Si palpò le tasche in cerca di un piccolo sigaro, guardando Benito Buroy come se fosse uno scimpanzé in gabbia. Avevano già acceso il motore e mollato gli ormeggi. Il pilota diede gas. La barca cominciò a staccarsi dal molo. Libera dal carico, si allontanò velocemente sulle acque calme dell'insenatura verso il mare aperto.

Benito Buroy era rimasto immobile, con un sorriso gelido sulle labbra e la terribile sensazione di essere diventato un fantoccio. Vicino a lui Paco si grattava pigramente una coscia e il capitano del reggimento salutava con il braccio alzato. Non si mossero finché la barca non scomparve dietro alla scogliera del castello. Solo allora il militare si voltò verso il padrone dell'osteria che sbadigliava.

«Bisognerà trovare una sistemazione per quest'uomo», gli spiegò, «e a dire il vero non sarà facile. Le case non sono in buone condizioni. O lei gli fa posto a casa sua o dovrò far sistemare una stanza al Comando».

«Faccia come crede», rispose l'altro, «ma se lo vuole mettere a casa mia, a Felisa lo dice lei».

Il militare non poté reprimere un sussulto.

«Non ce ne sarà bisogno... non ce ne sarà bisogno. Io ho posto a sufficienza».

Il Comando, un vecchio e solido edificio a due piani con una balconata che dava sul porto, si elevava vicino all'osteria, proprio davanti al fico. Lì, lontano dagli alloggi dove sonnecchiava la truppa, viveva e lavorava il capitano Constantino Martínez. Al piano di sopra aveva destinato una stanza a uso abitazione, e al piano inferiore, di fianco alla porta, aveva sistemato un ufficio che, a causa delle poche suppellettili, aveva un'aria provvisoria, da campagna ancora in corso. Gli altri vani erano vuoti e le porte sbarrate.

Si diressero verso quell'edificio. Una bambina, con la schiena e i palmi delle mani appoggiati al tronco del fico, osservava attentamente il nuovo arrivato. Benito Buroy le diede una sbirciatina passandole vicino. Aveva gli occhi di un verde che conferiva al suo sguardo la profondità delle cose traslucide, e i capelli così neri che alla luce del sole brillavano di riflessi violetti. E anche se stringeva forte le labbra e teneva unite le punte dei piedi, nella sua postura si intravedeva una certa sicurezza di sé, forse dovuta a un'ossatura cresciuta troppo in fretta, segno di incipiente maturità. Buroy pensò che le bambine cominciavano a diventare donne dalle spalle.

Prima di raggiungere l'edificio, Paco si accomiatò con un gesto della mano e si diresse all'osteria. Un soldato, seduto su una sedia solitaria all'ingresso, si alzò svogliatamente in piedi non appena vide entrare i due uomini.

«Non ci sono novità, capitano», disse reprimendo un rutto.

Il suo superiore lo guardò in cagnesco ma non fece commenti. Entrò nel suo ufficio con Benito Buroy e chiuse la porta. Dall'unico schedario presente nella stanza tirò fuori una bottiglia e due bicchieri e li posò sul tavolo. Quando si sedette, la poltrona emise un minaccioso scricchiolio, ma il militare non si scompose e indicò a Benito Buroy due sedie dalla spalliera alta, senza dubbio recuperate dalla sala da pranzo di qualche casa abbandonata, che si trovavano davanti alla scrivania.

«Mi permetta di offrirle uno sherry», disse.

Benito Buroy posò la borsa per terra e si tolse il cappotto. Si accomodò guardando il capitano, senza sapere cosa dire. Si sentiva a disagio. Il commissario non gli aveva spiegato come doveva comportarsi con la massima autorità dell'isola. In realtà, si era limitato a dargli l'incarico e a mollarlo lì senza alcun tipo di istruzioni.

«So che lei non è quello che sembra», disse il militare dissipando i suoi dubbi con voce complice e grave. «Il signor commissario non mi ha fornito nessun particolare circa la sua missione a Cabrera, ma lo capisco. La guerra è come la polvere. Si infiltra persino negli angoli più appartati. La settimana scorsa, senza andare troppo lontano, abbiamo visto il periscopio di un sottomarino a due miglia dal porto. Siamo tornati qui, abbiamo informato il Comando e buonanotte. Il mio unico compito è far sì che la bandiera spagnola continui a sventolare sul castello, e non è cosa da poco. Sono perfettamente consapevole del fatto che se entriamo in guerra gli inglesi saranno subito qui. Questa maledetta isola è la porta posteriore delle Baleari. Ma in tale evenienza, la difenderemo fino all'ultimo uomo».

Sembrava nervoso. Tamburellava con le dita sul tavolo e faceva scricchiolare la poltrona muovendosi in continuazione. Benito Buroy si sentì più tranquillo. Il capitano Constantino Martínez era spaventato perché qualcosa che succedeva molto lontano da lì poteva raggiungerlo da un momento all'altro. Anche lui aveva passato notti intere acquattato in una trincea, a fumare una sigaretta dopo l'altra, con la certezza che prima o poi qualcosa di implacabile e impossibile da fermare sarebbe arrivato fin lì spargendo molto sangue.

Alzó leggermente il bicchiere mentre incrociava le gambe.

«Voglio solo dirle», continuò il capitano, «che non mi intrometterò nei suoi affari e, qualora ne avesse bisogno, potrà contare sul mio aiuto».

«Sarà sufficiente che in pubblico mi tratti come un nemico del regime».

«Certo, certo, ci mancherebbe altro... A questo riguardo, volevo dirle che avevo pensato di farla alloggiare al piano di sopra, dove dormo io. Ma mi sembra più conveniente sistemarla in una stanza qui sotto. È come mi sarei comportato in un caso simile».

Benito Buroy annuì. Il militare finì il contenuto del bicchiere e si alzò in piedi.

«La stanza è vuota, ma darò ordine di portare qualche mobile».

Strattonò leggermente la cintura per tirarsi su i pantaloni e si diresse alla porta.

«Ancora una cosa», disse prima di aprirla. «Spero che sulla mia lealtà non ci siano dubbi... La guerra mi ha sorpreso a Badajoz, ma mi sono subito messo agli ordini del generale Yagüe, che a quell'epoca era colonnello. Poi ho combattuto nella conquista di Madrid e sono stato decorato. Guardi, ho la schiena piena di schegge».

Si tolse la giacca e alzò un lembo della camicia per mostrare il fianco. La pelle, granulosa come quella di un polpo, era solcata da piccole cicatrici.

«Vede?» insistette il militare. «Ho pezzetti di ferro anche nei reni. Non so nemmeno come mai sono ancora vivo, e tutto per ritrovarmi in questo posto. Ma non importa. L'importante è servire la Spagna e il nostro Caudillo, no? Sono sicuro che prima o poi mi trasferiranno sul continente».

Non aveva mai avuto una compagna, ma non ne sentiva nemmeno la mancanza. Anni prima era stato con qualche donnaccia, sulla costa di Alicante, in un bordello che lo aveva fatto sentire molto a disagio perché odorava di profumi orientali ed era tutto tappezzato di ricami e passamanerie. Quel periodo, che non lo aveva molto soddisfatto, lo aveva portato alla conclusione che le donne erano creature stupende ma molto difficili da capire, ridevano o si arrabbiavano per motivi oscuri e avevano sempre i nervi a fior di pelle, come se aspettassero con ansia che succedesse qualcosa di molto importante. Forse ornavano tutto di pizzi e si imbellettavano proprio per questo, per essere pronte quando fosse giunta la grande notizia. Ma il Lluent, la cui principale passione erano il pane bianco e le sardine sott'olio, non sapeva nemmeno cosa fossero le notizie e lo spaventava la sola idea di riceverne. Per lui, una notizia significava un cambiamento nello stato delle cose, vale a dire la morte di qualcuno.

Perciò non si interessò più alle donne. Passati gli anni, tratto in inganno dall'oscura magia della fonetica, arrivò al punto di credere che un bordello fosse un tipo di barca. Il Lluent aveva un grande intuito per sapere dove si trovava in ogni preciso momento, ma una memoria molto labile quando si trattava di ricordare dove era stato tempo prima. Per questo era un buon marinaio, perché si orientava bene e la ripetizione dello stesso orizzonte non lo stancava mai. Aveva passato tutta la vita in mare, soprattutto su pescherecci che buttavano le reti vicino alla costa. Era arrivato a Cabrera dopo essersi arruolato sul battello che riforniva di petrolio il faro. Ma caricare e scaricare bidoni non faceva per lui, per quanto la paga fosse superiore a quella a cui era abituato. A quell'epoca, nell'osteria dell'isolotto, aveva conosciuto un pescatore vecchio e calvo che navigava sempre assieme a un cane coperto di pulci. Benché fosse un uomo forte, si vedeva che la vita gli scappava a ogni respiro. Il Lluent gli offrì i suoi servizi, e il vecchio marinaio finì per lasciargli in eredità la barca a patto che, giunta la sua ora, lo seppellisse al cimitero con la testa rivolta verso levante e, senza curarsi di cosa avrebbero detto in paese, nell'angolo opposto rispetto a una lapide con sopra un misterioso cerchio. Così fece il Lluent e due anni dopo sotterrò lì anche il cane, vicino al suo vero padrone. Come un faraone pidocchioso, il cane ricevette le palate di terra insieme a tutto il suo stuolo di pulci, che non poterono o non vollero abbandonare il loro paradiso ormai defunto.

Il Lluent era diventato il pescatore di Cabrera. Ce n'erano altri, ma di rado pernottavano sull'isola e tutti gli dovevano rispetto, se non proprio obbedienza. Anche se lui non si opponeva mai al loro andirivieni e li lasciava persino passare la notte sul pavimento vicino al fuoco del camino, sapevano che era meglio non farselo nemico. Il suo coltello di Albacete, che portava sempre alla cintura, aveva già assaggiato il sangue caldo un paio di volte. Il Lluent era, per meriti propri, il signore di quell'insenatura che tante vite aveva salvato nei giorni di tempesta.

Una volta, un soldato di quelli che ogni tanto si facevano vedere all'osteria, gli chiese quanti anni avesse. Il pescatore alzò gli occhi per guardarsi un momento allo specchio sul muro dietro al bancone. «Sono giovane, ma non tanto», rispose, con la maggiore precisione possibile per un uomo che non aveva mai usato il calendario. Qualche tempo dopo, mentre giocava a domino con Paco, era rimasto incantato a guardarsi di nuovo allo specchio.

«Che cazzo stai facendo?» gli aveva detto l'altro. «Se sei brutto come il demonio! Vuoi farmi il favore di stare attento?»

«Ho appena scoperto di non essere più giovane», disse il Lluent con una punta di malinconia. «Ah, Santo Dio, come passa il tempo!»

Le gioie del piacere le trovava nell'ebbrezza prodotta dal vino. Quando beveva la testa gli si riempiva di nuvole calme, e il dondolio che gli cullava il corpo era docile e rispondeva ai suoi capricci. Nelle notti più buie, quando il vento si placava e il fico rimaneva così immobile che sembrava essere stato pietrificato dall'ultimo soffio di aria gelida, lo si udiva canticchiare le melodie con cui si cullava, beato, seduto accanto alla porta. Per il Lluent non esisteva pace comparabile a quella. E niente gli dava più fastidio della smania che a volte lo prendeva, di solito in alto mare, mentre decifrava i segni del cielo e studiava la superficie dell'acqua. Non aveva paura dei temporali, ma temeva quell'ansia che, simile a un'inondazione interna, lo sorprendeva nella solitudine del mare aperto, si sprigionava dal ventre e gli saliva su per la gola fino ad asfissiarlo con l'odore penetrante di profumi quasi dimenticati. Allora il vento gli portava l'eco di impossibili risate, e sui palmi delle mani affiorava una bramosia di dolcezza che lo costringeva a sfregarseli per scacciarla. In quei momenti saliva sulla falchetta e, tenendosi con una mano all'albero, si masturbava sopra le onde per versare in acqua una reminiscenza incancrenita che non riconosceva come propria. Poi, turbato, borbottava un paio di bestemmie, scendeva, reinfilava nei pantaloni il membro dolorante e continuava a fare il suo lavoro, maledicendosi per essere tornato, come un ladro di piaceri altrui, a rivivere la sconcezza di ricordi che non gli appartenevano.

Ieri siamo andate ad aspettare Felisa, che finalmente arrivava da Maiorca. Mentre scendevamo al molo tenendoci per mano, la mamma mi ha raccomandato di non dirle che Paco aveva passato quasi tutta la settimana tra i fumi del vino ed era stata lei a cucinare e a tenere in ordine l'osteria. Io avevo dovuto portare ogni giorno il pranzo in ufficio al capitano, e persino Andrés ci aveva aiutato a spazzare il locale, con tanta forza che i mozziconi volavano e sbattevano contro muri e vetri come calabroni spaventati. Il Lluent, che di solito non parla con nessuno, si era messo dietro al bancone per servire i pochi soldati che venivano a bere qualcosa di fresco. E, stanco di vedere Paco sonnecchiare sotto la pergola, una mattina lo aveva portato di peso a letto. Il pover'uomo sbavava sulla spalla del pescatore, gemendo più volte: «La vita è uno schifo, la vita è uno schifo», ma senza dire perché. Il Lluent ci ha anche confidato di avergli nascosto il vino, ma in realtà credo che gliel'abbia rubato, perché l'ho visto andare verso casa sua con una sporta che tintinnava. Mia madre, che alla fine era un po' stufa, ieri, mentre scendevamo al porto tenendoci per mano, mi ha detto che esistono donne come Felisa che si fanno carico di tutto e per questo sono burbere e hanno le gambe solcate da varici.

Quando ci ha visto sul molo dall'imbarcazione che entrava nell'insenatura, Felisa ha cominciato ad agitare il braccio grassottello e ci ha indicato le scatole. Come sempre la barca era carica di roba per i militari, ma c'era anche qualcosa per noi. Non appena il pilota ha gettato gli ormeggi, Felisa, senza poter trattenere l'impazienza, ha proteso le mani verso i due soldati che aspettavano per aiutare a scaricare. Sostenuta da entrambi, che gonfiavano le guance come se dovessero sollevare una trave di ferro, è salita sul molo tutta contenta, tanto che sembrava sul punto di scoppiare per la gioia.

«Tu e tu», ha detto ai soldati affondando il dito nella giubba. «Prendete quelle casse, quelle lì, e portatele a casa mia».

Allora, vedendo che il capitano la guardava perplesso, si è rivolta a lui:

«Constantino, le rubo un momento questi due giovani. E non si lagni, perché domani le preparerò una paella! Da quant'è che non la mangia?»

Ci siamo avviate verso l'osteria seguite da quei portatori improvvisati. Perché tutto fosse perfetto, mancava solo che chiudesse la carovana l'elefante della scatola di latta che avevo trovato nel pozzo e che adesso ci portava tanti regali. Infatti lì c'era di tutto: padelle, saponette, tendine di cretonne a fiori e persino un paralume di vetro a forma di tulipano per la nostra lampadina. Felisa sistemava le cose su un tavolo dell'osteria mentre ci spiegava che alla fine l'anello glielo aveva comprato il cognato, il quale l'aveva presentata a un uomo che aveva un magazzino grande come una cattedrale e pieno di ogni ben di Dio, un uomo simpaticissimo che l'aveva trattata come una regina, le aveva offerto una specie di trono di velluto color granata perché da lì chiedesse quello che più desiderava, perché quell'uomo era un vero signore e per di più voleva fare bella figura con suo cognato, un grande amico e un vero gerarca, così aveva detto l'uomo, deve essere orgogliosa che sua sorella si sia sposata con questo briccone, e il cognato rideva bonariamente e gli diceva di smetterla con quelle stupidaggini e di servire la signora come si deve, e Felisa indicava con il dito e diceva questo, quello, e quell'altro ancora, e adesso un paio di tende per un'amica e qualche pentola per me, e un garzone le portava casse e casse di tende e di servizi da cucina, e teiere con stampe di Parigi e di Londra, e vasi di Murano, quelli così belli, con dentro le bolle d'aria, e alla fine, quando Felisa aveva già pagato e l'uomo li accompagnava alla porta, le aveva fatto l'occhiolino e di nascosto le aveva dato una collana di perle che lei, Felisa García García, aveva vergogna di mettersi perché era troppo grassa, e le aveva detto che per lui era un piacere fare affari con donne dai gusti così squisiti.

Felisa ha raccontato tutto questo d'un fiato, senza quasi respirare, per cui alla fine aveva la faccia paonazza ma era anche molto soddisfatta perché sapeva che, da qualche parte, un uomo galante ed educato apprezzava il modo squisito con cui lei si addossava tutte le responsabilità. Io e la mamma siamo uscite cariche di tutte quelle cose e abbiamo imboccato la salita verso casa nostra. A metà strada ci siamo fermate a riposare. Allora mia madre ha guardato con sconforto la cassa posata per terra.

«Dio mio, di chi sarà tutto questo?» ha mormorato. «Che schifo di vita!»

A me è sembrato un po' strano che, nel bel mezzo di tanta felicità, mia madre dicesse la stessa frase del povero Paco da sbronzo. Ma ormai so che le gioie e le tristezze di mia madre non corrispondono a quelle degli altri, come se le sue idee fossero sempre altrove. E poi mi sentivo troppo contenta perché qualcosa potesse ferirmi, e avevo ragione di esserlo: tra tutti quei tesori, Felisa aveva infilato anche, in un pacchetto con un gran nastro rosa, alcuni quaderni e un mucchio di matite colorate.

Adesso mia madre sta facendo un pisolino. Da qualche giorno ha preso l'abitudine di sdraiarsi all'ombra del portico ad aspettare che cali un po' il sole. Quando un soffio di brezza le lambisce la schiena e la sveglia, mi si avvicina con lo sguardo un po' confuso e un sorriso placido sulle labbra, mi bacia i capelli indugiandovi sopra per annusarli, e poi va nell'orto. Oggi ho approfittato del fatto che dormiva per sedermi a raccontare per iscritto che ieri siamo state a prendere Felisa, che arrivava finalmente da Maiorca carica di regali e, tra questi, tutto l'occorrente perché io potessi cominciare questo diario. Ho scelto il quaderno più grosso. Voglio scrivere tutto per ricordarmelo quando sarò vecchia, e perché non mi succeda come al Lluent, che se gli chiedi dov'è nato fa una faccia stranita e si guarda intorno come se cercasse molto lontano qualcosa che invece dovrebbe essere nella sua testa.

Benito Buroy si svegliò con un sapore di terra in bocca. Aveva la gola riarsa e la lingua talmente impastata che la muoveva a fatica. Tirò su la testa e si guardò intorno disorientato. Ci mise qualche secondo a ricordare che si trovava a Cabrera e il motivo che lo aveva spinto fin lì. Allora si sedette sul letto e guardò con ansia la grande stanza in penombra, le persiane che lasciavano filtrare tiepidi fasci di luce e la porta chiusa, oltre la quale il soldato di guardia stava sicuramente sonnecchiando. La sera prima gli avevano portato una cassapanca che era ancora vuota e un tavolo sul quale era posata la sua malconcia valigia di cartone. Non si era neanche preso il disturbo di aprirla.

Aveva appena aperto gli occhi, ma si sentiva già stanco. Durante la guerra civile, Benito Buroy più che dalla forza delle armi era stato fiaccato dallo sfinimento, una necessità imperiosa di smettere di aderire a qualche ideale, nonché di lottare per esso, un desiderio di tornare alla normalità che gli si era annidato a poco a poco nelle membra e nella schiena fino a diventare morboso. Sfortunatamente aveva impiegato troppo a rinnegare certe idee in cui non credeva più. Il risultato di ciò, oltre alla reclusione che lo aveva segnato lasciandogli una paura perenne negli occhi, era la pistola nascosta nella valigia insieme a pochi indumenti.

Dal suo appartamento di Palma aveva preso solo una camicia e due paia di mutande, in parte per tranquillizzare Otto Burmann, che gemeva come un cane abbandonato, ma anche perché non aveva intenzione di metterci molto a uccidere quel maledetto tedesco. Se quello era il prezzo da pagare perché lo lasciassero in pace ancora per un po', tanto valeva togliersi subito il pensiero per tornare al più presto alla sua vita noiosa al bar. A forza di accettare incarichi, forse, un giorno avrebbero acconsentito a dargli un passaporto. Allora avrebbe venduto la sua parte del locale e se ne sarebbe andato in qualche posto lontano dove tutto era ancora da fare e lui avrebbe potuto anche non fare niente.

Vedendolo uscire dalla stanza, il soldato di guardia lo osservò in silenzio.

«Ho sete», disse Benito Buroy adattandosi senza sforzo all'idea di essere in qualche modo controllato.

«Be', vada all'osteria», rispose l'altro. «La brocca che abbiamo qui è per i soldati».

Era nuvolo e il vento soffiava a raffiche strappando al fico infiniti fruscii. In cielo volteggiavano gabbiani e cormorani, tracciando cerchi perfetti nel disordine di un temporale che si preparava in qualche luogo ancora invisibile. Sull'aria pesava una minaccia da santabarbara circondata dalle fiamme.

Benito Buroy attraversò la piazza ed entrò nell'osteria. La luce del giorno, fievole e triste, lì dentro acquisiva la torbidezza di un acquario mal tenuto. Si sedette a un tavolo e osservò i presenti, cercando di mostrarsi indifferente. Già la sera prima aveva cenato lì senza parlare con nessuno, lasciandosi dietro una scia di antipatia. Era quello di cui aveva bisogno per sentirsi a suo agio. Non voleva conoscere nessuno né far conversazione. In genere gli altri gli ricordavano quei viaggiatori che in treno sono disposti a condividere pane e formaggio pur di chiacchierare senza sosta, convinti che il loro risentimento per una donna ingrata, la foto di due bambini dal sorriso forzato o un miserabile campionario di cravatte colorate bastino a stringere amicizia con qualcuno e a evitare di essere soli al mondo. Ma a Benito Buroy la vita degli altri non interessava minimamente. Nel suo bar di Palma i clienti gli parlavano sapendo che lui, nel frattempo, pensava ad altro. Era il suo modo di starli a sentire e a loro non sembrava importare granché. La sera dopo erano di nuovo lì a raccontare la stessa storia, e proprio il desiderio di raccontarla per l'ennesima volta li spingeva ad avvicinarsi al bancone. Di solito la gente parlava della propria vita come se fosse già trascorsa.

«Pane nero e surrogato, è tutto quel che c'è», gli disse la grassona dell'osteria servendolo di malavoglia.

Benito Buroy osservò con curiosità la collana di perle che la donna sfoggiava sul grembiule unto. Lei notò il suo sguardo perché la nascose sotto la pettorina e gli voltò le spalle, offrendogli con sdegno lo spettacolo del suo immenso sedere.

A Felisa García il nuovo arrivato non piaceva. La infastidiva il suo sguardo inquisitore, che anziché guardare sembrava cercare il modo di approfittare di tutto e di tutti, e la tensione della mascella quasi inesistente, una mascella senza mento, perennemente serrata, non tanto a causa di qualche dolore, pensava Felisa, quanto per il riflesso involontario di un'indole crudele. Era convinta che da quell'uomo non ci si potesse aspettare nulla di buono, così come lo era del fatto che in guerra avesse commesso delitti atroci, capaci di far perdere il sonno a chiunque. Perché, secondo lei, tutte le persone, anche le migliori, ogni tanto perdono il senno e commettono azioni inconfessabili. Allora nasce un senso di colpa che cresce come un tumore della coscienza e prima o poi le spinge a cercare da sole il castigo. Questo era normale per Felisa García, che si sentiva colpevole di quanto succedeva dappertutto, o di quanto poteva succedere e fosse in qualche modo evitabile, come se la sua cucina, in cui passava gran parte della vita, invece di essere un luogo sporco e poco fornito fosse il motore segreto del mondo. Per questo, perché si era abituata a convivere con un rimorso che le rodeva continuamente dentro, Felisa García riconosceva subito quelli che non avrebbero mai provato il pentimento. Le bastò dare un'occhiata a Benito Buroy per capire con chi aveva a che fare. La sera prima, non appena lo aveva visto entrare nell'osteria per cenare, lo aveva guardato negli occhi e vi aveva scorto il bagliore dell'indifferenza avida del diavolo.

Si chiuse nel suo regno, di pessimo umore per colpa di quell'intruso. La grande pentola portata da Maiorca fumava sul fornello a legna. Di fronte, su un piano di marmo rovinato, c'era una cassetta di fagiolini verdi. La prese lasciandosi sfuggire un lamento e la mise su un tavolo coperto da una tovaglia di tela cerata. Si sedette per mondare la verdura quando scoprì suo figlio Andrés seduto in un angolo. Aveva le mani sulle ginocchia e dondolava il busto con lo sguardo perso sulle mattonelle.

«Cosa c'è?» gli chiese. «Hai di nuovo la testa fra le nuvole?»

Andrés la guardò sorpreso, aggrottando le sopracciglia. E sebbene Felisa García avvertisse una stretta allo stomaco, segno che stava per usare suo figlio per sfogarsi, senza poterlo evitare continuò:

«Sei un buono a nulla, un peso per tua madre! Sono stufa! Così non arriverai mai da nessuna parte!»

Il ragazzo sgranò gli occhi. Poi scattò in piedi come spinto da una molla, e uscì dalla cucina. Attraversò l'osteria senza guardare nessuno, si lasciò dietro la piazza e imboccò il viottolo che portava alle baracche dei soldati. Camminando a passo spedito, con una fermezza assurda e agitando le braccia, costeggiò la baia fino a giungere all'altezza dell'accampamento. Un gruppo di soldati, sorpresi da tanta fretta, gli gridarono qualcosa che lui non si fermò ad ascoltare. Infilò la stradina della valle, che si addentrava nell'isola tra campi di ulivi, e quando arrivò a una grande casa in rovina, là dove finiva il sentiero, cominciò a salire su per la montagna. Procedeva a una velocità tale che gli era difficile schivare i cespugli. Cercava di scostare rovi e lentischi menando le mani in aria e i rami lo colpivano, scossi da raffiche di vento che annunciavano la tempesta.

Grugnendo e incespicando, Andrés arrivò in cima alla montagna e cominciò a scendere per la valle delle voci, un luogo angusto e coperto di pini che conosceva bene perché ci andava spesso. Da lì, nella parte più profonda del fondovalle, si udivano nitidamente, come se una voce dall'oltretomba le andasse sussurrando vicino ai timpani, le conversazioni che avvenivano molto lontano, sulla piazza del paese o nell'accampamento militare. All'inizio, Andrés si spaventava quando le udiva e fuggiva credendole fantasmi, finché un giorno riconobbe l'inconfondibile tono rabbioso della madre, che rimproverava il marito per lo scarso aiuto che le prestava e lo minacciava di andarsene a vivere a Maiorca dalla sorella. Fu una scoperta sensazionale. Quel giorno Andrés credette di aver trovato il luogo dove andavano a finire le parole quando il vento se le portava via, e cominciò a passare lì lunghe ore ad aspettare quelle farfalle invisibili, tanto fievoli che sembravano nascere dentro la sua testa.

Ma quella mattina non si fermò lì. Salì su una collina disabitata, coperta di pietre che rotolavano sotto i suoi piedi. Cadde un paio di volte finché raggiunse, un po' ammaccato ma più deciso che mai, la strada del faro di N'Ensiola, il più lontano dei due che c'erano sull'isola, all'estremità opposta della baia in cui il paese stava cadendo a pezzi. Camminò tra rupi sempre più scoscese e ben presto vide il mare da entrambi i lati. Stava già avanzando lungo il promontorio dove si elevava il faro quando all'improvviso il breve schiocco assordante di un tuono lo paralizzò, come se fosse stato colpito alla nuca. Un lampo illuminò per qualche secondo la superficie del mare. Andrés alzò lo sguardo. Una cortina d'acqua iniziava già a scrosciare su di lui. Le gocce cadevano con una tale forza che gli doleva la fronte. Se la coprì con le mani con la tentazione di scappare, di tornare di corsa all'osteria, ma il faro svettava davanti a lui e nelle orecchie gli risuonavano ancora i rimproveri della madre. Emise un lungo grido per liberarsi della paura e continuò a salire scivolando sulle pietre, accecato dall'acquazzone. D'un tratto, proprio quando si sentiva perduto, si trovò davanti la torre del faro. Aprì le braccia, vi si premette contro e appoggiò la guancia sulla pietra gelida guardando con orrore la superficie indistinta del mare, che aveva perso la trasparenza e si estendeva sotto una nebbia battuta da raffiche di vento che lì, dove finiva il mondo, mulinavano senza trovare ostacoli. Solo allora si fece di nuovo coraggio, si girò e intraprese la via del ritorno.

Qualche tempo dopo, quando finalmente arrivò all'osteria ansimante e fradicio di pioggia, coperto di graffi, con i pantaloni rotti e le ginocchia sanguinanti, Felisa García lo aspettava vicino alla porta. Quando lo vide non gli disse niente. Si limitò a buttargli addosso una coperta e, prendendolo per la vita, lo condusse fra i tavoli ancora da sparecchiare. Una volta in cucina, la donna mise una tazza di brodo sulla cerata del tavolo e si sedette. Costrinse Andrés a stare in braccio a lei, come da bambino, e con un angolo della coperta gli asciugò la testa con dolcezza. Andrés, sebbene un po' sorpreso, capì che la madre non si sarebbe arrabbiata di nuovo. Prese la tazza per scaldarsi le mani, sorridendo con orgoglio per essere riuscito a raggiungere, dopo uno sforzo sovrumano che smentiva tutti i pronostici di lei, il punto più lontano dove poteva arrivare.

Felisa García lo cullava e notava che, sotto il peso del figlio, le gambe le si stavano addormentando.

Il capitano Constantino Martínez era seduto sulla balconata del Comando. All'orizzonte, sopra un mare calmo e scuro, si stemperavano gli ultimi fuochi del tramonto. Potevano sembrare molto spettacolari, pensò il militare, ma erano una stupida scenografia da operetta in confronto ai bruciori che gli tormentavano lo stomaco. Guardò con diffidenza il vassoio su cui gli avevano servito la cena, posato sopra un panchetto. Pensò che il cavolo era troppo amaro e senza dubbio era entrato in contatto con le sue ferite interne, aprendovi piaghe con il succo acido che sprigionava quando lo masticava. Non appena lo aveva assaggiato gli era venuto questo timore. Con il senno di poi, si pentiva di essersi lasciato vincere dalla fame ma anche, doveva riconoscerlo, dalla sua passione per un ortaggio che mal si adattava ai pezzi di ferro che aveva in corpo. Il militare, poco ferrato in anatomia, credeva che le schegge entrate dalla schiena avessero finito per conficcarsi nelle pareti dell'intestino. Ne era fermamente convinto, e non lo sfiorava nemmeno il sospetto che, per arrivare fin lì, le schegge avrebbero dovuto distruggere parecchi organi vitali, né che i bruciori lo torturavano già negli anni lontani della gioventù, quando quella maestra miope e anarchica, non contenta di predicare l'abolizione di tutte le frontiere, lo faceva andare alla cattedra per indicare sul mappamondo luoghi impossibili chiamati Osaka, Gerusalemme o Pietrogrado, convinta che un giorno sarebbero stati così vicini a lei e a tutti i suoi alunni dell'Estremadura come il paesino accanto. Il caos universalista di quella donna aveva prodotto nel capitano Constantino Martínez sia i bruciori di stomaco, sia il bisogno di vivere in un mondo piccolo e in ordine, che sarebbe poi sfociato, non poteva essere altrimenti, nella sua precoce vocazione militare.

In quel momento la barca del Lluent entrava in porto. Dalla balconata del Comando, il capitano la guardò con la languida malinconia con cui si vedono le cose quando si è malati. Si accarezzò con apprensione e delicatezza il plesso solare. Poi osservò il pacchetto di tabacco per terra pensando che, se gli veniva voglia di rollarsi una sigaretta, come gli stava effettivamente succedendo, forse significava che, sebbene lui non riuscisse ancora a percepirlo, i dolori stavano diminuendo. Sì, decisamente era un buon segno. Ma allungando il braccio per prendere il pacchetto vide un'ombra immobile in fondo alla balconata ed ebbe un piccolo sussulto che gli provocò un nuovo attacco di acidità.

«Il cavolo mi sta uccidendo», disse il militare quando vide Benito Buroy. «Su questo isolotto mangiamo solo pesce e verdura, ma è meglio così. La carne arriva mezza marcia. È impossibile capire di che animale sia».

Fedele al suo scarso interesse per gli altri, Benito Buroy rimase in silenzio. Anche lui aveva appena cenato, ma all'osteria, con l'unica compagnia di quell'odiosa grassona che non gli parlava e non lo guardava negli occhi. Un vero paradiso. Ma poi era arrivato un gruppo di soldati che si erano messi a giocare a carte e a gridare, girandosi verso di lui per domandargli dove avesse fatto la guerra, o per chiedergli la sua opinione su un argomento di cui stavano parlando, o più semplicemente per invitarlo a unirsi a loro, come se standosene in disparte li facesse sentire terribilmente a disagio. A Benito Buroy i gruppi chiassosi trasmettevano un'insopportabile sensazione di solitudine condivisa, per cui non ci mise molto a uscire dall'osteria e, in mancanza di altra scelta, se non quella di passeggiare per la piazza al buio, tornò al Comando.

«Vuole sentirne una di bella?» continuò il capitano. «Il nubifragio di ieri ha dissotterrato i morti del cimitero. Qui sono sempre stati talmente pigri da non prendersi neanche la briga di scavare le fosse. Quattro palate tanto per fare il proprio dovere, un po' di terra sopra il cadavere, una rozza lapide, quando la mettevano, addossata al muro, e via. È tutto. E se poi piove succede un casino tremendo... Ho dovuto mandare un plotone per mettere un po' in ordine le sepolture. Hanno trovato di tutto, persino una lettera manoscritta e lo scheletro di un cane. A chi diavolo può venire in mente di sotterrare un cane in un camposanto?»

Dopo essersi mosso sulla sedia come se gli bruciasse lo sfintere, concluse:

«Questo maledetto cavolo mi sta uccidendo».

Benito Buroy si ricordò di Otto Burmann. Anche lui si lagnava spesso per il mal di stomaco, per dolori reumatici o arteriosi, in genere per tutti quei malanni che, non avendo una causa visibile, gli permettevano di trascorrere un'intera giornata nel suo grande letto coperto di cuscini emettendo gemiti soffocati, assumendo pose tragiche per chiedergli conforto.

«Ho bisogno di una lista di tutti i residenti», disse voltandosi verso il militare senza far caso a quello che gli aveva appena detto.

«Dei residenti di dove?» chiese l'altro. «Di qui... di Cabrera? Lei è arrivato due giorni fa, vero? Be', li conosce già tutti! Manca solo un tedesco che vaga sperduto nell'entroterra. Ma lo incontrerà. Ogni tanto scende all'osteria».

Benito Buroy pensò che era una vera fortuna. Se il tedesco se ne andava a zonzo per i monti sarebbe stato più facile disfarsene. Chiese dove si trovasse esattamente.

«Qualche giorno fa l'ha visto una pattuglia», continuò il militare che, nonostante l'acidità di stomaco, era in vena di chiacchierare. «Se ne sta dall'altra parte dell'isola, in una baia che chiamano de la Olla, quella con in mezzo un faraglione. Sembra che viva in una grotta, lì ce ne sono molte. Io però mi chiedo... insomma, mi chiedo cosa ci fa qui un tedesco. Di quali colpe si sarà macchiato? Che rimanga tra noi, io ho l'ordine di ridurlo un colabrodo se cerca di scappare dall'isola, ma a lui non passa neanche per la testa di avvicinarsi al molo. In ogni caso controlliamo sempre la barca dei rifornimenti, non si sa mai».

Alzò le braccia per stiracchiarsi, mise i piedi sulla ringhiera, accese di nuovo la sigaretta che si era spenta, e buttò lì con naturalezza:

«Che scassacazzi i tedeschi! Così superbi! Avrebbe dovuto vederlo un paio di settimane fa, quando Felisa ha preparato la paella!»

Grazie all'entusiasmo dell'ostessa era stata una giornata lieta in un'epoca in cui nessuno se l'aspettava. Felisa García, rivestita della sapienza esotica di chi ha visto splendori molto lontani, era arrivata da Maiorca come se avesse fatto il giro del mondo, portando tesori e prelibatezze. Anche se tornava docilmente all'ovile per riprendere la sua vita di reclusa all'osteria, non avrebbe dimenticato che un gentiluomo come Dio comanda, un vero signore del capoluogo, aveva lodato il suo gusto squisito. Il concetto che aveva di se stessa era così cambiato e si sentiva talmente a suo agio nella raffinatezza appena scoperta, che aveva persino lavato il lurido grembiule e addolcito per quanto possibile i suoi modi sguaiati. Così, pulita, ben pettinata e dolce, quella mattina era apparsa di buon'ora all'osteria. Paco, che non la guardava mai, rimase a fissarla con stupore e cercò di portarsela di nuovo in camera, ma Felisa se lo staccò di dosso con una spinta amichevole e gli ordinò di fare un bel fuoco sulla piazza, perché aveva bisogno di molta brace per la sua dimostrazione di squisitezza culinaria. Ad Andrés chiese di preparare un tavolo sotto il pergolato a cui avessero potuto sedere tutti, e vedendo il capitano che si avviava verso l'accampamento, lo seguì sforzandosi di ancheggiare un po', quanto bastava per non dare l'impressione di soffrire di reumatismi.

«Constantino», gli disse, «oggi non le porteremo da mangiare. Verrà a casa mia. Preparerò la paella che le ho promesso. Si faccia bello e porti qualcosa come aperitivo».

Così, un giorno cocente di metà agosto, gli osti e loro figlio Andrés, il Lluent, un altro pescatore chiamato Sebastián, che aveva avuto la fortuna di capitare lì per caso, la massima autorità militare dell'isola di Cabrera e le sue prigioniere Leonor e Camila Dot, levarono i bicchieri per brindare a un futuro che, a dir la verità, appariva piuttosto cupo. Per rendere più perfetta la letizia che Felisa irradiava dalla torre della sua recente autostima, quel giorno l'eremita tedesco scese all'osteria per rifornirsi di tabacco. Vedendo quel banchetto rimase di sasso, con la faccia che tradiva l'immediato desiderio di non trovarsi davanti tutte quelle persone che si erano girate a guardarlo interrompendo la conversazione. Il capitano tossì, contrariato dalla presenza del tedesco. Gli avevano ordinato di sorvegliarlo, non di bere con lui, e Constantino Martínez era un uomo molto pignolo nel considerare il posto che ognuno occupa in questo mondo. Ma su quello schifo di isolotto era veramente difficile rispettare le convenzioni.

Per la fortuna di tutti, Felisa García dimostrò che l'autorità non bisogna teorizzarla ma metterla in pratica. Prese il tedesco per un braccio, lo trascinò sotto la pergola, gli mise in mano un bicchierino con lo sherry portato dal capitano, e poi si voltò verso il militare per chiedergli di aiutare Paco a portare in tavola la paella. Il capitano, che in ossequio agli ordini dell'ostessa aveva messo l'uniforme migliore, le obbedì di nuovo, benché con l'indolenza di chi si vede costretto a pulire le latrine.

Dopo un po' erano tutti un tantino brilli per il vino, che quel giorno scorreva con un'abbondanza poco consona al razionamento, e il pescatore Sebastián, che nessuno conosceva, guardava Leonor Dot con malcelata libidine. Lei, che con grande eleganza aveva scelto di fingere di non accorgersene, ascoltava Felisa García. L'ostessa le aveva portato da Maiorca diverse piantine di insalata e le spiegava come legarle quando fossero cresciute perché le foglie interne rimanessero più chiare. Paco, dal canto suo, rendendosi conto che le riserve di vino si stavano prosciugando, aveva deciso di farne incetta nel proprio corpo. Accasciato sulla sedia, bisbigliava frasi incoerenti verso la vite rampicante che gli faceva ombra. Il Lluent canticchiava, come al solito. E il capitano, trincerato nella marzialità che non gli era mai venuta meno, sognava un mondo limitato che non avesse niente a che vedere con quello eccessivamente ristretto e miserabile in cui si trovava. Sognava un proprio mondo, ma sufficientemente grande da poterlo chiamare patria senza bisogno di ricorrere a Osaka, Gerusalemme o Pietrogrado. Ormai sbronzo, gridò *Arriba España!* e risprofondò nel silenzio. Solo Markus Vogel non faceva una piega. Non aveva quasi toccato il vino, ma si era ingozzato di paella con una fame da lupo che nemmeno la sua educazione poteva dissimulare, senza mai aprire bocca per tutto il pranzo. Sembrava stare seduto a quel tavolo per un errore che sopportava solo per cortesia.

Da un pezzo Andrés e Camila si erano estraniati dagli altri. La bambina aveva tirato fuori uno dei suoi quaderni e insegnava all'amico a disegnare figure umane.

«Non fargli tante braccia. Sembra un polipo».

Andrés annuì meccanicamente, ma continuò a disegnare braccia.

«Adesso sembra un riccio», commentò Camila.

E si girò verso il tedesco.

«Markus, anche tu hai deciso di non parlare?»

Markus Vogel la guardò per qualche istante. Camila ebbe la sensazione che qualcosa le passeggiasse sulla faccia, ma era solo l'effetto dello sguardo del tedesco. Nessuno l'aveva mai guardata con tanto interesse, come se sul suo viso ci fosse un'infinità di dettagli da studiare con cura. Di solito, le persone si guardavano senza vedersi.

«Non ho niente da dire», rispose finalmente il tedesco.

«Be', a volte bisogna parlare. Altrimenti non tiri fuori i pensieri di troppo e finirai come Andrés, che ne ha così tanti che non sa come metterli in ordine».

Il tedesco sorrise. Fu l'unico momento di quel pranzo estivo in cui sembrò sentirsi a proprio agio. Si chinò verso Camila e le accarezzò dolcemente la guancia. Poi ritirò la mano con la delicatezza con cui si posa un oggetto fragile in una cristalliera.

«Se parli», disse alla bambina, «fa' in modo che le tue parole siano più interessanti del tuo silenzio. Non è un pensiero mio, bensì di un filosofo. Comunque hai ragione. La prossima volta parleremo un po'».

Si alzò in piedi, deciso a tornare immediatamente nella sua spiaggia deserta. Felisa sparì un momento dentro l'osteria e riapparve con un pacchetto che consegnò al tedesco senza curarsi di essere discreta. Lui se lo mise in tasca e, per dimostrare la propria gratitudine, fece un leggero inchino.

«Sono contento di essere venuto», disse. E sorprendentemente aggiunse: «Oggi lei è davvero radiosa».

Felisa García non poté evitare un mugolio di soddisfazione, ma riprese subito il controllo di sé. Dandogli una pacca sul petto che avrebbe steso qualsiasi uomo meno corpulento di lui, gli disse di tornarsene una volta per tutte sulla sua fottuta scogliera. Poi, mentre il tedesco si allontanava, si sedette di nuovo a tavola, osservò con disgusto il marito e, mescolando anche lei i pensieri, seppure in modo facilmente decifrabile, esclamò:

«Che uomo...! Che schifo!»

«*Arriba España!*» insistette il capitano Constantino Martínez, che si sentiva in dovere di recuperare il comando del suo piccolo mondo. «Che i tedeschi vadano affanculo!»

Leonor Dot era rimasta immobile, abbracciata a se stessa, in mezzo all'orto. Con il sorgere del sole giungevano dal mare fresche raffiche di vento che le scompigliavano i capelli, ma la donna non le notava e non sentiva freddo. Non si era nemmeno trattenuta, come ogni mattina, a osservare la baia nel profondo silenzio delle prime ore del giorno. Una ciocca di capelli le cadde sugli occhi. Leonor Dot la raccolse dietro l'orecchio senza abbandonare l'aria pensierosa. Poco prima, al risveglio, forse per la prima volta da quando era arrivata sull'isola, era stata sopraffatta da qualcosa che non apparteneva al passato. L'aveva svegliata una sensazione di pienezza ormai quasi dimenticata, il bisogno gioioso di intraprendere qualche attività, ma non per il semplice fatto di resistere, non per l'ostinazione che l'aveva sostenuta fino ad allora, ma per soddisfare l'ansia impellente di dedicarsi a progetti per cui valesse la pena alzarsi dal letto la mattina. Dopo essersi vestita in silenzio e aver baciato Camila sulla fronte, era uscita nell'orto per controllare i cespi di lattuga. Era arrivato il momento di legarli come le aveva spiegato Felisa il giorno della paella.

Tornò in casa, ravvivò il fuoco buttandovi qualche stecco e vi mise a bollire una pentola d'acqua. Poi prese le striscioline di tela che aveva preparato e andò di nuovo nell'orto. Nell'angolo più lontano spuntavano anche le carote, e vicino al pozzo facevano capolino le foglie delle rape e dei rapanelli. Lungo il muro della casa, alcune canne conficcate per terra aspettavano che crescessero le piante di pomodoro. Benché non avesse nulla da rimproverarsi, Leonor Dot si vergognava di provare piacere a essere lì, orgogliosa del suo lavoro e sollevata di vedere, dopo tanto tempo, Camila finalmente al sicuro. Non poteva né voleva dimenticare gli orrori che avevano accompagnato la sua vita fino a quel momento, ma non poteva nemmeno evitare che dentro di lei germogliasse, come nell'orto dove aveva lavorato tanto, qualche virgulto orientato al futuro. Nemmeno il ricordo più vivo può impedire che la vita continui. Sebbene lo sapesse, quella mattina Leonor Dot provava vergogna di essere contenta, una vergogna simile a quella che la invadeva quando ricordava i giorni successivi alla morte di Ricardo. All'ospedale, Camila non si era staccata neanche un secondo da lei, ma Leonor non ricordava la faccia della bambina, né la sua presenza, né niente di quello che le aveva detto per tutto quel tempo. Non aveva mai saputo di cosa era vissuta la figlia finché, in un'alba simile a quella, un'infermiera l'aveva svegliata per dimetterla e la polizia le aveva fermate prima che potessero anche solo domandarsi cosa fare delle loro vite.

Qualche tempo dopo Camila, ancora in camicia da notte, sbocconcellava un pezzo di formaggio mentre leggeva sotto il portico. La madre, che quella mattina era instancabile, canticchiava e diserbava il terreno davanti a casa. Dietro di lei si stendeva il mare, che il sole riempiva di trasparenze. Camila alzò un momento lo sguardo e notò che proprio in quel momento la barca proveniente da Maiorca stava entrando nella baia. Avvisò la madre, perché quella barca, da quando Felisa García era andata nel capoluogo e aveva riannodato i rapporti con il cognato, era diventata una miniera di sorprese per l'ostessa. Il gerarca maiorchino, non potendo tollerare che nessuno imparentato con lui vivesse sulla soglia della miseria, le mandava insaccati, bottiglioni d'olio e grandi pagnotte di pane bianco. E Felisa, grata a Leonor Dot di averle dato l'anello della Xuxa, condivideva i regali con lei.

Quel mattino la barca non portava solo pacchi. Ne scesero tre uomini che si avviarono verso il Comando militare. Quello che camminava in mezzo indossava un cappotto a dispetto del caldo e aveva in mano una valigia. Accanto a lui si distingueva la figura inconfondibile del commissario.

«Portano un altro disgraziato», disse Leonor Dot. «Rimarremo in casa finché non se ne saranno andati».

Era inutile cercare di evitare l'uomo che le aveva relegate a Cabrera. Si trovavano lì proprio perché in quel luogo non potevano sfuggire alle sue visite. D'altro canto il loro lungo soggiorno sull'isola non implicava che a poco a poco si sarebbe dimenticato di loro. E infatti il commissario non le dimenticava, ma non aveva nemmeno la smania di far pressione su Leonor Dot. Era sicuro che il tempo avrebbe finito per sfiancarla. Dal canto suo, Leonor sapeva che avrebbe potuto incaponirsi finché voleva senza riuscire a dare fastidio a nessuno. A chi poteva importare una pratica incagliata per mesi, se non addirittura per anni? A chi poteva importare che lei e la figlia marcissero su quell'isola per il resto della loro vita? Da un certo punto di vista, non doveva ringraziare il fatto che quel poliziotto continuasse a interessarsi alla loro sorte?

Poco dopo l'arrivo della barca, il commissario attraversava l'orto respirando affannosamente per colpa della salita, girava attorno alla costruzione fino ad arrivare al portico ed entrava in casa senza bussare né annunciarsi. Leonor Dot, che in quel momento stava lavando i piatti della sera prima, alzò il mento e lo fissò. Il commissario non sembrava rendersi conto di invadere l'intimità di altre persone. In realtà se ne rendeva conto eccome, ma lo considerava parte del suo lavoro. Si accomodò su una sedia, osservò un attimo Camila, che se ne stava tranquilla in un angolo della stanza, e diede alcuni colpetti sul tavolo con le nocche.

«Quando mi firmerà quelle carte?»

«Sono calunnie», rispose subito Leonor Dot. «Non vi aiuterò a disonorare la memoria di Ricardo».

«Lei non immagina cosa fanno i mariti alle spalle delle mogli».

Rimase un attimo in silenzio perché quella frase insidiosa facesse effetto. Poi continuò:

«Ci pensi bene... E le dico anche questo: posso fare in modo che lei e sua figlia partiate per il Messico. Là avete degli amici, lo so. Mi hanno raccontato molte cose del suo passato».

Leonor Dot si voltò di nuovo verso l'acquaio e rimase appoggiata alla pietra, immobile. Il commissario si alzò, le si avvicinò da dietro e le afferrò le braccia. La donna non oppose resistenza. Il poliziotto le teneva i polsi come se stesse per legarglieli dietro la schiena. Ma voleva solo guardarli.

«Che stronza!» esclamò. «Avevano ragione quelli di Barcellona! Ha avuto fortuna, le cicatrici quasi non si vedono... Spero che qui non impazzisca e non ci riprovi».

Stava per aggiungere qualcosa ma lo interruppe la voce di Camila. Risuonava alle sue spalle in un urlo articolato a fatica:

«Lasciala...! Ti ho detto di lasciarla! Di lasciarla...!»

Un paio di piccoli pugni gli stavano percuotendo la schiena come un uccello svolazzante contro di lui. L'uomo si strinse nelle spalle, mollò le mani di Leonor Dot e, dopo aver dato un'occhiata alla bambina, che adesso era indietreggiata e lo guardava dalle fessure feroci degli occhi, uscì di casa pensando che la cosa di cui aveva più voglia era un bicchiere di vino. Non voleva certo amareggiarsi per come la gente mandava a puttane la propria vita. Se quella donna si ostinava a dare testate contro i muri, be', addio, e buonanotte al secchio. Non avrebbe dovuto sposare un rosso.

Era una giornata stupenda. Soffiava una brezza di mare che mitigava il caldo, ma il commissario iniziava a essere stufo di Cabrera. Ogni volta che vi si recava constatava che gli isolani si lasciavano vivere senza fare niente, sdraiati come cani all'ombra. Persino i soldati cadevano in un'indolenza degradante che nessuno sembrava voler combattere. Era penoso vederli passeggiare oziosi intorno all'accampamento, intenti a sbadigliare e a grattarsi i coglioni. Se fosse dipeso dal commissario, avrebbe messo tutti a fortificare la rocca o a ricostruire il castello, che ne aveva bisogno, o a innalzare una grande croce per i caduti per Dio e per la Spagna.

Scendendo al porto incrociò Felisa García, che saliva con una grossa scatola.

«Ma dove cazzo va?» fece il commissario. «Possibile che qui nessuno sia dove deve essere? E adesso a chi lo chiedo un bicchiere di vino?»

«A mio marito», rispose l'altra senza fermarsi. «A quest'ora è abbastanza sobrio. E non faccia tanto lo spavaldo, porca troia! Mio figlio è cavaliere mutilato!»

Quando Felisa arrivò sull'uscio di Leonor Dot si scontrò quasi con Camila, che si era vestita in fretta per correre a vedere l'uomo arrivato con la polizia. L'ostessa bloccò la bambina e le raccomandò di fare attenzione. Poi, lasciandola libera, chiamò Leonor Dot. Non ci fu risposta. Entrando la vide di schiena vicino alla finestra. Posò con cura la scatola sul tavolo, alzò il coperchio e tirò fuori una bottiglia.

«Mio cognato mi ha mandato questo. Sembra spumante. Che strano, no? Mia sorella sa che io non bevo».

Leonor Dot tirò fuori il fazzoletto per soffiarsi il naso. Poi si avvicinò al tavolo, prese la bottiglia e osservò l'etichetta per qualche secondo.

«È Veuve Clicquot...» disse, guardando l'altra donna con un sorriso mesto. «Champagne, Felisa. Lo fanno in Francia e costa un sacco di soldi».

«Che strano... C'è anche un biglietto. Dimmi cosa dice».

Era scritto a macchina e firmato a penna con un complicato svolazzo. Leonor Dot lo lesse stringendo le labbra. Felisa García, avendo notato che qualcosa non andava, la guardò preoccupata senza badare troppo alle sue parole.

«Tuo cognato dice di berlo davanti a tutti e di farlo alla sua salute. Vuole che sappiano che siete suoi parenti».

L'ostessa le aveva posato una mano sull'avambraccio. Ora le avvicinava il viso alla guancia. Aveva l'alito dolciastro. La voce della donna riecheggiò nell'orecchio di Leonor Dot con il timbro roco della confidenza.

«Tu l'hai già bevuto... Lo conosci, vero? Ti ricorda i tempi felici...»

Leonor Dot sorrise di nuovo. Lo fece con l'aria assorta degli anziani che non si riconoscono più nemmeno nei loro ricordi.

«Be', io farò in modo che tu sia di nuovo felice!» gridò Felisa García facendola trasalire.

Andò alla porta, ma prima di uscire si girò verso l'amica e aprì le braccia, come un soprano nel punto culminante di un'aria.

«Per il momento, tieni queste bottiglie! Sono tue! Non mi ringraziare! Bevitele!»

Benito Buroy era sull'isola già da quattro giorni e la pistola continuava a stare nascosta sotto il suo materasso. Non era ancora riuscito a vedere il tedesco che doveva ammazzare, ma quei quattro giorni senza far niente avevano placato in lui la fretta provata al momento dell'arrivo. Si era abituato, con una facilità di cui per primo si sorprendeva, al ritmo lento che sembrava governare qualsiasi attività si svolgesse in quel luogo. Aveva anche cambiato il modo di dormire. La sera, finita la cena, dall'osteria emanava una luce fioca e alcuni soldati gironzolavano al buio parlando di donne eteree come fantasmi, le onde si frangevano sulla spiaggia facendo rotolare i ciottoli con una dolce melodia di nacchere e il Lluent canticchiava sulla porta di casa dondolando il busto. In quell'ora in cui una placida latenza lo pervadeva tutto, il capitano si accendeva un sigaro sulla balconata mentre a poco a poco il vocione di Felisa García si attutiva come se una lontananza estrema, una lontananza che non dipendeva dallo spazio ma dall'isolamento e dalla solitudine, andasse calando sulla piazza. Benito Buroy si sedeva dove capitava e, senza che nessun pensiero lo tormentasse, vuoto di idee e sentimenti, in pochi minuti si addormentava. Quando dopo un po' si svegliava, il capitano non era più sulla balconata e sulla piazza regnava il più assoluto silenzio. Allora andava a letto barcollando e si coricava nudo, per svegliarsi di nuovo dopo qualche ora, poco prima che iniziasse ad albeggiare, con una sensazione di benessere che non provava da quando era bambino.

Sebbene non ne fosse cosciente, Benito Buroy aveva trovato quello che desiderava da quando era finita la guerra, un luogo che gli permettesse di vivere appartato da tutto, dal tempo e dalla storia, un luogo dove l'ambizione non aveva senso e dove i ricordi potevano sbiadire fino a dissolversi. Era il posto ideale per uno a cui non interessava più nulla. Eppure quella mattina qualcosa gli avrebbe ricordato che non esisteva una via d'uscita, non lo avrebbero più lasciato godere della minima tranquillità, e lui stesso, Benito Buroy Frere, non era altro che un predatore arrivato a Cabrera per impedire a una persona di sfuggire al proprio destino. La guerra civile era finita da più di un anno, ma non la persecuzione instancabile del nemico di cui adesso, che gli piacesse o meno, lui faceva parte.

Quella mattina si svegliò un po' prima del solito. Vedendo che dalla finestra non entrava luce, si girò per continuare a dormire finché capì di essere stato svegliato non dall'imminenza dell'alba, ma da strani rumori provenienti dall'ingresso del Comando militare. Un attimo dopo arrivarono alle sue orecchie il rombo del motore di una barca sul molo e la voce del capitano, che chiedeva se i volontari erano pronti. Benito Buroy si vestì e uscì sulla piazza. Sul molo una coppia di guardie civili scortava un uomo che camminava con le braccia legate dietro la schiena. Li seguiva un prete, che si sfregava le mani per riscaldarsi. Il capitano Constantino Martínez parlava con un sergente sotto il fico. Numerosi soldati erano fermi sull'attenti vicino a loro e guardavano con curiosità il detenuto appena sbarcato, aspettandosi da lui un comportamento fuori dal normale. Ma l'uomo camminava senza alzare gli occhi da terra, scortato da una guardia che lo teneva per un braccio. Quando giunsero al luogo dove lo aspettavano i militari, le guardie civili consegnarono al capitano una busta.

«Corte marziale», disse uno di loro. «Tribunale militare di Palma. Il condannato è originario di Cabrera».

Il sacerdote pestò i piedi per terra per riscaldarli. La traversata per mare lo aveva completamente intirizzito. Il capitano si fece il segno della croce e lo salutò con un inchino.

«Forse le andrebbe un goccetto per ritemprarsi...» gli disse.

«Ma cosa dice!» rispose il prete. «No... Togliamoci subito il pensiero».

Salirono su per il viottolo del castello. Benito Buroy, che li seguiva da lontano, si rese conto che fino a quel momento non si era mai addentrato nell'isola, di cui conosceva solo i dintorni della piazza. All'orizzonte cominciava ad albeggiare e il paesaggio si andava tingendo di una luce tenue, così fredda che sembrava trascinare con sé l'umidità del mare. Il terreno era quasi brullo, ma aleggiava nell'aria un forte odore di rosmarino. Una volta in cima alla collina si lasciarono alle spalle il rudere del castello e piegarono verso l'entroterra. Lì, dove iniziava il dolce pendio che scendeva fino al mare dalla parte opposta dal paese, si trovava il cimitero, circondato da un muretto di pietra e così piccolo che quasi non si notava. Un cancello arrugginito chiudeva l'entrata, ma le guardie civili non lo aprirono. Sistemarono l'uomo contro il muro esterno. Il sacerdote che, dopo lo sforzo della salita, sembrava essere finalmente riuscito a scaldarsi, gli si avvicinò e lo guardò per qualche secondo con un'impazienza priva di pietà.

«Quello che hai fatto è imperdonabile», gli disse, «ma la benevolenza del Signore è infinita. Vuoi confessarti?»

Per tutta risposta il condannato si mise a singhiozzare.

«Comportati da uomo, cazzo», fece il prete. «Te lo chiederò di nuovo... Vuoi confessare i tuoi peccati o preferisci portarteli dietro all'inferno?»

L'uomo non la smetteva di singhiozzare. Le ginocchia gli

cedettero e provò ad appoggiarsi al braccio del sacerdote.

«Lasciami! Alzati! Ti ho detto di alzarti!»

Il reverendo accostò il prigioniero al muro. Accertatosi che si reggeva in piedi da solo, si allontanò dicendo al capitano Constantino Martínez:

«Su, sbrighiamoci».

Benito Buroy, seduto su una roccia a una certa distanza da loro, vide che i soldati non si decidevano a schierarsi. Non doveva fargli piacere sparare contro un uomo che piangeva. Il sergente li mise in fila a forza di spintoni e ordinò di caricare le armi. Poi guardò il superiore, ma il capitano, che chiacchierava con il sacerdote, gli fece cenno di pensarci lui. Il sole stava già spuntando all'orizzonte.

Risuonò una detonazione multipla, una raffica disordinata, e il condannato crollò in ginocchio. Restò per qualche secondo in quella posizione, poi cadde bocconi emettendo un lungo lamento. I soldati, attoniti, lo guardavano senza abbassare i fucili.

«Ridruejo!» gridò il capitano. «Non vedi che è vivo? Su, dagli il colpo di grazia!»

Il sergente si fece avanti sfoderando la pistola e riecheggiò un ultimo sparo. Il prete aveva osservato la scena con un'espressione di profondo disgusto.

«Quanto costa ripulire la Spagna!» osservò rivolgendosi al capitano che annuiva in silenzio. «Su questo paese deve averci messo lo zampino il diavolo, e questi sono i risultati... Cominci pure a scendere, se vuole. Io reciterò una preghiera per l'anima di questo assassino e poi accetterò il goccetto che mi ha offerto prima».

Il militare non se lo fece ripetere due volte e mentre il sacerdote ordinava ai soldati di scavare la fossa in quel punto, fuori dal camposanto perché il reo aveva rifiutato la confessione, si girò e si avviò al Comando. Benito Buroy non si mosse dal sasso dove era seduto finché non gli arrivò vicino. Allora si alzò in piedi e si mise a camminare accanto a lui.

«Buongiorno», mormorò il capitano. «Ha visto, saltano

fuori dappertutto. Sono come le mosche in estate».

Benito Buroy non ribatté all'osservazione. Camminava pensando che anche lui aveva un dovere da compiere. Tra un paio di giorni sarebbe arrivata la lancia dei rifornimenti e lui doveva assolutamente tornare a Palma su quella barca. Ma non aveva ancora visto il tedesco.

«Quel sant'uomo del parroco mi ha raccontato la storia del condannato», proseguì il militare. «Sa che qui a Cabrera si produceva un carbone di prima qualità? E sa chi lo faceva? Quel tipo che abbiamo appena fucilato. Se avesse continuato a fare il suo lavoro non gli sarebbe successo niente, ma ha preferito andare nell'Ampurdán a far fuori i preti. Lo hanno beccato a Barcellona, nascosto in una cantina piena di topi».

«Io lo avrei rimesso a fare il carbonaio», disse Benito Buroy senza troppo entusiasmo. «Un giorno dovremo pur riprendere a vivere normalmente».

«Crede? E cosa ce ne facciamo del rancore di quel marxista? Posso mettermi in affari con qualcuno che mi odia e vuole solo vedermi morto? Li lasciamo tornare tutti a casa perché continuino a cospirare contro di noi? Se persino il cardinale Gomá, che era un uomo di chiesa e un santo, ha detto che l'unica soluzione era sterminarli tutti... Guardi, guardi laggiù».

Il capitano Constantino Martínez indicava il mare. In lontananza, sulle acque calme, si vedevano due linee grigie che riverberavano come se fossero sul punto di evaporare.

«Vede? Sono navi inglesi. Stanno lì per impedirci di commerciare con l'Italia, e per il momento si limitano solo a questo. Ma prima o poi finiremo per entrare in guerra. Allora per me sarà già abbastanza faticoso difendere l'isola, figuriamoci se dovessi anche controllare che a un comunista non venga in mente di pugnalarmi alla schiena. Il peggior nemico è nella retroguardia, caro amico».

Accelerarono il passo, perché il comandante voleva notificare la presenza della flotta britannica. Una volta sulla piazza, vedendo che la porta dell'osteria era già aperta, Benito Buroy si fermò lì. Non appena entrò, scoprì Felisa García intenta a guardare fuori da uno dei vetri coperti di unto.

«Chi era?» domandò la donna. «Ho preferito non guardare».

«Uno del posto», rispose Buroy appoggiando i gomiti al bancone. «Non mi hanno detto come si chiamava... Faceva il carbonaio».

Felisa García non distoglieva lo sguardo dalla finestra, ma non sembrava vedere nulla all'esterno. Posò la mano sulla superficie sporca del vetro.

«Tra poco mio figlio sarà sulla sua sedia a rotelle in un angolo di una strada di Madrid... Quando era piccolo, mi chiedeva continuamente il permesso di andare da Pascual. Così si chiamava quell'uomo, Pascual. Mio figlio adorava passare la notte all'aperto a guardare il fumo che usciva dalla carbonaia. Aveva imparato bene il mestiere, i bambini imparano subito... È un lavoro che potrebbe fare anche adesso, se tornasse».

Sorprendentemente, Benito Buroy provò il bisogno di dire qualcosa.

«Anch'io stavo quasi per essere fucilato...» cominciò, ma si sentì ridicolo e lasciò la frase a metà.

«Vedo che lei ha avuto più fortuna», gli rispose l'ostessa. «Non è necessario che mi racconti la sua vita».

La vedova di Ricardo Forteza era arrivata sull'isola con la figlia da più di un mese. Certe notti, quando Camila dormiva, Leonor Dot scendeva all'osteria e rimaneva a chiacchierare un po'. Le piaceva conversare con Felisa al tavolo della cucina, guardando le stelle dalla finestra, con il rumore di fondo delle voci dei pochi clienti dell'osteria e i colpi secchi delle tessere del domino. In quella cucina si respirava l'atmosfera di una grotta calda e accogliente. Lo erano anche le parole di Felisa García che, sola con l'amica, si abbandonava a riflessioni filosofiche di ineccepibile semplicità. Dopo un lungo silenzio introspettivo diceva: «Tutto è così semplice e complicato, vero?» oppure: «Saremmo così felici se non fosse per le disgrazie», o ancora: «Sono contenta di non aver studiato come te, Leonor, con la vita che faccio sarebbe molto triste se sapessi tutto quello che sai tu». A queste riflessioni Leonor Dot rispondeva invariabilmente con un sorriso, e allora Felisa García recuperava in parte i suoi modi sguaiati, dava una manata sul tavolo ed esclamava:

«Che sciocca che sono, cavolo! Non so nemmeno pensare! Le idee mi assalgono una dopo l'altra e finisco per dire stupidaggini!»

Non avrebbe mai potuto immaginare che Leonor Dot la ammirasse, ma qualcosa nello sguardo di lei faceva sì che l'ostessa si sentisse vicina a quella signora di città e la spingeva a pensare che dopotutto non erano così diverse, e lei, Felisa García García, nonostante fosse cresciuta in quel posto sperduto e miserabile, poteva farsi un'idea generale di come era il mondo, con tutte le sue grandezze e miserie. In compagnia di Leonor Dot, Felisa era costretta a dar voce alle proprie sensazioni, un compito non facile. Si era abituata a vivere in preda a un vago e diffuso malessere, ma se cercava di spiegarlo durante le lente e prolungate conversazioni in cucina, questo acquisiva mille sfumature insospettate e una complessità che spesso la lasciava perplessa e le provocava persino il capogiro. Allora cercava di dimenticarsi di se stessa e parlava della prima cosa che le veniva in mente:

«Uno dei soldati, un ragazzo di Logroño che studia per diventare maestro, mi ha detto che il pepe lo hanno portato gli arabi dal lontano Oriente. Che cosa straordinaria! Se sapessi leggere, leggerei libri sul pepe».

«I libri parlano di tutto, Felisa», rispondeva Leonor Dot. «Se vuoi ti insegno a leggere».

Ma l'ostessa scuoteva la testa e diceva di non averne né tempo né voglia, che ognuno era come era e, nello stesso modo in cui avrebbe potuto riferirsi a un tratto fisico o a un aspetto incorreggibile del carattere, che lei era nata analfabeta e così sarebbe morta il giorno in cui Dio lo avesse deciso.

Una di quelle sere, dopo aver conversato un po' con Felisa, Leonor Dot uscì dall'osteria e si avviò lentamente verso casa. C'era la luna piena, così grande e luminosa che la notte sembrava un giorno cupo. La terra riverberava come se le pietre fossero venate di metalli preziosi, e le sabine che fiancheggiavano il sentiero apparivano di un grigio biancastro assumendo l'aspetto di vegetali fossili. Alcuni uccelli attraversavano il cielo, disturbati dal chiaro di luna. Leonor Dot si fermò a osservare il luccichio metallico del mare; dopo qualche secondo, però, si sentì lambire dal freddo e da quella sensazione di solitudine, di abbandono definitivo, che la invadeva non appena abbassava un po' la guardia. Si incamminò in silenzio verso casa pensando che quella notte le sarebbe stato difficile prendere sonno. La chiave che aveva trovato Camila era nella serratura, ma non la usavano mai. Spinse adagio la porta.

In un primo momento si stupì che la luce della luna inondasse l'interno della casa, perché lei stessa aveva tirato le tende prima di scendere in paese. Subito dopo soffocò un gemito e si portò una mano al petto. Camila dormiva a pancia in giù, scoperta e con la camicia da notte arrotolata fino alla vita. Aveva le gambe incrociate, i polpacci rilassati e sulle cosce le prime curve, segno che presto sarebbe diventata una donna. Le natiche, simili a pallidi frutti, sembravano bianchissime sotto quella fosforescenza argentata. Camila dormiva protetta dalla luna mentre Andrés, in piedi vicino al letto, assolutamente immobile e a bocca aperta, la osservava con l'espressione rapita con cui si assiste a un miracolo.

Leonor Dot fece ancora qualche passo prima di reagire. Quando capì cosa stava succedendo, perse il lume della ragione, si scagliò contro il ragazzo e cominciò a picchiarlo con i palmi delle mani.

«Figlio di puttana! Sei un figlio di puttana!»

Andrés non si mosse e neanche cercò di difendersi, si

limitò a ripararsi la testa con le braccia. Camila allungò una mano alla cieca nel tentativo di trovare il lenzuolo. Sua madre, senza smettere di colpirlo, mise Andrés alla porta.

«Vattene! Non farti più rivedere qui! Vattene!»

Il ragazzo obbedì con la reazione dissennata di un animale spaventato. Scappò via di corsa, attraversò il sentiero e sparì su per i monti. Leonor Dot lo inseguì. Con i pugni chiusi e il respiro ansimante, pronunciò un'ultima minaccia che in quella notte così diurna rimbombò come un vetro frantumato:

«Se lo rifai, ti ammazzo!»

Tornò in casa e chiuse la porta a chiave. Camila, come se non fosse successo niente, si era coperta e continuava a dormire. La madre oscurò la finestra con la coperta. Poi andò a letto vestita. Diversamente da quanto aveva temuto, forse perché aveva sfogato la solitudine e i nervi sulla schiena del povero mentecatto, non impiegò molto a prendere sonno.

Il mattino dopo la rabbia le era sbollita, ma le sue grida notturne avevano allarmato Felisa García. L'ostessa, che aveva trascorso la notte sveglia aspettando invano di sentire rincasare Andrés, aspettò che madre e figlia scendessero a far colazione. Si sedette a tavola con loro e chiese che cosa fosse successo. Leonor Dot tergiversò, ma Felisa, che sospettava qualcosa ed era incapace di non affrontare le brutte notizie, pretese che le raccontasse tutto. Leonor glielo spiegò tra i sorrisi, parlando dell'accaduto come di un incidente senza importanza. Camila beveva in silenzio un bicchiere di latte. Felisa García guardava con tristezza la bambina mentre si asciugava le mani nel grembiule con un gesto meccanico.

«Scusatemi, scusateci tutti e due», disse. «Andrés è incapace di fare del male, ma non sa controllarsi. Santo Dio, è tutta colpa mia! Sono stata io a metterlo al mondo... Non è tornato a casa stanotte e non so dove si nasconda».

«Non ti preoccupare, Felisa», intervenne la bambina con un tono stranamente gentile e sereno. «Io so dov'è. Adesso lo vado a prendere».

Agguantò un tozzo di pane e, mordendolo di gusto, uscì di corsa dall'osteria. Quando rimasero sole, le due donne si guardarono negli occhi.

«Non ha avuto nessuna conseguenza...» cominciò a dire Leonor Dot.

«Ma è un segno», disse l'altra in un sussurro, guardandosi intorno per paura di essere udita. «La gioia di Camila è contagiosa e agli uomini piace distruggere le cose belle. Qui non sono tutti come Andrés, che non sa neanche soffiarsi il naso. Dobbiamo fare attenzione, Leonor. Tra tutte e due dobbiamo tenerla d'occhio».

In quel momento la bambina passava di corsa davanti alle baracche dei soldati. Poco dopo si lasciava alle spalle la masseria in rovina e cominciava a salire il poggio che la separava dalla valle delle voci. Trovò il ragazzo seduto su una roccia. All'ombra della pineta, l'umidità della notte non era ancora evaporata. Andrés era molto pallido e le braccia gli tremavano. Quando la vide, abbassò la testa sprofondando lo sguardo tra le gambe. Camila gli si sedette tranquillamente accanto. Lui si scostò. La bambina si distrasse a osservare un uccello che cinguettava e saltava di ramo in ramo davanti a lei.

«Non si fanno queste cose, Andrés», disse alla fine.

E dopo averci pensato su, alzando le gambe per guardarsi le scarpe, aggiunse:

«Forse un giorno mi lascerò guardare da te... ma d'ora in avanti ti proibisco di spiarmi».

Oggi abbiamo avuto una grande sorpresa. Eravamo appena arrivate a casa dopo pranzo e mia madre si era già seduta sotto il portico per sonnecchiare un po', quando hanno bussato alla porta con delicatezza. Non era Felisa, perché lei dà certi colpi che li sentiranno perfino a Maiorca. Un po' incuriosita sono andata ad aprire e ho trovato Markus con la sua barba bianca, così indeciso che ho pensato, stupidamente, che avesse sbagliato casa. Lui si è messo di nuovo a guardarmi in quel modo strano, come se la mia faccia fosse una mappa, e mi ha detto: «Ho bisogno di qualcuno per giocare a scacchi».

L'ho invitato a non rimanere sulla porta. Allora Markus mi ha seguito facendo molta attenzione, come se avesse le scarpe tutte infangate e non volesse sporcare il pavimento. Mia madre si è fatta prendere un po' dall'agitazione vedendolo impalato sotto il portico, in quel suo modo così complicato. Nel nostro appartamento di Madrid, e anche in quello di Barcellona, lei sapeva come ricevere gli ospiti, che si sentivano subito in confidenza e a loro agio. Ma adesso è da tanto che è sola. Quando ha visto chi era arrivato, si è alzata subito in piedi. Dopo un attimo di esitazione, si sono dati la mano. «Non ho niente da offrirle, in questa casa non c'è niente, niente», si è scusata gesticolando lei. E subito dopo le è scappata una risatina ridicola e senza motivo, e mi ha chiesto di portare fuori l'altra sedia.

Markus si è seduto sotto il portico a guardare la baia. Poi ci ha proposto di fare una passeggiata sulla spiaggia. A Cabrera non c'è una scacchiera, ma per lui non è un problema. Da quanto mi ha spiegato mentre scendevamo il pendio coperto di alaterni, l'importante sono i segni nella nostra testa. Il resto si trova per terra. Così ci siamo inventati una scacchiera sulla sabbia. I pedoni erano piccoli sassolini rotondi, bianchi e neri. Per quanto riguarda i pezzi principali, ognuno ha dovuto ingegnarsi a cercare i propri. Al posto delle torri io ho scelto due pietre più grandi che stavano dritte, lumachine per i cavalli e gusci di ricci per gli alfieri. La regina era una conchiglia di madreperla, e il re un tappo di gassosa che, seppure abbastanza arrugginito, a pancia in su ricordava la forma di una corona. Markus non si è disturbato molto a cercare i suoi pezzi perché passeggiava al fianco di mia madre. Parlavano dei boschi della Baviera, di alberi alti come cattedrali, di Parigi e Venezia, di libri e dei diversi tipi di rose. Toccavano ogni argomento solo di sfuggita, come se assaggiassero vari cibi prelibati senza poterne scegliere uno. A tratti stavano in silenzio, come per cercare le parole. E quando uno esprimeva la propria opinione su una cosa, l'altro gli dava sempre ragione. Trovandosi entrambi in esilio, dopo anni e anni di infelicità, non volevano rovinarsi i ricordi a vicenda.

Alla mamma ha fatto bene quella passeggiata sulla spiaggia. Al nostro ritorno ha mostrato a Markus il suo orto. Lo hanno percorso molto lentamente, con attenzione e rispetto, come se stessero visitando un museo. Poi, dopo che Markus mi aveva lasciato vincere due volte su una scacchiera disegnata a matita sul tavolo, la mamma ha voluto aprire una delle bottiglie di champagne di Felisa. «È un sacrilegio berlo caldo», ha detto, «ma Felisa sarà sicuramente lieta di sapere che abbiamo brindato con il suo Veuve Clicquot. Le vuole molto bene». Per un po' sono rimasti seduti sotto il portico mentre io mi scervellavo su un problema che mi aveva posto Markus, uno scacco matto in tre mosse che alla fine mi ha fatto quasi impazzire, ma che sono riuscita a risolvere.

Quando è calata la sera siamo scesi tutti e tre all'osteria. Markus si è rinchiuso nel suo mondo di segni e non ha praticamente aperto bocca. Comunque ha cenato con noi, seduto al nostro tavolo vicino alla finestra, e non dava l'impressione di aver sbagliato posto o di essere lì per dovere, come il giorno della paella. Quando abbiamo finito, la mamma ha detto che era ora di tornare a casa. Io dovevo studiare ancora un po' prima di andare a letto. Siccome era già buio, e di notte non si può andare in giro per la campagna, Felisa, minacciandolo di non dargli più sigarette, ha costretto Markus a dormire in camera di Andrés, sul paglericcio dove dormiva il fratello prima di andare in guerra. Lui le ha obbedito, come fa sempre. Non ho mai visto nessuno obbedire con tanta facilità. Ma di sicuro domani, quando, un po' prima del solito, scenderemo a fare colazione, sarà già sparito.

Avevano cenato da un po' e Camila era seduta al tavolo,

sotto la luce del paralume a forma di tulipano, intenta a risolvere alcuni problemi di aritmetica che le aveva dato la madre. Leonor Dot era uscita a prendere un po' d'aria, perché era una notte afosa. Ma entrò di nuovo, con le braccia conserte e le mani posate sulle braccia. Leonor Dot faceva quel gesto quando era preoccupata. Disse che al molo stava succedendo qualcosa, si sentivano voci allarmate.

Non pensarono di potersi trovare in pericolo, ma solo di dover prestare aiuto. Mollarono tutto e, senza nemmeno chiudere la porta, scesero di corsa in paese. Sulla piazza regnava una gran confusione. Felisa stava sulla soglia dell'osteria con un gran uncino in mano e insultava a gran voce Paco, che andava inebetito da una parte all'altra, con le braccia aperte e la testa bassa, come se stesse cercando qualcosa per terra. Camila e la madre si avvicinarono al fico. Nell'oscurità le foglie emettevano un leggero fruscio. Benito Buroy e i soldati di guardia uscivano dal Comando, muniti di lampade a olio, e correvano verso il molo dove era ormeggiata la barca del Lluent. Li seguirono senza capire cosa stesse succedendo. Ma quando arrivarono videro che il capitano estraeva la pistola dalla fondina, saltava a bordo e cominciava a sparare alla cieca contro l'acqua buia. Leonor Dot emise un grido quando riecheggiarono gli spari e si fermò, coprendosi il volto con le mani. Camila proseguì. Il Lluent, fradicio e tremante, affondava un alighiero in acqua e lo tirava disperatamente. Benito Buroy diede una lampada a Camila, le chiese di tenerla in alto e saltò anche lui sulla barca. Il capitano, che aveva finito le munizioni, si mise a borbottare varie minacce, caricò di nuovo la pistola e continuò a sparare in acqua. Sembrava impazzito, ma gli altri non gli badavano. Benito Buroy lo scostò con la spalla per aiutare il Lluent a tirare l'alighiero. Gli uni e gli altri gridavano come fossero nel bel mezzo di una zuffa con un nemico invisibile. Camila aveva il cuore che batteva così forte che le sembrava che stesse per scoppiarle.

Poi alzò la lampada e lo vide. La luce tremolante illuminò

il fianco dell'imbarcazione e anche l'acqua, nera come l'inchiostro. C'era un mostro attaccato allo scafo. Aveva la pelle argentata ed era più lungo della barca del Lluent. Era a pancia in su, con le grandi fauci aperte. Sanguinava abbondantemente. Dal ventre squarciato spuntavano gli intestini, che fluttuavano nell'acqua come una strana pianta fatta di carne.

«Dio mio!» disse Felisa García, che era arrivata ansimando vicino a Camila. «È il tonno più grande che abbia mai visto! Deve pesare più di trecento chili!»

Aveva ancora l'uncino in mano. Lo consegnò a un soldato spingendolo con tale forza che per poco non lo fece cadere in acqua.

«Muoviti, coglione! Cosa aspetti, che se lo mangino le verdesche?»

Tutti insieme riuscirono a legare il mostro. Quando lo sollevarono la barca si inclinò così tanto che una cascata d'acqua si riversò sul pagliolo. Misero comunque in salvo il tonno da predatori che nessuno era riuscito a vedere e che molto probabilmente non erano neppure entrati in porto. Benito Buroy imprecò e si guardò la mano cercando di scoprire, tra tanto sangue, se sanguinava anche lui. Si era tagliato con qualcosa. Il capitano, visibilmente orgoglioso della sua prodezza, infilò di nuovo la pistola nella cintura. E il Lluent, sfinito, scese a terra con molta fatica, fece qualche passo lungo il molo e cadde riverso a terra. Leonor Dot corse ad aiutarlo mentre Felisa García, incapace di contenere l'emozione, gridava a tutti che erano un branco di scimuniti.

Un attimo dopo il tonno era finalmente sul molo, la piazza aveva ritrovato la tranquillità, Benito Buroy alzava il braccio con la mano avvolta in un pezzo di tela, e l'ostessa, ormai calma, dava pacche sulla schiena al pescatore, ancora seduto per terra.

«È tutto il giorno che mi fa tribolare», disse il Lluent con un filo di voce. «Ci ho messo sei ore ad avere la meglio. Non so nemmeno come ci sono riuscito, cacchio!»

A partire da quella sera Camila avrebbe visto il mare con altri occhi. Non avrebbe mai più potuto guardarlo senza pensare che la distesa davanti a lei in realtà era un limite. Il mare era un universo misterioso, un luogo con montagne, boschi e giganti che si infrangeva placidamente sulla riva nascondendo tutti i suoi segreti. Aveva ragione il Lluent quando diceva che non si poteva nemmeno immaginare quanto era grande. E poi diceva che, quando pescava, si sentiva come un cieco che tentava la sorte lanciando esche là dove non arrivava la vista. E quel giorno la fortuna era stata dalla sua parte. Passeggiando sul bordo del molo, Camila cercò invano, con un terrore morboso, le verdesche che lo avevano inseguito fino al porto.

«Lo farò in umido con le patate e, cazzo, se non vi leccherete le dita!» esclamò Felisa García, dimenticando per un secondo che, prendendo esempio da Leonor Dot, era diventata una signora elegante. «Adesso dobbiamo festeggiare!»

Tutti andarono all'osteria. Il capitano Constantino Martínez diede l'ordine di chiamare il medico del reggimento, il quale arrivò di corsa con la valigetta del pronto soccorso e, senza altra anestesia che qualche sorso di acquavite, suturò la ferita di Benito Buroy. Dovette dargli quattro punti sull'indice, che poi bendò in maniera esagerata.

Paco stappò una bottiglia di vino e brindarono alla salute del Lluent. Allora il capitano Constantino Martínez, dopo aver sorbito un sorso dal suo bicchiere e ignorando di essere sul punto di compiere forse l'azione più giusta della sua vita, si sedette e, con aria rilassata, trasse di tasca un pezzo di carta. Lo aprì con cura su un tavolo, perché anni e anni di umidità lo avevano incartapecorito ed era lì lì per rompersi. Dopo averlo osservato un po' come se fosse un oscuro geroglifico o forse semplicemente una sciocchezza, si rivolse ai presenti:

«I miei uomini lo hanno trovato al cimitero dopo il nubifragio. È firmato da una tale Dolores Rimbau, ma è scritto in catalano. Qualcuno lo capisce?»

«È la Xuxa», disse Felisa. «Si chiamava così, Dolores Rimbau».

Leonor Dot si avvicinò al tavolo, posò le mani sul legno e osservò il foglio senza toccarlo. Le lettere erano tracciate in modo grossolano e il tempo le aveva quasi cancellate. Più che leggere si trattava di decifrare un crittogramma. Tutti guardavano Leonor mentre muoveva dolcemente le labbra come se pregasse in silenzio.

«Sembra un testamento», spiegò alla fine. «È indirizzato a un prete, un tale Mosén Dalmau. Dice che vuole essere seppellita con il suo anello, e che il diavolo si porterà via non so chi... Non si capisce...»

«Be'», si affrettò a dire Felisa, «quell'anello non è mai saltato fuori, sicché non è stato possibile esaudire il suo desiderio. Che la Xuxa riposi in pace! Apriamo un'altra bottiglia di vino!»

Il capitano scosse la testa in segno di dissenso e indicò il foglio agitando l'indice.

«C'è ancora qualcosa. Parla di una barca... Non so cosa ci sia scritto, ma parla di una barca».

Leonor Dot si immerse di nuovo nella lettura del foglio.

«Parla di un tale Nicanor Menéndez, così sembra, Nicanor Menéndez... E di una barca, è vero... Dice che non è sua, perché lui non le ha restituito i soldi, e vuole che la affondino... Che la affondino?»

Alzò il foglio per osservarlo alla luce della lampadina. Sbatté le palpebre un paio di volte e lo rimise sul tavolo.

«Eh, sì... Vuole che affondino la barca nella baia. E per essere sicura che hanno rispettato il suo volere, che poi la sotterrino con un pezzo della chiglia... È tutto. Per concludere dice al prete di non dimenticare le messe in suo suffragio».

Contrasse le labbra in un'espressione di stupore e si strinse nelle spalle. Allora il Lluent, che era rimasto in disparte, fece qualche passo avanti con il viso così paonazzo che sembrava sul punto di soffocare.

«Me l'ha regalata!» gridò. «Adesso è mia! Nessuno la affonderà!»

Il capitano Constantino Martínez lo guardò perplesso. Poi si voltò verso Felisa García. Siccome lei non diceva nulla si rivolse all'oste, che aveva ancora la bottiglia di vino in mano:

«Chi è questo Nicanor? Cosa cazzo succede?»

Il volto di Paco lasciò chiaramente capire che stava facendo grandi sforzi per escogitare una frottola che sembrasse verosimile, ma il suo cervello istupidito si limitò a suggerirgli la verità:

«Era il marito della Xuxa. Un bel giorno è venuto a vivere quaggiù, nel rifugio dei pescatori, e da allora non si sono più rivolti la parola. Non so perché abbiano litigato. Quando la Xuxa è morta, Nicanor non si è nemmeno degnato di andare al funerale. Poi è arrivato il Lluent e si è messo ad aiutarlo. Hanno lavorato assieme diversi anni. In cambio, Nicanor gli ha lasciato la barca. Lo ha annunciato qui, davanti a tutti. Quando tiro le cuoia, ha detto, la barca rimane a lui. E ha indicato il Lluent».

«Ma la barca non era sua», fu la riflessione del militare.

Si produsse un silenzio imbarazzante. Andrés, non capendo che la festa per la cattura del tonno era diventata una veglia funebre, batté le mani un paio di volte. Poi fece scorrere su tutti i presenti uno sguardo di supplica.

«È un bel guaio», mormorò il capitano. «Non c'è niente di più sacro dell'ultima volontà di un defunto».

«Anche se mosso solo dal desiderio di vendetta?» Finalmente Felisa García si decise a intervenire. «La Xuxa era una donna perfida, glielo giuro su quanto c'è di più sacro. Io la conoscevo bene».

«Sarà anche vero, ma un testamento è un testamento».

L'ostessa si piazzò davanti al militare. Non l'avevano mai vista così decisa a difendere un'idea, né così disarmata per non poterlo fare gridando. Nonostante tutto riuscì a controllarsi e, benché le tremasse la mandibola, poté imbastire il suo ragionamento.

«La proprietà della barca Nicanor se l'è più che guadagnata. Ci ha lavorato tutta la vita. La Xuxa, invece, non ha mai mosso un dito, se non per fare del male agli altri. E ha voluto continuare a farlo anche dopo morta... Ci pensi bene, Constantino. Lei sa che io non sono una di quelle rivoluzionarie là. Credo che bisogna dare a ciascuno quello che gli spetta. Ma in questo caso, se lo facessimo, commetteremmo una terribile ingiustizia. E la commetteremmo verso il Lluent, che non ha nessuna colpa... Non so quale senso del dovere abbia lei. Non so neanche se i cattivi pensieri le impediscono di dormire, come succede a me. Non so se si gira e rigira nel letto con l'angoscia che le stringe il cuore e le toglie il respiro. Però sono sicura che se fossi al suo posto preferirei avere la coscienza tranquilla piuttosto che soddisfare i desideri di un'arpia».

Il capitano gonfiò le guance, evidentemente sulle spine. Ci pensò su per qualche istante. Poi prese il bicchiere e si alzò.

«Felisa», decise, «prenda tutto il tonno che vuole e lo prepari in umido. E buon pro vi faccia! Il resto sarà requisito per la truppa».

Dopo essersi scolato l'ultimo goccio di vino e aver posato il bicchiere accanto al testamento, uscì dall'osteria. Felisa emise un sospiro di sollievo.

«Sono stata io a scoprire il cadavere della Xuxa», spiegò con voce strozzata. «Per strada sentivo odore di morto, ma non avevo pensato... Queste cose non ti vengono in mente. La chiamai. Non rispondeva, perciò entrai in casa. Era distesa sul letto con le mani sul ventre. Se non fosse stato per le mosche, poteva sembrare addormentata... Aveva lasciato il bigliettino sul tavolo. Immaginai che fosse per il parroco e diedi per scontato che non poteva contenere niente di buono. Avrei dovuto distruggerlo e tanti saluti, invece lo nascosi nel vestito con cui è stata sepolta. Volevo che seppellissero con lei anche tutto il suo fiele...»

E recuperando di colpo il suo modo di fare concluse:

«Come avrei potuto immaginare che un fottuto nubifragio avrebbe portato in superficie le miserie del passato?»

Accese un fiammifero e diede fuoco al testamento. E così, dopo tanti anni in cui l'aveva usata per strappare segreti al mare, il Lluent riuscì a diventare definitivamente proprietario della barca ereditata dal vecchio padrone.

Stava spuntando l'alba quando Benito Buroy uscì dal Comando. Portava in spalla uno zaino nel quale aveva messo la pistola, una borraccia e una cartina dell'isola. Era a Cabrera da una settimana esatta. A metà mattina sarebbe arrivata la barca dei rifornimenti su cui sarebbe dovuto tornare a Palma. Non aveva troppa voglia di farlo, né di riprendere la sua vita nel bar, ma non aveva altra scelta. Era arrivato il momento di gettare di nuovo un po' di terra sulla fedina sporca che, per quanto facesse, ogni tanto tornava fuori come un'erba infestante.

Per evitare che lo vedessero dall'accampamento militare, prese la strada del castello. Di lì a poco si lasciava alle spalle il cimitero. Dopo essersi fermato in cima al promontorio per orientarsi con la cartina, decise di costeggiare la cala di Santa María per poi addentrarsi nella zona montuosa e attraversare l'isola nel punto più stretto. Si inerpicò su per il versante, immerso in un silenzio profondo in cui risuonava solo lo scricchiolio dei suoi passi sulle pietre polverose e lo schiocco dei rami spezzati dei lecci. Quando raggiunse la sommità del monte, appoggiò le mani sulle ginocchia per riprendere fiato. In quel luogo regnava una tale pace che il battito accelerato del suo cuore sembrava estendersi su tutta l'isola. Ai piedi di Buroy il pendio chiazzato di verde iniziava a digradare per finire in un'ampia baia, nella quale non si vedeva nessuna costruzione. Su un lato si ergeva l'isolotto brullo di cui gli aveva parlato il capitano Constantino Martínez. In qualche grotta del litorale davanti a quell'isolotto si nascondeva Markus Vogel.

Benito Buroy aveva in programma di percorrere la costa

fino a trovare la sua tana, ma poco prima di terminare la discesa scorse in lontananza, sulla punta di una sporgenza rocciosa, la figura asciutta del tedesco seduto di fronte al mare. Pochi minuti dopo i suoi passi risuonarono dietro la schiena di quell'uomo che non aveva mai visto. Benito Buroy fu sorpreso che non si girasse verso di lui, sebbene dovesse sicuramente averlo udito. Osservò la capigliatura bianca e le spalle ampie e curve. Il tedesco teneva gli avambracci posati sulle gambe come se qualcosa per terra davanti a lui attirasse la sua attenzione. Quella visita inattesa non sembrava interessarlo minimamente. Benito Buroy aprì lo zaino, diede un'occhiata alla pistola, stappò la borraccia e bevve un paio di sorsi. Poi la posò per terra.

«La stavo aspettando», disse Markus Vogel. «Qualche giorno fa sono passati dei soldati. Ho pensato che fosse giunto il momento».

Benito Buroy fece una smorfia disgustata. Avanzò fino a piazzarsi di fronte al tedesco, ma questi non alzò lo sguardo. Allungò invece un dito lungo e ossuto per indicare i resti di una lucertola sulla roccia.

«A un certo punto ha smesso di muoversi e di scappare. Allora le formiche hanno iniziato il loro lavoro. Ci hanno messo due giorni a spolparla completamente».

Dopo aver detto queste parole, Markus Vogel guardò negli occhi il nuovo arrivato.

«Neanch'io mi muoverò», gli disse. «Si sbrighi. Non mi faccia soffrire».

Benito Buroy infilò la mano nello zaino. Non poté reprimere una smorfia di dolore quando la benda che gli copriva la ferita urtò contro la culatta dell'arma. Tuttavia la impugnò cercando il grilletto con il dito medio, ma non riuscì a estrarla. Non se la sentiva di sparare a quell'uomo a sangue freddo. Pensò che sarebbe stato meno brutale farlo attraverso la borsa, benché la sola idea lo facesse sentire un infame. Il tedesco lo fissava con una fermezza che non avrebbe potuto sopportare a lungo. Buroy percepiva chiaramente la tensione, era costretto a tenere le dita intrecciate perché non si vedesse che tremavano.

A Buroy sarebbe bastato puntare e premere il grilletto. Alzò un po' la borsa senza decidersi a estrarre la pistola. Allora lo invase di nuovo quell'irritazione di cui non riusciva a liberarsi. Era più forte di lui, una insofferenza che nasceva dalla sensazione di fare qualcosa di sbagliato perché lo forzavano a farlo, perché loro avevano il potere di costringerlo e lui doveva rassegnarsi e accettarlo. Ma cosa diavolo pensava di salvare piegandosi a commettere quel delitto? Le lunghe e tediose serate al bar ad ascoltare conversazioni che non gli interessavano? La compagnia asfissiante di Otto Burmann, sempre più sperduto e disperato? Le sveltine con Erica in bagno, dove lei si umiliava piagnucolando a succhiargli l'uccello?

«Non so né mi importa quello che hai fatto», disse per difendersi dai suoi pensieri, «ma devo ubbidire agli ordini che mi hanno dato».

«Lei non è un sicario della Falange», rispose il tedesco. «Non è nemmeno un militare e non lavora per la Gestapo. Non so chi sia».

Benito Buroy alzò un po' di più la mano senza tirarla fuori dallo zaino e accarezzò con il dito la superficie concava del grilletto. Ma poi pensò che qualche secondo più tardi si sarebbe ritrovato completamente solo davanti a un cadavere con una pallottola in fronte, e avrebbe dovuto percorrere la strada del ritorno con un sapore amaro in bocca, chiedendosi chi era, chi aveva ammazzato Markus Vogel; e una volta all'osteria, Felisa gli avrebbe servito un piatto di lenticchie che non sarebbe riuscito a mandar giù, e la sera stessa Erica avrebbe sputato il suo sperma di fianco alla tazza del water pensando già al suo prossimo bicchiere di gin, e poco dopo, sul letto coperto di grandi cuscini dove si coricava con un misto di angoscia e schifo, Otto Burmann gli avrebbe rimproverato all'orecchio di essere un uomo cattivo mentre gli accarezzava la pancia con la mano gelida come sempre; e visto che per lui le notti erano sempre più insonni e lunghe, per l'ennesima volta si sarebbe chiesto, nell'oscurità più assoluta, perché cazzo si ostinasse a continuare a vivere se ormai non ci provava più gusto.

Il tedesco aveva gli occhi arrossati. Aveva fatto un grande sforzo, ma era evidente che era allo stremo.

«La prego...» mormorò, e da quella voce strozzata Buroy capì che da un momento all'altro quell'uomo poteva crollare, gettarsi bocconi per terra, mettersi a piangere. «Mi giro, così le rendo le cose più facili».

A Benito Buroy facevano male i punti della ferita. Per impugnare l'arma doveva piegare il dito bendato. Passavano i secondi e a lui era sempre più difficile sbrigare quel lavoro. Cominciò a capire che ormai era troppo tardi, aveva perso il sangue freddo o l'incoscienza necessari, si era lasciato sfuggire l'occasione e adesso avrebbe dovuto aspettare una nuova opportunità. La prossima volta avrebbe sparato come aveva sempre fatto, senza farsi tante domande.

«Di motivi per ammazzarti ce ne sono fin troppi», esclamò alla fine, togliendo il dito dal grilletto. «Di sicuro te lo sei più che meritato... Tornerò un altro giorno».

Lasciò andare la pistola, si mise lo zaino in spalla, raccolse da terra la borraccia e se ne andò senza voltarsi.

Passò il resto del giorno a vagare per l'entroterra montuoso, senza la forza né il coraggio di scendere al porto, dove avrebbe trovato la barca che doveva riportarlo a Maiorca. Quando alla fine si decise, cominciava a imbrunire. Dall'alto controllò che sul molo non ci fossero altre imbarcazioni oltre a quella del Lluent. Il suo mezzo di trasporto doveva aver mollato gli ormeggi già da diverse ore.

Scese di malavoglia il pendio su cui sorgeva il paese. Aveva fame, ma prima di andare all'osteria passò dal Comando per riporre la pistola. Quando lo vide, il soldato di guardia gli disse che il capitano lo aspettava nel suo ufficio. Benito Buroy aprì la porta.

«Finalmente!» disse il militare spostandosi avanti sulla

poltrona, che emise un lungo scricchiolio. «Chi non muore si rivede! Il commissario ha telefonato diverse volte. Ha un diavolo per capello. Sembra che la aspettasse oggi a Palma».

«Non ho potuto eseguire l'incarico», si scusò Benito Buroy, tenendosi sul vago.

Il capitano si alzò e si diresse allo schedario per prendere la bottiglia di sherry.

«Sicché si trattiene ancora una settimana da noi. Be', stupendo. Sarà testimone del casino che scoppierà. Entriamo in guerra, caro amico. A questo punto glielo posso assicurare».

Riempì due bicchieri e scolò il suo prima che Benito Buroy avesse il tempo di portare alle labbra il proprio.

«Il generale Kindelán da tempo sta blindando le Baleari per paura di un'invasione», continuò il militare. «E adesso tocca a noi. Questa settimana aspetto altri uomini e pezzi d'artiglieria. E persino un camion, si figuri un po'! Ho dato ordine alla truppa di allargare la pista da qui all'accampamento. Cosa scommette che uno di questi giorni conquistiamo il Marocco?»

Benito Buroy si era seduto su una sedia e si grattava la testa con aria pensierosa. Un'altra guerra. Era di pubblico dominio che Franco si sarebbe allineato con l'Asse per restituire alla Spagna il rango di prima potenza che i francesi e gli inglesi le avevano sempre negato. Ma come avrebbe potuto riarmarsi un paese lacerato e impoverito da tre anni di guerra civile?

In quel momento squillò il telefono attaccato al muro dell'ufficio. Il capitano Constantino Martínez si affrettò a rispondere.

«Mi dica... Sì, sono io, me lo passi... I miei omaggi, signor commissario... È qui, è arrivato... Naturalmente...»

Benito Buroy era già al suo fianco. Il militare gli porse la cornetta e andò di nuovo a riempirsi il bicchiere. Buroy chiuse gli occhi prima di avvicinare il ricevitore all'orecchio.

«Si può sapere che cazzo stai facendo, brutto coglione?» tuonò la voce adirata del poliziotto.

«Sono sorti dei problemi. Ho bisogno ancora di qualche giorno».

«Mercoledì prossimo ti voglio qui! Qui! Senza ritardi! E quel tipo deve essere sottoterra! Hai capito? Hai capito, degenerato? Se mercoledì non sei qui ti strapperò i coglioni e te li farò ingoiare!»

«Abbia fiducia in me...» cominciò a dire Benito Buroy.

Ma il ricevitore emise un fischio stridente.

«La conversazione è finita?» chiese quasi subito una voce femminile.

Le gite in barca erano iniziate a metà agosto, qualche settimana prima che Benito Buroy arrivasse sull'isola e un nubifragio dissotterrasse i morti e con essi il testamento della Xuxa, e anche prima che Leonor Dot sorprendesse Andrés a spiare Camila e che un plotone di volontari fucilasse l'ex carbonaio vicino al muro del cimitero. L'idea era venuta durante le conversazioni a tavola dopo la paella preparata da Felisa García al suo ritorno da Maiorca. Markus Vogel era già sparito sui monti con la sua razione di tabacco e Paco, ubriaco fradicio, russava sonoramente sulla sedia con la testa buttata all'indietro. Camila, che si annoiava, chiese al Lluent di portarla a fare un giro sulla sua barca. Il pescatore, anche lui con troppo vino in corpo, si alzò in piedi. Barcollando annunciò che l'avrebbe portata in una grotta marina dove l'acqua era così limpida e blu da sembrare un'infusione di zaffiri.

«Da Cabrera non se ne va nessuno senza il mio permesso!» aveva esclamato il capitano Constantino Martínez risvegliandosi da un prolungato torpore etilico.

«Stia tranquillo, non se ne sta andando nessuno», gli rispose di buonumore Felisa García. «Siete tutti ubriachi da far spavento! Ma domani, quando il Lluent sarà tornato in sé, porterà queste signore a fare un giro in mare, può starne certo. È ora che si svaghino un po'».

La mattina del giorno successivo, dopo che il capitano aveva autorizzato la gita con un agonico grugnito, perché i bruciori della bevuta acuivano quelli provocati dalle schegge che gli si arrugginivano nelle budella, il Lluent e le sue ospiti erano uscite per la prima volta in barca. Quel giorno il pescatore, mantenendo la promessa, le aveva portate in una grotta dall'acqua di un blu incredibile, vibrante di echi attutiti in cui si indovinavano dozzine di pipistrelli sospesi alla volta coperta di stalattiti. Le settimane successive fecero molte altre gite, finché non divennero un'abitudine che inquietava il capitano Constantino Martínez al punto da indurlo a scrutare continuamente il mare. A volte oltrepassavano il promontorio roccioso su cui si ergeva il faro e fendevano le acque verso sud per vedere le scogliere contro le quali si frangevano le onde. Da lì, spinti dal vento, raggiungevano il secondo faro dell'isola, che orientava i fasci di luce verso le acque profonde che portavano in Algeria. Altre volte navigavano in direzione opposta, costeggiando il castello verso nord, dove le acque erano più calme e si trovavano posti tranquilli dove buttare l'ancora. Lì il Lluent insegnava a Camila a preparare le lenze o a far affondare le nasse di vimini su cui fissavano un galleggiante per indicarne la posizione. Il pescatore parlava pochissimo, ma a volte indicava una macchia scura in cielo e diceva: «Un gheppio. È utile, mangia i topi». O si limitava, senza muovere le labbra, ad additare un punto della scogliera dove una capra solitaria compiva esercizi di equilibrio sul vuoto.

Nemmeno Leonor Dot parlava molto. Di solito si rannicchiava a prua e, lasciandosi cullare dal rollio della barca, sprofondava nel mondo senza tempo dei ricordi. A volte la assalivano con tale vividezza che le voci di Camila e del Lluent si smorzavano, come se a poco a poco si allontanassero da lei, e il calore del sole sulla faccia si trasformava nella dolce pressione di una mano, o in un'altra luce e in un altro calore sotto un sole diverso, o persino nel freddo gelido di una mattina d'inverno in una città lontana. A occhi chiusi, con lo stomaco in subbuglio per il mal di mare e la testa sonnacchiosa per il dondolio, Leonor Dot vagava senza corpo per un passato irrecuperabile che, nonostante tutto, aveva bisogno di ricordare per continuare a sentirsi viva. Ogni tanto i ricordi le facevano troppo male e allora, coprendosi il volto con le mani, si stupiva che gli orrori di una vita rovinata potessero sfociare in un momento di pace su una barca, sotto il benevolo sole di ogni giorno.

Ma non per questo Leonor Dot perdeva la sua combattività. Durante una gita in cui erano andati a vedere le rupi che affioravano dal mare oltre l'Isola dei Conigli, appena scorse la linea brumosa della costa maiorchina si alzò in piedi. Sembrava così vicina che dava l'impressione di poter essere raggiunta a nuoto. Il Lluent conosceva bene quella rotta solcata da pericolose correnti marine, perché vendeva la maggior parte di quanto pescava a Colonia de Sant Jordi, il porto più vicino a Cabrera. Leonor Dot si voltò verso il pescatore. Gli occhi le brillavano.

«Lluent», gli disse, «ci porti fino a Maiorca. Dica che ci siamo buttate in mare e non ha potuto farci niente».

Il Lluent fece un'espressione compunta. Poi, dopo essersi morso le labbra come se volesse strapparsele, rispose con innegabile buon senso:

«Se lo facessi, sarei io ad aver gettato in mare la vostra vita. Non si può svestire un santo per vestirne un altro. Non immagina quanto mi dispiace».

Detto questo, con la flemma con cui si mettono in pratica le decisioni sgradevoli ma improrogabili, prese il timone e fece virare il leuto per tornare in porto.

«È vero», riconobbe Leonor Dot con un gran sorriso, barcollando a causa della manovra e mettendosi goffamente a sedere. «Ha ragione... Ma dovevo provarci».

I festeggiamenti per la pesca del tonno erano finiti da un pezzo. Paco, preoccupato per la rapidità con cui diminuivano le sue scorte di vino, era riuscito a nascondere una bottiglia dietro al secchio della spazzatura. Grazie a quella bottiglia, più il vino già bevuto, aveva avuto abbastanza carburante fino a sera. Il mattino dopo sarebbe arrivata la barca dei rifornimenti con un nuovo carico. Il vino non era quindi motivo di preoccupazione a quell'ora tarda. Ce n'erano però altri.

Stravaccato su una sedia sotto la pergola dell'osteria, con la camicia tutta aperta per far prendere aria alla foresta di peli del torace, osservava la piazza al buio e meditava sui gravi problemi che lo attanagliavano. Da qualche giorno era sconcertato e infastidito dall'atteggiamento di Felisa García. La moglie sembrava un'altra da quando era andata a Maiorca ed era entrata nelle grazie del cognato. Fino ad allora non aveva preso altre decisioni se non quelle che riguardavano le faccende domestiche, ma adesso cominciava a impicciarsi di tutto e a criticarlo con molto più rancore del solito. Era vero, pensava l'oste, che Felisa aveva sempre gridato con lui, ma erano scatti femminili a cui dava sfogo senza smettere di mescolare la zuppa o di passare lo straccio sul pavimento dell'osteria. E questo per Paco era un atteggiamento positivo. Riteneva che le donne dovessero gridare molto, così davano sfogo ai dispiaceri della maternità e a quelle che lui chiamava "ansie mammarie", cioè le maternità desiderate e ormai impossibili. Per Paco, una donna che gridava era una vera donna. Ma una cosa era gridare, scagliare minacce e inveire contro il marito mentre si era ai fornelli, e un'altra, ben diversa, stare zitta come una morta, guardarlo con sdegno e, nell'intimità del talamo, lamentarsi che quella scema della sorella era stata molto più fortunata.

«Tutto per un paio di maiali e un gregge di capre», borbottava, coricata a letto nella sua nuova camicia da notte a volant, anche questa portata da Palma. «Ma non abbiamo saputo conservare neanche quelli. Che cosa direbbero i miei genitori se lo sapessero! Grazie a Dio sono morti, senti bene quello che dico... Se fossi andata a Maiorca a imparare il cucito con mia sorella, forse adesso sarei sposata con un altro pezzo grosso... O almeno con un uomo che serve a qualcosa».

Paco non rispondeva mai ai suoi rimproveri, in parte per orgoglio e in parte perché a quell'ora articolare le parole gli richiedeva uno sforzo immane. Dopo un po' si addormentava come un angioletto e quando si svegliava, il mattino dopo, constatava con sollievo che la vita era sempre uguale, che Felisa si era già alzata ed era intenta alle faccende domestiche. Allora si alzava anche lui, andava nella rimessa dove teneva qualche bottiglia nascosta fra gli attrezzi, beveva un paio di bicchieri per farsi coraggio e decideva che quel giorno avrebbe dimostrato a Felisa che suo marito non era un fallito, ma un uomo con abbastanza fegato ed energia da prendere in mano la situazione e farla vivere, se non proprio come una regina, almeno come quella stupida di sua sorella. Dopo ciondolava un po' nell'osteria, usciva nel cortile dove non c'erano più maiali né capre, si affacciava timidamente in cucina e finiva per sedersi sotto il pergolato, dispiaciuto perché Felisa si era svegliata alle sei del mattino e aveva già sbrigato tutte le faccende. Lì Paco si lamentava in silenzio di avere una moglie autoritaria e irascibile, senza pensare che il letto era ancora da fare, il locale sembrava un porcile, la casa aveva diverse tegole rotte da cui, le rare volte che pioveva, filtrava l'acqua, e c'erano mille cose di cui occuparsi oltre a quello che faceva ogni giorno, sedersi sotto la pergola a escogitare come riuscire a bere un goccetto in modo che la moglie potesse far finta di non accorgersene.

Paco non vedeva di buon occhio neanche le conversazioni della moglie con Leonor Dot. Anche quella signora di città esercitava su Felisa un'influenza negativa, che in qualche modo completava l'ascendente nefasto del marito della sorella. Se il cognato aveva suscitato in lei il desiderio di avere una vita più agiata e piacevole, le conversazioni con Leonor Dot la spingevano erroneamente a credere di poter essere diversa, una donna sensibile e anche piuttosto intelligente. Certe sere, come uno strascico delle loro conversazioni in cucina, dopo un momento di silenzio a letto con lo sguardo perso a fissare il soffitto, Felisa García apriva la bocca con un'intenzione ben diversa da quella di criticare il marito. Allora era anche peggio, perché si trattava di uno dei suoi attacchi di lucidità.

«La vita», diceva, «è come avere davanti al naso una discarica di rifiuti e dietro le spalle una valle coperta di papaveri. Bisogna saper vedere le cose belle».

«La vita è uno schifo», le rispondeva Paco, l'unica frase che poteva articolare non importa quanti bicchieri si fosse scolato, e anche il nucleo centrale, se non addirittura l'unico, dei suoi ragionamenti limitati.

«Ci sono persone che rendono infelici gli altri», obiettava Felisa, ricadendo indirettamente nell'abitudine di rimproverarlo.

Quella sera, dopo aver cenato all'osteria, Benito Buroy rinunciò alle sue abitudini solitarie e si sedette vicino a Paco sotto la pergola. L'ombra del fico centenario spiccava contro il cielo trapuntato di stelle. Benito Buroy era piuttosto pensieroso. Passò qualche minuto a guardarsi il dito che poco prima gli aveva ricucito il medico militare. Per chiudere la ferita erano stati necessari quattro punti e si trattava dell'indice della mano destra, quello con cui premeva il grilletto.

La settimana trascorsa a Cabrera era volata. Il giorno dopo sarebbe arrivata la barca dei rifornimenti senza che lui avesse visto Markus Vogel. Si era limitato ad aspettare che si mostrasse sulla piazza, senza prendersi il fastidio di andarlo a cercare sulla spiaggia dove lo aveva avvistato la pattuglia del capitano Constantino Martínez. Il tedesco, però, non era sceso in paese ma, anche se lo avesse fatto, Benito Buroy non avrebbe potuto spararagli davanti a tutti. Cosa stava aspettando? Di guardare in faccia la vittima? Sapeva che non era consigliabile. Infatti, quando eliminava qualcuno, lo faceva in fretta e senza guardarlo negli occhi. Non voleva che i morti si vendicassero nei suoi incubi. Allora cosa aspettava? Di farlo all'ultimo momento per non dover poi passare il tempo all'osteria come se non fosse successo nulla, come se non avesse lasciato un cadavere a imputridire sull'altra parte dell'isola? Se era questo che aspettava, l'ora era arrivata. Se voleva tornare a Palma con la barca dei rifornimenti, doveva risolvere quella faccenda la mattina seguente. E di tornare a Palma non poteva evitarlo. Temeva la reazione del commissario nel caso avesse disobbedito agli ordini. Perciò, si sarebbe alzato all'alba e avrebbe attraversato l'isola in cerca del misantropo tedesco. Con un po' di fortuna sarebbe stato di ritorno a Palma in tempo perché Otto Burmann gli preparasse una frittata di asparagi.

L'oste, un po' sorpreso che quell'uomo così riservato si sedesse accanto a lui, lo sbirciò con la coda dell'occhio. Poi, forse perché il momento si prestava a quel genere di confidenze, con la lingua impastata che ostacolava la pronuncia, osò filosofare anche lui:

«Le donne bisogna trattarle con pugno di ferro», disse.

Indicando con il pollice l'osteria alle sue spalle dove risuonava la voce smorzata di Felisa si spiegò meglio:

«La mia ha paura di me».

Benito Buroy non disse niente, ma tutti a Cabrera si erano abituati ai suoi silenzi e ormai nessuno si aspettava da lui una risposta.

«Paura, proprio così», insistette Paco, riempiendosi il bicchiere con il fondo della bottiglia. «Tanta paura che potrei fare di lei quello che voglio».

A Cabrera non si era mai vista una cosa simile. A metà mattina risuonò due volte il lungo e roco lamento di una sirena, e poco dopo entrava nella baia una nave scassata, così enorme che sembrava in grado di fendere l'isola per poi proseguire la sua rotta attraverso le placide acque estive. Paco, che era stato il primo a precipitarsi fuori dall'osteria per godersi lo spettacolo, non ci mise molto a capire che si trattava di una vecchia goletta rivestita di lamiere di ferro. In coperta c'era un incessante andirivieni di soldati. La sirena fischiò di nuovo e dal fumaiolo uscì una nube densa e nera.

Il capitano Constantino Martínez, vestito con l'uniforme

di gala e accompagnato da quattro soldati con i galloni, uscì dal Comando e si avviò con passo deciso verso il molo. Benché quella corazzata, che si avvicinava al molo lentamente e con fatica, suggerisse più arroganza che prosperità, il capitano la guardava con l'orgoglio con cui si assiste alle manifestazioni della forza militare della madrepatria. Finalmente, dopo tanti mesi di attesa, tanto tempo speso a scrutare disciplinatamente e in silenzio un mare infestato dalle navi nemiche, arrivava l'armata nazionale con i tanto attesi rinforzi.

Benito Buroy, che stava ascoltando la radio sulla balconata del Comando, notò che anche Paco si stava dirigendo verso il molo con l'aria disinvolta e baldanzosa. Felisa, invece, era rimasta sulla porta dell'osteria. Con le mani giunte sul petto, come se pregasse, osservava tutto con la stessa preoccupazione con cui, da che mondo è mondo, le brave cuoche vedevano i giovani partire per il fronte ridendo e cantando. La cosa peggiore dei minestroni, filosofeggiava Felisa García con amarezza, era che gli uomini, dopo averli mangiati, si sentivano capaci di tutto. Così era successo al figlio maggiore, che era partito per la guerra promettendole di tornare carico di regali per lei. Le aveva promesso persino una mantiglia... Le tragedie, su quell'isola e in qualsiasi altro posto, erano sempre state precedute da grandi dimostrazioni di ottimismo.

La nave fece parecchie manovre prima di riuscire a ormeggiarsi a quel molo piccolissimo. Un attimo dopo il capitano Constantino Martínez, il cui stato d'animo tipicamente spagnolo si dibatteva tra l'entusiasmo cosmopolita del conquistador e la chiusura spirituale di chi ha sempre temuto le invasioni straniere, faceva grandi sforzi per mantenere un contegno marziale dinanzi al tenente al comando di quella spedizione salvatrice, mentre i suoi occhi scintillavano vedendo quanto si stava scaricando dalla pancia del mercantile travestito da cacciatorpediniere. Oltre a un reparto di cinquanta uomini che avrebbe rinforzato la truppa ai suoi ordini, davanti a lui si stava formando una pila di casse di legno, con le scritte in tedesco, contenenti, secondo quanto gli spiegarono, due cannoni per la difesa costiera da installare all'entrata della baia, varie mitragliatrici e una grande quantità di munizioni. I marinai avevano scaricato anche venti o trenta barili, e in quel momento si accingevano a portare sul molo un camion color polvere con un enorme serbatoio addossato alla cabina.

«È predisposto per funzionare con l'impianto a gasogeno», spiegò il tenente della nave. «Se ci tagliano i rifornimenti di benzina, potrà andare a carbone».

«Perbacco!» esclamò il capitano Constantino Martínez. «Siete molto previdenti. Con tutti quei barili di combustibile, piccola com'è l'isola, la scorta durerà degli anni».

«I barili non sono per il camion», rispose l'altro, imprimendo alla voce un tono di mistero. «Desidero parlarle in privato».

Camila, che era scesa in piazza per vedere lo spiegamento di truppe, incrociò i due militari. Sul molo, i fanti appena sbarcati, vedendo allontanarsi gli ufficiali, si erano rilassati e chiacchieravano in piccoli gruppi. Un caporale, però, li fece mettere sull'attenti e li condusse a passo spedito alle baracche. La bambina rimase sola di fronte all'autocarro posteggiato tra le casse di legno e i bidoni. Si avvicinò al veicolo e posò la mano su un faro. Allora riecheggiò un fischio. Camila ritirò spaventata la mano e si guardò intorno senza rendersi conto che un marinaio, dalla coperta della nave, la invitava a gesti a salire a bordo. Paco, vicino a lui, chiacchierava con altri membri dell'equipaggio. L'oste aveva aperto le braccia e le muoveva energicamente da una parte e dall'altra, quasi stesse spiegando come si balla il minuetto. Probabilmente, anche se Camila non poteva capirlo, stava imitando la rotazione di un cannone antiaereo.

«Camila!»

Felisa la chiamava dalla piccola spiaggia che separava il molo dall'osteria.

«Vieni a fare colazione! Dài, corri, che sono già stufa!»

La bambina sbuffò contrariata, accarezzò di nuovo il faro, che le impiastricciò le dita di una polvere unta, e obbedì senza affrettarsi troppo, mentre Leonor Dot, dalla porta dell'osteria, osservava senza entusiasmo l'enorme nave attraccata alle spalle della figlia.

La falsa corazzata mollò gli ormeggi qualche ora più tardi, non appena si fu conclusa la riunione degli ufficiali al Comando. Dopo la riunione, il capitano Constantino Martínez era tornato sul molo, immerso in un cupo e lugubre silenzio. Non sembrava aver ricevuto buone notizie. Lanciò un urlo a Paco perché si decidesse a scendere a terra, e si accomiatò dal tenente portando svogliatamente la mano al cappello. Il tenente stava per dire qualcosa, ma si limitò a restituirgli il saluto con un gran sorriso e, senza una parola, si avviò verso la passerella.

«Che cosa le succede?» disse Paco alzando la voce per contrastare il fischio della sirena della nave. «Si direbbe che le sia venuto il mal di denti».

Il capitano Constantino Martínez gli rivolse uno sguardo torvo. Sembrava molto abbattuto.

«Non ho mai fatto una figura così tremenda in vita mia», mormorò. «Mi portano un camion e non ho la strada. Quel marinaio ha dovuto sedersi per non cadere per terra dalle risate... E guarda che io li avevo avvisati, gli ho ripetuto mille volte di sbrigarsi, che sarebbe arrivato il camion e non ci sarebbe stato il posto per farlo muovere. Se quei deficienti non se la fossero presa tanto comoda...!»

Proprio allora dall'accampamento stava arrivando un gruppo di soldati. Li aveva fatti chiamare il capitano. Li comandava un sergente che si mise sull'attenti, palesemente sulle spine. Poi rivolse uno sguardo preoccupato all'oste, che si strinse nelle spalle e si voltò per osservare la nave che si allontanava.

«Mi stia bene a sentire, Ridruejo», fece il capitano. «Ha due giorni per finire di allargare la strada. Se non lo fa in due giorni, le strapperò i galloni e li getterò nel cesso».

«Ai suoi ordini, capitano. Come vuole lei... però è impossibile. Siamo praticamente senza attrezzi. Lavoriamo a mani nude, o quasi».

«Be', le do il tempo minimo indispensabile, ma neanche un giorno di più! Non un giorno! Dov'è l'autista del camion?»

Uno dei soldati fece un passo avanti. Era un uomo dal fisico asciutto, con le mani sporche di grasso e i capelli arruffati, più lunghi di quanto consentito dal regolamento. Indossava un'uniforme con tante patacche da sembrare una tuta mimetica.

«Dovrà posteggiare il camion sulla piazza», gli disse il capitano. «Gli altri portino le casse nel rifugio dei pescatori. Non appena possibile monteremo le armi e le trasporteremo alle loro postazioni... E pensare che la sicurezza di Maiorca dipende in gran parte da noi! Che Dio ce la mandi buona!»

A quel punto l'osteria era rimasta vuota e i pochi civili di Cabrera si erano radunati sul molo. Felisa García, tenendo a braccetto Leonor Dot, guardava il marito in cagnesco, come se il responsabile di un simile spiegamento di forze fosse lui. Benito Buroy, con l'aria tranquilla di chi si trova lì per caso, studiava le parole in tedesco stampate sulle casse. Camila e Andrés si affacciavano al finestrino del camion per vedere i sedili sventrati e il cruscotto pieno di ammaccature, con sopra un'immagine della Vergine del Pilar. L'autista li scostò per entrare nella cabina. Dopo essersi accomodato sul sedile, girò una chiavetta e risuonò un lungo stridio. Il camion singhiozzò un paio di volte, poi rimase di nuovo immobile e in silenzio. L'uomo ci riprovò. Quando il motore stridette, schiacciò l'acceleratore provocando una serie di scoppi simili a una scarica di tamburi. Dopo molti rantoli e botti, il veicolo si mise in moto e fece qualche metro.

Andrés, spaventato dal baccano, era scappato di corsa verso la piazza.

«Voglio salire!» gridò Camila afferrandosi al finestrino. «Per favore, voglio salire!»

Il capitano Constantino Martínez guardò stupito la bambina.

«Ma... non può andare da nessuna parte!» obiettò con qualche ragione.

«Lasciala, Constantino», intervenne Felisa García. «Questa poverina non ha niente con cui divertirsi».

L'ufficiale, sconcertato e offeso dall'intromissione di un civile nei sacri affari militari, gonfiò il petto e si sistemò la giubba imprimendo un forte strattone all'orlo. L'ostessa, però, lo guardava in modo così perentorio da fargli temere che un rifiuto avrebbe potuto provocare un incidente.

«Va bene, va bene», acconsentì, rivolgendosi all'autista. «Faccia qualche giro della piazza. Così scalderà il motore, che a quanto pare ne ha bisogno».

Il soldato allungò il braccio per aprire la porta alla passeggera. Camila balzò sul camion con l'agilità di uno scoiattolo. Non si aspettava che l'interno fosse così grande. Il tettuccio era molto alto sopra la sua testa e per toccare il cruscotto doveva sporgersi in avanti e posare i piedi per terra. Lì dentro, a parte il rivestimento liso del sedile, tutto era metallico e freddo. Quando il camion si mise in moto, in mancanza di qualcosa di più morbido a cui tenersi, si afferrò forte al vetro del finestrino.

Il veicolo lasciò il molo e si addentrò nella piazza alzando un polverone. L'autista, che non aveva molta scelta, decise di fare un giro attorno al fico. Quando lo ebbe terminato, si vide avvolto dalla stessa nube che aveva prodotto, ma non si fermò. Il camion fece un altro giro, e un altro ancora, arrancando come una vecchia attrazione da luna-park. Camila, che aveva già preso confidenza, si aggrappò al finestrino, sporse la testa e scoppiò a ridere. Rideva talmente di gusto che inondò la piazza, l'isola intera; e tutti quelli che la guardavano, Felisa García e Leonor Dot, Benito Buroy, l'oste e persino il capitano Constantino Martínez, provarono una strana felicità, come se la risata di Camila, il viso radioso che intravedevano fra la polvere quando passava davanti a loro, l'allegria contagiosa di quel carosello improvvisato fossero, per qualche magico istante, la cosa più importante del mondo e l'unico spettacolo degno di essere visto.

«Che bambina!» gridò Felisa García. «Viene voglia di mangiarsela!»

Protese le braccia verso di lei desiderando, da lontano, acchiappare quell'esplosione di gioia e stringerla al seno prosperoso. Leonor Dot, di fianco all'ostessa, si sentì drizzare i peli sulla nuca. Ma Camila non le vedeva. Si limitava a lasciarsi inebriare dalla vertigine del moto rotatorio e a godersi le risate.

Sotto il pergolato dove il padre aveva il vizio di ubriacarsi, Andrés, senza fare il minimo movimento, dolorosamente invisibile, piagnucolava con gemiti quasi impercettibili, cercando di attirare l'attenzione di tutti affinché permettessero anche a lui di salire sulla giostra della felicità.

L'arrivo di settembre aveva coperto l'orizzonte di nuvole basse e dense, come se Cabrera sorgesse su un lago circondato da una terra lontana composta di plumbei batuffoli di cotone. Anche se di giorno continuava a fare molto caldo, la sera soffiava una brezza che faceva venire i brividi e la superficie del mare si increspava come se ribollisse di enormi banchi di pesci. Al Lluent non piaceva quel clima instabile. Stava a lungo a osservare il cielo con il sospetto che celasse qualcosa, e poi, sebbene nessuno a parte lui riuscisse a notare qualche ragione a cui attribuire la sua decisione, aggrottava le sopracciglia e usciva a pesca, o imprecava a voce bassa e ormeggiava meglio la barca perché le spinte del vento e delle onde non la facessero sbattere contro la diga.

Il Lluent di solito non sbagliava nel prevedere il tempo, eppure più di una volta, non potendo tornare a Cabrera, aveva dovuto passare la notte a Colonia de Sant Jordi, e qualche volta era stato anche sorpreso in alto mare da una burrasca che si era scatenata di colpo e senza preavviso. Al pescatore decisamente non piaceva quel mese in cui le nuvole si formavano in alto come per incantesimo, spuntando dal niente, a volte mugghiando e scaricando acquazzoni repentini, oppure se ne stavano immobili a fare le fusa come enormi gatte incorporee, inspiegabilmente tranquille e inoperose. Il suo vecchio padrone, Nicanor Menéndez, gli aveva insegnato a diffidarne. Con la barca alla deriva nella solitudine trepidante delle acque, la vela ammainata e l'isola così lontana che bisognava sforzare la vista per vedere il suo profilo brumoso, gli diceva:

«Il mare e il cielo sono capricciosi perché sono molto grandi. Guardalo, guardati intorno. Il mare è dappertutto, non finisce mai... E guarda noi. Che cosa siamo? Rimasugli, proprio così. Non bastiamo neanche per dargli un po' di sostanza. Qui c'è troppo brodo e poca carne».

Allora indicava il cane che correva su e giù per la barca fermandosi spesso, con la coda dritta e il muso vibrante, sempre attento a tutto quello che non si poteva vedere.

«Lui capisce quando arriva una burrasca. Se si mette a ululare come un dannato, non esitare. Torna al porto più in fretta che puoi».

A settembre anche altri pescatori venivano sorpresi dai capricci del cielo e del mare. A volte entravano nella baia cavalcando i marosi e raggiungevano il molo fradici e ansimanti. Così successe la sera del giorno in cui Camila era riuscita a fare un lungo giro sul camion che non andava da nessuna parte. A metà pomeriggio il cielo si era coperto e aveva iniziato a risuonare un mugghio, un lamento triste e continuo. Poco dopo il mare, con le viscere più fredde che mai, sembrava ribollire. Paco, che era sotto la pergola, vide apparire un barcone, panciuto e color cenere. Su un fianco, a lettere grandi e dipinte alla meglio, era scritto il suo nome: *Margarita*. Paco chiamò il Lluent, che era dentro a giocare a domino con alcuni soldati.

«Brutto affare», disse il pescatore dopo aver dato un'occhiata dalla soglia dell'osteria. «Sono pescatori di squali. Da loro non ci si può aspettare niente di buono».

Erano tre uomini dall'aspetto rozzo e trasandato. Quando entrarono nell'osteria si stava già servendo la cena. Benito Buroy era seduto da solo a un tavolo, e Leonor Dot e Camila al loro solito posto vicino alla finestra. I nuovi arrivati si avvicinarono al bancone. Uno lo colpì con il pugno. Paco entrò con passo insicuro e si mise dall'altra parte del bancone.

«Acquavite», disse l'uomo. «Porca troia che tempo! Mi fa cagare questo lavoro di merda e questo posto di merda e anche tutto il resto! Dio cane, che rottura di coglioni!»

«Non è certo una bella serata», convenne l'oste. «Volete mangiare qualcosa?»

«Tu tira fuori una bottiglia e va a dare via il culo! E ce la offri, frocio di merda, perché non siamo qui per divertirci! Se almeno ci fossero delle puttane...»

Si voltò verso la sala.

«C'è qualche puttana qui o no?»

Mentre gli altri ridevano per quella spiritosaggine, Paco si affrettò a posare sul piano di marmo una bottiglia e tre bicchieri. Nell'osteria era calato un profondo silenzio. Si sentiva solo il rumore delle posate e, all'esterno, il lugubre lamento del vento. Leonor Dot e Camila mangiavano senza alzare gli occhi dal piatto. A quel punto risuonò lo schiocco di una tessera del domino che colpiva forte il tavolo e la voce del Lluent disse molto chiaramente:

«Doppio cinque. Chi ha abbastanza palle per attaccare lite con me, lo dica subito».

Dopo avergli rivolto uno sguardo seccato, il galletto del gruppo si girò di nuovo verso il bancone e si scolò d'un fiato il bicchiere di acquavite. Un altro dei pescatori di squali, il più giovane dei tre, stava per avventarsi contro il Lluent, ma il terzo, più avanti con gli anni, corpulento e strabico, lo trattenne per il braccio. Il Lluent continuò a parlare senza alzarsi dal tavolo e senza degnarli di uno sguardo. Sembrava rivolgersi ai soldati che, a disagio, cercavano di concentrarsi a seguire il gioco.

«Prendete l'acquavite e andatevene. Non offre Paco, offro io. A casa mia c'è legna per accendere il fuoco. Nella cassapanca ci sono delle coperte, potete dormire per terra. Io verrò più tardi».

Due dei pescatori di squali presero bottiglia e bicchieri e si diressero alla porta. Ma il giovane si voltò infuriato.

«Ma gli diamo retta? Diamo retta a quello stronzo?»

Lo strabico, dall'entrata del locale, gli fece un cenno con la testa. Poi, vedendo che il giovane non si muoveva, tornò sui suoi passi, lo agguantò per il colletto della cerata e lo trascinò fuori. Prima di uscire anche lui si voltò verso il pescatore.

«Lluent», disse, «uno di questi giorni avrai una brutta sorpresa».

Le loro voci si smorzarono man mano che si allontanavano. Nell'osteria si respirò un'atmosfera di sollievo, unita però a un certo malessere. Nonostante tutti avessero ripreso a fare quello che facevano prima dell'arrivo dei tre uomini, sembravano incapaci di scrollarsi di dosso la sensazione di pericolo e di umiliazione.

Camila mise le posate sul piatto, si alzò da tavola e si avvicinò al Lluent. Posò una mano sull'avambraccio del pescatore.

«Dormirai con loro?» gli chiese con un filo di voce.

Il Lluent osservò la mano morbida, le lunghe dita della bambina. Poi la guardò negli occhi e abbozzò un sorriso che su quelle labbra rinsecchite sembrò una crepa.

«Dormire da solo è ancora peggio», rispose.

Oggi Felisa è triste perché al cimitero hanno fucilato un uomo che da bambino giocava assieme a lei. A volte, quando vedo come la vita maltratta le persone, mi viene da pensare che maltratterà anche me, che mi succederanno cose terribili come alla mamma, o io stessa farò cose di cui poi mi pentirò e forse avrò sempre sulla coscienza. Immagino che sia facile sbagliarsi, andare fuori strada o lasciarsi prendere dalla stanchezza, gettare tutto al vento, insomma. Deve essere allettante quando una persona ha già vissuto molti anni e comincia a rendersi conto che non succede quasi niente di quanto si aspettava. Così dice la mamma, che quando sei giovane ti senti capace di stringere tra le braccia il mondo intero, però, man mano che passano i decenni, abbracci sempre di meno, poche persone care, e alla fine ti accontenti di abbracciare il cuscino nelle lunghe notti insonni. Felisa, con i suoi pensieri strampalati, dice la stessa cosa, ma con altre parole. Secondo lei il futuro è meglio averlo davanti, così tutto è più bello.

Ricordo una sera in cui papà arrivò a casa che stava male, ma proprio male. A quell'epoca era sempre preoccupato o infastidito da cose di cui non voleva parlare, ma quella sera ruppe il silenzio. Per cena dovevamo mangiare lenticchie con le salsicce, e io le odiavo. In qualsiasi altro momento mi sarei lamentata, ed ero sul punto di farlo, ma dopo essersi seduto a tavola senza nemmeno salutarci, papà si era bloccato con il cucchiaio vuoto a metà strada fra il piatto e la bocca, immobile da far paura. Intuendo che qualcosa non andava, nemmeno la mamma aveva iniziato a mangiare. Aspettava. Sembrava che tutti e tre odiassimo le lenticchie. Poi papà posò con molta delicatezza il cucchiaio sulle lenticchie, come se mettesse una barchetta di carta sull'acqua di uno stagno, e senza smettere di osservarle con attenzione disse: «Ieri hanno ammazzato Pepe. Mi è arrivato un telegramma dal fronte».

La mamma esclamò: «Mio Dio!» si alzò e abbracciò papà da dietro, appoggiandogli la guancia sui capelli.

Pepe era il fratello di papà, l'unico che aveva. Non andavano molto d'accordo perché era un anarchico, ma erano cresciuti assieme e non avevano mai smesso di vedersi, magari solo per continuare gli interminabili litigi. Avevano paura di non conoscersi più se smettevano di farlo. Ricordo Pepe seduto in sala che rideva e diceva parolacce perché non notassimo il suo disagio, e mio padre che lo guardava in silenzio, sulle spine perché non sapeva cosa dirgli. Io e la mamma, durante quelle visite che spesso finivano in litigate, pregavamo Dio che non bevessero molto, non parlassero, che si limitassero a starsene un momento assieme, per poi abbracciarsi e andarsene ognuno per la propria strada volendosi bene a modo loro, un po' per obbligo e un po' per rispetto del ricordo dell'infanzia che avevano vissuto insieme.

Per questo papà stava così male quella sera, perché avevano ammazzato suo fratello. Io, che allora ero molto piccola, cominciai a mangiare le lenticchie per fargli piacere. Ma papà non mi vedeva. Disse: «La cosa peggiore è che tutto è stato per niente. Tanti sacrifici, tanto sangue... per niente. Passeremo alla storia per esserci scornati in uno sforzo inutile».

La mamma, con quella voce decisa ma molto dolce che usa nei momenti difficili, gli spiegò che Pepe era morto per difendere le sue idee e quello doveva bastarci. Ma papà non era solo rattristato dalla notizia o stanco di vedere che tutto gli si rivoltava contro. Era sicuro di quello che stava dicendo, ci aveva riflettuto. «Se rischi la pelle, deve essere per raggiungere qualche scopo», disse. «E se poi per questo motivo ti spediscono all'altro mondo carico di piombo, quello che lasci deve valerne la pena. Non riesco a credere che abbiamo sacrificato tutto perché questo maledetto paese continui a essere quello che era, anzi peggio. Guarda la bambina». Mi indicò con il dito. E a me si strinse il cuore perché capii che papà aveva appena scoperto di non avere più niente da darmi. «Non abbiamo saputo difendere il suo futuro», concluse.

Lo ricordo come fosse adesso. Rimase a guardarmi in quel modo triste che è tipico degli sconfitti. Io avevo voglia di piangere, ma mi trattenni stringendo le labbra, perché piangere mi sembra un modo troppo facile di risolvere i problemi. Ressi il suo sguardo e notai che papà, sebbene non si muovesse, recuperava lentamente il solito modo di fare.

«Camila», mi disse alla fine, «cercherò di farti andar via dalla Spagna. Negli Stati Uniti, se posso, o in Messico. La nave sta affondando, tesoro, e devo cercare di metterti in salvo... Non so se riesci a capirlo».

No. Non potevo capirlo perché ero molto piccola e anche un po' stupida, ma feci sì con la testa cercando di nascondere la paura che avevo di andare da sola in posti così lontani. Be', mio padre non sarebbe riuscito a fare quello che aveva detto. Qualche giorno dopo scomparve per sempre, e io non andai da nessuna parte.

«Constantino», disse Felisa García, «sono venuta a proporle una soluzione a un problema che lei non sa ancora di avere».

L'ufficiale, seduto sulla poltrona, guardò la donna con scarso entusiasmo. Be', i problemi certo non gli mancavano, pensava, e sicuramente ne sarebbero sorti altri, a centinaia, ma non per questo bisognava fasciarsi la testa prima di rompersela. Quello che ignorava non era una sua responsabilità, e su questo il capitano Constantino Martínez, dopo aver vissuto un'intera vita nell'esercito, era intransigente. Non per niente esistevano i superiori. Dovevano decidere loro in quale misura una cosa costituisse o meno un problema, e se toccava a lui risolverlo. Nel frattempo, il presunto problema semplicemente non esisteva. Su questo si basava la pace interiore che gli procurava la logica militare, per cui non gli conveniva certo sovvertirla. Così fu solo per paura dell'ostessa che indicò le sedie dall'altra parte della scrivania.

«Si sieda, su. Preferirei, però, che mi parlasse dei suoi problemi e non dei miei. Se posso fare qualcosa per aiutarla, sarà un piacere darle una mano. Insomma, ha capito».

«Anch'io ho i miei problemi, Constantino, è ovvio», cominciò a dire Felisa García dopo essersi seduta con il solito grugnito con cui richiamava all'ordine le proprie articolazioni. «E vorrei aiutarla nella speranza di aiutare anche me stessa. Vede, la settimana scorsa hanno fucilato Pascual. Io non ho avuto il coraggio di affacciarmi a guardare e non immagina quanto adesso ne sia pentita. Non lo vedevo da secoli. Era il nostro carbonaio, un uomo molto tranquillo e anche una brava persona».

Il capitano incominciava a innervosirsi sul serio. A quel punto avrebbe già scacciato chiunque altro in malo modo, ma davanti a Felisa García si limitò a far scricchiolare la poltrona con un movimento d'impazienza.

«È un po' tardi per intercedere per lui», ironizzò. «In ogni caso le assicuro che aveva commesso reati sufficienti da non meritarsi la sua preoccupazione. Lasciamolo riposare in pace».

L'ostessa non si diede per vinta. Pascual lo conosceva bene perché erano cresciuti assieme, e sapeva che se aveva commesso qualche atrocità al fronte era stato senz'altro per eseguire gli ordini. Perché Pascual era pauroso come un coniglio e ignorante al punto di non sapere dove fosse quel Mediterraneo che lo circondava da ogni parte.

«Ogni giorno prego per la sua anima», insistette. «Solo un pochino, perché ho molto da fare, ma prego... E poi mio figlio, non Andrés, l'altro, ha imparato il mestiere con lui. Adorava passare la notte con Pascual accanto alla carbonaia».

«E in tutto questo io cosa c'entro?»

«Non sia stupido, Constantino. Mi voglia scusare... ma lei ha un camion con l'impianto a gasogeno e su quest'isola ormai non c'è nessuno che sappia fare il carbone. Mio figlio, anche se invalido, è un uomo responsabile. Con l'aiuto di un paio di soldati potrebbe preparare tutto il carbone necessario per far funzionare il camion, e anche per cucinare più comodamente e riscaldarci d'inverno. Lei dovrebbe solo fare in modo che torni a Cabrera».

Il capitano inarcò le sopracciglia e tamburellò con le dita sulla scrivania.

«Non è una cattiva idea», rispose, «devo riconoscerlo. Adesso è a Madrid, vero?»

«Sì, e non vuole tornare. Ma io credo che voi potete trovare il modo di convincerlo... con le buone, naturalmente, perché quel poveretto ne ha già passate troppe per la Spagna».

«E suo marito cosa ne pensa? È d'accordo?»

Felisa García alzò le mani verso il soffitto pieno di crepe, come se invocasse un'autorità divina.

«Mio marito non pensa. Lei dovrebbe saperlo, Constantino».

Il militare si lasciò sfuggire una risata. Gli era passato il malumore. Aprì un cassetto della scrivania, tirò fuori un piccolo sigaro e lo accese, dicendosi che le sue ferite interne potevano andare a farsi friggere. In effetti Felisa García aveva ragione. Cabrera doveva essere autosufficiente nei rifornimenti se, come tutto faceva pensare, stavano arrivando tempi ancora più duri. I sottomarini tedeschi solcavano già quelle acque sulla scia dei convogli inglesi. Anche se la guerra veniva combattuta in mare, bisognava essere pronti a dar riparo agli uni e a respingere gli altri. Per di più, il tenente della marina che gli aveva portato il camion lo aveva avvisato che non sarebbe passato di lì per un bel pezzo.

«Vedrò cosa si può fare... Ma lei mi dovrà dare perlomeno un prosciutto».

«Affare fatto. Lo chiederò a mio cognato».

Quando uscì sulla piazza, Felisa García fece qualche passo per cercare l'ombra del fico, e rimase lì a sfregarsi le mani con lo sguardo perduto sul mare. Non era sicura di quanto aveva appena fatto, ma aveva l'impressione che il mondo fosse sempre più in disordine e bisognasse porvi rimedio. Era convinta che i paesi dovessero rimanere dov'erano, con le frontiere così ben disegnate che faceva piacere vedere le cartine con ogni stato di un colore diverso, e i vicini dovevano salutarsi con rispetto invece di ammazzarsi tra loro, e i figli prendere moglie o tornare dai genitori e non andarsene in giro per la capitale a chiedere l'elemosina. Ogni cosa doveva stare al proprio posto, perché solo così ognuno poteva sapere dove posare il culo. Tutto qui. Suo figlio, che prima di partire per la guerra non aveva lasciato Cabrera se non per andare qualche volta a trovare la zia a Palma, perché adesso vendeva biglietti della lotteria all'angolo di una strada di Madrid? Poteva essere felice in quel luogo? Non c'era il rischio che, mentre la capitale tornava a poco a poco alla normalità, lui avrebbe invece continuato a rimanere nel suo angolo, sempre più fuori posto e malridotto, tramutandosi in uno scomodo ricordo di tempi che nessuno voleva ricordare? Per Felisa García, la vita non aveva senso se un figlio non sapeva dove rifugiarsi quando tutto gli andava male.

«Le bussole non dovrebbero indicare il nord, ma la propria casa», si disse all'ombra del fico.

E a quel pensiero ritrovò la calma. Era così contenta di aver saputo riassumere le sue idee confuse in una sola frase chiara e ben costruita, che invece di tornare all'osteria andò a far visita a Leonor Dot. L'amica, che si trovava nell'orto, le corse incontro quando la vide arrivare con un forte affanno e chiedendo il suo aiuto. Felisa voleva che scrivesse su un foglio la frase che le era appena venuta in mente.

«È molto bella», le disse Leonor Dot dopo aver esaudito il suo desiderio e alzato il foglio per leggerla di nuovo.

Felisa García ebbe un attimo di perplessità ma, una volta presa una decisione, non avrebbe permesso che qualcosa la facesse desistere.

«Be', adesso basta!» esclamò. «Voglio scriverle io queste cose! A cosa mi servono in testa? Con gli anni, è diventata un ripostiglio dove non trovo niente di quello che cerco!»

Leonor la guardò con affetto e la prese per le spalle.

«Certo, Felisa. Ti insegnerò. Potrai leggere e scrivere tutto quello che vorrai».

«Ma che non mi costi troppa fatica!» concluse l'ostessa, guardando preoccupata il foglio su cui Leonor Dot aveva trascritto il suo pensiero sulle bussole.

Dopo la visita a Leonor Dot e a Camila, Markus Vogel

non era più sceso in paese. Lo fece, però, quella mattina, spinto dall'ansia in cui viveva da quando Benito Buroy aveva fatto irruzione, tre giorni prima, nel suo luogo ritirato. Il tedesco non poteva sopportare l'attesa del ritorno annunciato dal suo assassino, e credeva di avvertirne la presenza in ogni schiocco di ramo, nello svolazzo di un uccello o nel gorgoglio di un'onda che si infiltrava tra i ciottoli della spiaggia. A tratti si sorprendeva a nascondersi fra le rocce con la scusa di cercare un po' d'ombra, tirando su le gambe e abbassando la testa, oppure si metteva a correre all'impazzata, il cuore in gola, come un cervo che sospetta la presenza di estranei. Markus Vogel, tuttavia, non si considerava un codardo. Non era neanche il tipo d'uomo capace di abituarsi a vivere fuggendo. Doveva ammettere che quel comportamento dissennato era probabilmente una conseguenza del suo rifuggire da troppo tempo il contatto con gli altri. Faceva sempre più fatica a convivere con se stesso, a riconoscersi nelle vene delle mani, nelle cicatrici e nelle macchie della pelle, nelle proprie abitudini e persino nei ricordi, come se qualcuno a lui estraneo andasse occupando via via parti del suo corpo e della sua mente. Parlare a voce alta, cosa che fino a poco tempo prima gli serviva a tranquillizzarsi, adesso gli sembrava un comportamento da pazzi, per cui si ostinava a mantenere un perenne silenzio, che però non poteva sopportare. La minaccia rappresentata da Buroy, la certezza che un giorno o l'altro sarebbe tornato per ucciderlo, aveva finito per sconvolgere l'equilibrio precario sul quale si era sostenuto fino ad allora.

Così accadde che Markus Vogel apparve in paese con l'aria più smarrita del solito. Sembrava un viaggiatore rimasto lontano a lungo, disorientato in seguito ai cambiamenti avvenuti in paese. E qualcuno, in effetti, c'era stato. Il camion posteggiato davanti al Comando sembrava attendere pazientemente che gli mostrassero la strada da percorrere; i frutti cominciavano a maturare sul fico, da cui emanava un odore penetrante quando il vento si insinuava tra le foglie grandi come ventagli; e Paco, oltre a essersi lasciato crescere il pizzetto, sfoggiava al collo una grossa catena dorata. Chi non lo conosceva, l'avrebbe preso per un corsaro turco miracolosamente sopravvissuto al passare dei secoli. Quella mattina stava in un angolo della spiaggia, seduto su uno dei primi scogli a rinforzo del molo, occupato a squamare un pagello e a pulirlo in mare.

Markus Vogel si fermò vicino ai bidoni allineati dietro l'oste e cercò di spostarne uno per verificare se fosse pieno. Poi si avvicinò al bordo del molo e osservò l'accampamento militare che si ergeva in lontananza, nella parte più riparata della baia. Lungo la costa si vedevano gruppi di soldati intenti a lavorare sulla pista che conduceva fino a lì.

«Credevo che contenessero gasolio per i fari», disse Paco indicando i bidoni con il coltello, «ma non può essere. Sarebbe impensabile trasportarli fin lassù via terra. Chissà a cosa servono».

Chiunque a parte l'oste avrebbe notato, dal modo in cui il tedesco lo guardava, che lui invece sapeva a cosa servivano i bidoni. Paco, dal canto suo, si limitò a scuotere la testa e con un taglio aprì il ventre del pagello. Tirò fuori le interiora e le gettò in mare. Un nugolo di pesciolini si precipitò immediatamente sui resti.

«Che bastardi! Vede? Vede come saltano? Così vanno le cose in questo schifo di vita. Se qualcosa ti va storto, sono tutti lì pronti ad approfittarsene».

«Anche lei, però, mangerà la sua parte», fu il commento laconico di Markus Vogel.

Tornò sulla piazza. Dopo aver gettato uno sguardo alla balconata deserta, si mise a studiare il camion davanti al Comando. Ma il soldato di guardia lo scacciò con un gesto della mano e il tedesco si allontanò dirigendosi all'osteria. Dentro trovò Benito Buroy, seduto a un tavolo che sfogliava il giornale. Non c'era nessun altro. Markus Vogel si arrestò di colpo con il cuore in gola. Rifletté un po' e, incerto sul da farsi, procedette a ritroso verso la porta.

Benito Buroy alzò le sopracciglia, sorpreso di vedere l'eremita all'osteria. Guardò inquieto verso la cucina, desiderando istintivamente che uscisse Felisa. Non aveva con sé la pistola. Senza osare muoversi dalla sedia, si maledisse per l'eccesso di fiducia con cui aveva agito. Fino a quel momento non gli era venuto in mente che il tedesco potesse attaccare per primo.

I due uomini si studiarono in silenzio. La sensazione di pericolo a poco a poco andò svanendo e si trasformò in una tensione sempre più prepotente, come un cigolio che rompeva i timpani e di cui non si potevano liberare.

«Cerco Felisa», disse Markus Vogel, reagendo per primo.

Aveva parlato per farsi scudo delle parole, ma anche per scrollarsi di dosso la delusione. Sulla strada per il paese si era afferrato alla fragile speranza che il suo inseguitore avesse abbandonato l'isola il giorno stesso in cui aveva deciso di non spararagli. Invece sembrava chiaro che nessuno dei due aveva altra scelta, né poteva cambiare la propria situazione. Prima o poi quell'uomo avrebbe cercato di ucciderlo.

A Benito Buroy non sfuggì l'ombra di contrarietà sul volto del tedesco. Lo tranquillizzava constatare che Markus Vogel non lo stava cercando per precedere le sue mosse, ma temette che le sue intenzioni potessero essere persino più insensate, e che fosse sceso in paese per denunciarlo a chi di dovere. Escluse subito quell'ipotesi: Markus Vogel non sembrava così ingenuo da nutrire false illusioni. Doveva essere cosciente del fatto che quelli erano tempi di morti facili, e in una simile situazione non c'era niente da denunciare e nessuno a cui farlo.

«Sono molto stupito di trovarla qui», gli rispose.

Il tedesco assentì con un cenno del capo. Sembrò più tranquillo, o forse pensò che, per quanto facesse, la sua sorte non poteva peggiorare. Si avvicinò al tavolo che di solito occupava Leonor Dot, ma non si sedette. Incrociò le mani dietro la schiena, evitando di posarle sul vetro unto, e si mise a guardare fuori. Nel quadro delimitato dalla finestra si vedevano Paco sul molo, i rami del fico in primo piano e in fondo il mare placido della baia. Benito Buroy sospettò che Markus Vogel gli stesse voltando la schiena per poter parlare con lui. A volte, ignorare una persona è l'unico modo che si ha per interrogarla.

«Non pensa di andarsene da Cabrera?» chiese Markus Vogel, cercando una conferma al proprio sospetto.

Benito Buroy voltò la pagina del giornale. Quella copia di *Solidaridad Nacional* era arrivata con l'ultima barca da Palma, quella che aveva lasciato andar via dopo l'infruttuosa visita alla scogliera. In prima pagina, a caratteri molto più grandi degli altri, c'era scritto: «Formidabile pioggia di acqua e bombe sull'Inghilterra».

«Non posso farlo finché non avrò eseguito gli ordini che ho ricevuto», rispose. «Lo sa bene».

«Eppure non ha sparato», disse Markus Vogel, e finalmente si girò.

Si avvicinò al tavolo e osservò attentamente l'indice ferito di Benito Buroy. Non era più bendato. Si vedevano, anneriti, i quattro punti di sutura.

«Non ha sparato quando avrebbe potuto farlo e adesso sto sul chi vive. Questo rende le cose più difficili...»

Buroy non si curò di rispondergli. D'altronde non avrebbe saputo cosa dirgli. Invece il tedesco sembrava aver bisogno di parlargli, sembrava voler sapere come era quell'uomo che, almeno per il momento, gli aveva risparmiato la vita. Disse:

«Non so se a lei queste cose piacciono o se invece le danno fastidio... Sa cosa penso? Che lei si trova qui perché è costretto, non perché lo considera un dovere».

Benito Buroy lo guardò con totale freddezza. A volte, lui per primo si sorprendeva del suo scarso interesse per gli altri. Che quell'individuo soffrisse per la consapevolezza di essere perseguitato gli era del tutto indifferente. Come gli era anche indifferente che potesse nutrire la speranza che lui, Benito Buroy Frere, fosse una persona migliore di quanto sembrava. Da troppo tempo non si fermava a considerare la natura delle sue convinzioni.

«Non si preoccupi per me», gli rispose, lasciando il giornale aperto sul tavolo. «Mercoledì prossimo tornerò a Maiorca».

Il tedesco assentì senza battere ciglio. Alla loro non più giovane età, sapevano entrambi che certi avvenimenti possono considerarsi accaduti ancor prima di verificarsi, che diventano inevitabili nel preciso istante in cui l'ordine parte da un ufficio e tutti gli ingranaggi si mettono in moto affinché venga eseguito.

«Sa già dove mi trovo. Non penso di nascondermi», concluse Markus Vogel.

Diede la schiena a Benito Buroy per uscire dall'osteria, ma in quel momento entrarono Leonor Dot e Camila. La bambina corse verso di lui tutta contenta e si lanciò tra le sue braccia.

«Markus! Pensavamo che fossi diventato invisibile! A volte sentiamo i tuoi passi, ma usciamo sul portico e non ci sei!»

Benito Buroy posò un gomito sul tavolo. Sospirò, appoggiando la fronte alla mano. Il suo sguardo fu intercettato da Leonor Dot, che era rimasta impietrita con un'espressione interrogativa e le mascelle serrate, come colta da un improvviso sospetto. Buroy, capendo che la donna aveva udito le ultime parole del tedesco, si mise a canticchiare una stupida melodia e si immerse di nuovo nella lettura delle notizie.

Camila si svegliò con la sensazione di aver fatto pipì a letto. Aveva le cosce umide e la camicia da notte appiccicata alle gambe. Guardò preoccupata l'altro letto, ma Leonor Dot si era già alzata. Nella penombra vide le lenzuola in disordine e il cuscino che conservava l'impronta della testa della madre. Si tirò un po' su per aprire le tende. Poi, vergognosa, si infilò una mano tra le gambe e palpò la tela. Era bagnata. Camila provava repulsione al solo pensiero che fosse potuta succedere una cosa simile. Ma quando ritirò la mano, vide che era imbrattata di sangue, un sangue vischioso che si appiccicava ai polpastrelli. Anche se in un primo momento rimase inorridita, la rincuorò che non si trattasse di pipì ma senza dubbio di quello che la madre le annunciava da tempo. «Camila», le diceva, «uno di questi giorni ti verranno le tue cose. Hai già quasi tredici anni ma sei lenta nello sviluppo, proprio come me. Tanto meglio, così sarai più alta». E infatti lo era. Una tacca sullo stipite della porta testimoniava che aveva superato il metro e sessanta. Dal suo arrivo sull'isola era cresciuta di quasi un centimetro, ma i cambiamenti che aveva notato nel suo corpo le sembravano ancora più spettacolari. Si era assottigliata, le dita si erano allungate facendo così risaltare la forma delle nocche, e le braccia andavano a sbattere su un paio di fianchi ossuti che prima non aveva. Anche la faccia sembrava più spigolosa, con la mandibola e gli zigomi che sporgevano di più. Sembrava che il suo scheletro volesse farsi notare attraverso la pelle, o forse cresceva più in fretta. A volte le dolevano molto le caviglie e le venivano crampi alle gambe, come se calpestasse cavi elettrici. E poi c'erano i seni, che iniziavano timidamente a spuntare, e lei faceva fatica ad accettarli come parti del proprio corpo. La sera, quando andava a letto, se li toccava attraverso la camicia da notte e la sconcertava il pensiero che sarebbero stati lì per sempre, appiccicati a lei, parte di lei. «Alla tua età il corpo è esagerato», le diceva la madre, «ma non ti preoccupare. Tra poco diventerai una bellissima signorina e sarai molto contenta di quanto ti è successo».

Camila non era molto sicura di voler cambiare. Eppure non vedeva l'ora. Aveva la sensazione che la sua persona ne nascondesse un'altra diversa, molto più complessa e sofisticata. Anche se stava bene nella propria pelle, desiderava affrontare quella che sarebbe stata la padrona del suo destino e delle sue forme, la sovrana assoluta della sua vita. Intuiva che prima o poi avrebbe dovuto rinunciare al comodo rifugio che le offriva la madre per cominciare a godere della libertà di fare sempre quello che voleva.

Forse allora sarebbe stato meglio per lei. Aveva cominciato a darle fastidio che gli adulti la guardassero con tenerezza. E la mandava in bestia di essere lei stessa a volte a provocare quell'atteggiamento. Per esempio, si era divertita tantissimo a girare intorno al fico sul camion dell'esercito, ma poi scendendo dalla cabina era arrossita. Anche se Felisa non si stancava di dirle che era uno splendore e sua madre l'aveva abbracciata per odorarle i capelli, Camila aveva provato imbarazzo e rabbia come se fosse ricaduta in un vizio. Nel suo caso era il vizio dell'infanzia. Voleva essere come le altre donne, o perlomeno non sentirsi troppo diversa.

Per questo, da qualche settimana cercava di evitare i gesti che considerava tipici dell'infanzia. Adesso non saltava più, ma camminava lentamente, prima il tallone e poi la punta, e così di seguito, come un automa. Si rendeva conto di quanto era difficile imparare a essere donna e a muoversi in un modo così complicato come se fosse la cosa più naturale del mondo. Non accettava neanche i propri entusiasmi, che le sembravano esagerati e poco adatti alla nuova età. Se qualcuno la invitava a fare qualcosa che lei desiderava molto, anche se provava un tuffo al cuore rispondeva solo: «Va bene» e rivolgeva lo sguardo altrove, lasciando trasparire una invincibile noia. Riteneva molto adulto mostrare disinteresse. Così adesso era sempre un po' malinconica, perché considerava puerile accogliere con entusiasmo qualsiasi proposta le facessero. Il problema era che la attirava quasi tutto, per cui la sua malinconia cominciò a scaturire dal dispiacere reale che le provocava perdere, mano a mano che gli altri si curavano meno di lei, la poca attenzione che le rivolgevano ancora ma che a lei non serviva. «È in un'età difficile», sussurrava la madre. «Lasciatela in pace». Se Camila la udiva, faceva finta di niente e si metteva a osservare immusonita un punto del muro o una nuvola in cielo.

«Mamma», gridò dal letto.

Vedendo la madre entrare dall'uscio che dava sul portico, le mostrò la mano e proclamò con la voce strozzata dalla felicità che le procurava quel momento drammatico:

«Credo che ci siamo».

Leonor Dot si sedette sul letto vicino a lei. Prendendole la faccia tra le mani, la guardò negli occhi e la baciò sulla fronte.

«Adesso sei diventata una donna, piccola mia», disse, senza accorgersi dell'evidente controsenso nelle sue parole.

«Mi fa un po' male la pancia», rispose Camila.

Un momento dopo scendevano all'osteria tenendosi per mano e andavano direttamente in cucina, dove Felisa stava versando l'acqua calda su un canovaccio pieno di cicoria. Le guardò piuttosto sorpresa. Nessuno osava entrare nel suo regno senza prima chiedere permesso dalla porta, e Leonor Dot non solo non l'aveva fatto, ma aveva avuto la sfrontatezza di chiuderla per poter rimanere sole con lei. Camila, dritta e con le dita delle mani intrecciate sullo stomaco, la guardava con un misto di soddisfazione e imbarazzo.

«Cosa diavolo succede qui?» urlò l'ostessa. «Perché siete così misteriose?»

«Ho bisogno di tela per fare dei pannolini», rispose Leonor Dot.

E indicando Camila:

«Le sono venute».

Felisa García mollò il canovaccio che per il peso della cicoria affondò nel liquido già filtrato, batté sonoramente le mani, tenendole poi congiunte, e guardò Camila con gioia infinita.

«E brava la nostra bambina! Dio mio, come passa il tempo! Tua madre ti ha detto che in quei giorni lì non puoi fare il bagno e nemmeno lavarti? E non puoi toccare le piante? E che non ti venga in mente di avvicinarti all'orto! Faresti appassire tutto… tutto! Devi fare attenzione…! Perfino la maionese impazzisce se cerchi di montarla!»

Camila, che non aveva mai sospettato che diventare donna equivalesse a tramutarsi in una lebbrosa, si fregò le mani contro la gonna provando repulsione per se stessa e guardò spaventata la madre.

«Felisa», intervenne Leonor, «credo tu stia esagerando».

«Esagerando? Quanto scommetti che non esagero?»

Si avvicinò al davanzale, prese un vaso con una pianta di basilico e lo porse a Camila.

«Vediamo se, alla mia età, non ne capisco niente di queste cose! Tocca la pianta, bambina, toccala bene... Poi vedrai cosa succede».

Camila si ritrasse e mise le mani dietro la schiena. Inorridiva all'idea di uccidere il basilico. Contrariata, quasi in lacrime, si pentì di aver desiderato tanto il cambiamento che si stava producendo in lei. Come se un'essenza velenosa si stesse impossessando delle sue idee, cominciò a convincersi che diventare adulta significava acquisire la capacità di insozzare le cose e di fare del male.

Il tempo, in apparenza inesorabile, a volte si ferma quando deve affrontare la tenacia della memoria. Certe notti, benché fosse trascorso più di un anno, Benito Buroy si svegliava nel buio, madido di sudore, e si rendeva conto che i sogni lo avevano asfissiato nel ricordo di altre notti in carcere, quando il minimo rumore gli faceva temere che andassero a prenderlo per portarlo davanti al plotone di esecuzione. Durante un processo sommario non aveva avuto una difesa degna di questo nome, ma non gli sarebbe comunque servita a molto. In fin dei conti, i magistrati che lo giudicavano avevano vinto una guerra lunga e difficile, una guerra civile, e non potevano né volevano essere clementi. Non desideravano solo mettere in rilievo le atrocità commesse da Buroy sul campo di battaglia, ma anche costringerlo ad accettare la pace da loro instaurata. Perciò, oltre a punirlo volevano dimostrargli che potevano rifarlo in qualsiasi momento, solo per verificare che fosse davvero tornato all'ovile. In quel processo forse Benito Buroy aveva evitato una condanna a morte, ma non di essere considerato per sempre un nemico da vigilare. A quel punto Buroy sapeva ormai che una guerra non risolve i problemi che l'hanno provocata, si limita ad accantonarli con la forza inesorabile con cui un animale abbattuto stramazza al suolo. In un angolo della sua cella, tremando per aver sentito il rumore lontano del chiavistello di una porta, aveva capito che per quegli uomini non esistevano perdono o indulgenza, e neppure l'espiazione della colpa. Era stato sconfitto per il resto della vita.

Così, certe notti si svegliava nella sua stanza a Cabrera e, senza vedere niente ma con gli occhi spalancati, ricordava le notti passate in carcere. Nonostante tutto conservava un vago ricordo del terrore dei primi giorni, quando temeva tanto l'arrivo dei suoi boia. Il tempo aveva confuso tutto. Gli apparivano molto più nitide le notti successive a quella passata di fronte a un ufficiale falangista dai capelli con la brillantina e un paio di occhialini senza montatura, allampanato e scuro in volto, a quanto diceva insonne, che leggeva i rapporti della polizia alzando le sopracciglia e lasciandosi scappare un sorrisetto sinistro come se sfogliasse fotografie di donne nude. Quella notte Benito Buroy aveva ceduto dinanzi alla paura della morte e alla certezza che ormai la resistenza e il silenzio erano inutili e, completamente esausto, si era arreso e aveva elencato tutti i nomi e tutti i fatti che poteva ricordare. Di nuovo solo nella sua cella, gli risuonavano nelle orecchie le parole dell'ufficiale: «Ti stai salvando la vita, ti stai salvando la vita», e la vaga promessa di indulgenza con cui si era concluso l'interrogatorio, e il primo sospetto che per redimersi aveva cominciato a nutrire una fiera insaziabile. Doveva chiedere perdono, e potevano concederglielo solo se lo avesse chiesto e richiesto più volte. Era quello che faceva da quando lo avevano liberato, e quello che avrebbe fatto non appena avesse sparato al tedesco solo perché gli permettessero di vivere ancora un po', di svegliarsi di notte, aprire gli occhi nel buio e desiderare che anche Otto Burmann, quel povero disperato di Otto Burmann, si svegliasse e gli rimproverasse qualcosa all'orecchio suscitando in lui fastidio, ilarità o disprezzo, salvandolo in questo modo da se stesso.

Benito Buroy si svegliò e aprì gli occhi nel buio, ma Otto Burmann non c'era. Si sentì mancare l'aria. Si mise a sedere sul letto aguzzando le orecchie nel vano tentativo di udire qualche suono, qualunque avvisaglia dell'imminente spuntare del giorno. Ma non c'è nulla di così uniforme come le ore sperdute nel cuore della notte. Buroy sentì il bisogno di liberarsi da se stesso. Si alzò in piedi, andò alla porta e la aprì. Il soldato di guardia dormiva sulla sedia con la testa ciondoloni. Quando gli passò vicino e uscì sulla piazza non si mosse.

Il fico, contagiato dall'immensità del firmamento, stava assolutamente immobile sotto il chiaro di luna. Benito Buroy fece qualche passo credendosi solo, ma in quel momento da un angolo dello spiazzo gli giunse all'orecchio un canticchiare ansimante. Era il Lluent, seduto sull'uscio di casa. Dondolava piano il tronco e faceva girare tra le dita una corda con le estremità fissate tra loro, come fosse un rosario. Benito Buroy gli si avvicinò.

«Sono contento che sia sveglio», disse il pescatore. «Ho bisogno di aiuto. Oggi mi fa male la schiena».

L'altro non rispose, ma non si mosse. Gli faceva comodo che quel vecchio gli proponesse un'occupazione per distrarsi finché non fosse venuto giorno. Non si chiese nemmeno cosa potesse volere da lui a quell'ora. Si limitò ad accendersi una sigaretta e a girarsi di nuovo verso il mare.

«Andiamo», disse il Lluent alzandosi pigramente. «I soldati hanno già caricato la barca».

Benito Buroy guardò il molo, ma lì non c'era nessuno. Seguì il pescatore fino al leuto. In coperta, legati con una cima attorno all'albero, c'erano sei bidoni di quelli scaricati due giorni prima dalla finta corazzata. Il Lluent, che aveva già mollato gli ormeggi e teneva le corde tra le mani, con un cenno del capo lo esortò a salire a bordo. Poi saltò dietro di lui, scostò la barca dal molo con l'aiuto di un remo e cominciò a vogare adagio verso l'imboccatura della baia. Alla luce della luna tutto acquisiva un'apparenza imprecisa, spettrale. Il mare riluceva e le case del paese, sul pendio della montagna ancora immersa nelle tenebre, sembravano sul punto di svanire e dissolversi. Benito Buroy gettò in mare il mozzicone della sigaretta.

«A quest'ora si alza la brezza», disse il pescatore.

Tirò i remi in barca e issò la vela. Il leuto, dopo qualche esitazione, cominciò a scivolare via molto lentamente. Quando furono in mare aperto, Benito Buroy sentì freddo. Lì le acque non erano più tanto calme. Si erano alzate onde lunghe e alte come piccole colline, e un vento regolare, carico di umidità, gonfiava le vele facendo aumentare la velocità. Si lasciarono sulla destra gli isolotti rocciosi che indicavano la rotta di Maiorca e si allontanarono da Cabrera verso nessuna direzione particolare. Poco dopo l'isola era un'ombra all'orizzonte. Benito Buroy batteva i denti. Il Lluent, da parte sua, sembrava essersi addormentato al timone. Ogni tanto però sollevava la testa per studiare le stelle, finché si alzò in piedi e si guardò attorno cercando qualcosa sulla superficie del mare.

«È qui», disse. «Mi faccia la cortesia di tenere il timone, così io slego i bidoni».

Benito Buroy si mise a poppa. Aveva acceso un'altra sigaretta, ma le dita gli tremavano tanto che faceva fatica a portarsela alle labbra. Il pescatore sciolse il carico e si voltò di nuovo verso il passeggero.

«Oggi mi fa male la schiena», ripeté. «Mi aiuti a gettarli in mare».

Insieme buttarono in acqua i bidoni, che sprofondavano per tornare a galla subito dopo con la frenesia di chi sta per affogare, come sugheri che sopportano un peso eccessivo. Quando ebbero finito di scaricarli, il Lluent si mise di nuovo al timone e fece virare la barca descrivendo un ampio cerchio. Il leuto, libero dal carico, era molto più veloce e fragile. Benito Buroy cercava di individuare i bidoni, ma spuntavano talmente poco dall'acqua che li perse subito di vista. Allora, in quel punto impreciso da cui si stavano allontanando, il mare cominciò a gorgogliare, come agitato dall'interno. Benito Buroy indietreggiò istintivamente e per poco non cadde di schiena in mare, quando vide emergere la torretta di un sottomarino e subito dopo il suo dorso immenso, satinato sotto la luna.

«Stia tranquillo», disse il Lluent. «Sono amici, tedeschi. Non fanno del male a chi gli porta da bere».

Indicò un punto all'orizzonte dove il nero del cielo si stava trasformando in un blu profondo.

«Guardi... sta spuntando il giorno».

Camila era sotto il portico e fingeva di sfogliare una rivista, ma riusciva a stento a soffocare le risate. Un paio di ore prima Felisa García era arrivata tutta elettrizzata: quel pomeriggio finalmente avrebbe cominciato le lezioni di alfabetizzazione. Leonor Dot l'aveva fatta sedere al tavolo e le aveva messo davanti un paio di matite e qualche foglio. Poi, calma e con tono didattico, aveva cominciato a spiegarle i primi rudimenti della scrittura. L'ostessa, però, per quanto dopo il viaggio a Maiorca avesse un'alta stima di sé, e nonostante la sua recente inclinazione per gli aforismi con pretese filosofiche, era sulla difensiva, e diventava persino aggressiva quando le sembrava che le sue capacità intellettive venissero messe in discussione. A seconda del momento, rimproverava la maestra per la poca chiarezza delle spiegazioni o dichiarava, colpendo il tavolo con il palmo della mano, che per quanti tentativi facesse non sarebbe mai stata capace di trovare un senso in quei segni misteriosi e in tutte quelle stronzate. Dopo un lungo tira e molla ricominciavano con le vocali e le sillabe, e poi di nuovo e ancora, seguendo sempre lo stesso metodo e inciampando nelle stesse questioni impenetrabili. A quel punto della lezione, dopo due ore di battibecchi, Leonor Dot aveva scritto una parola su un foglio e lo mostrava alla sua alunna.

Camila sentì che la madre diceva: «Leggilo, Felisa. Fa' uno sforzo, dimmi cosa c'è scritto».

«E io cosa vuoi che ne sappia? Vengo qui perché tu mi insegni!» rispose l'altra.

«Ma lo sai già, Felisa. Ricordati: la pi con la a, pa; la ti con la a, ta. E le vocali le conosci. Che cosa ho scritto? Leggi».

«... Piatiatia... Che cazzo vuol dire?»

«Patata, Felisa. C'è scritto patata... Preparo un infuso di tiglio. Mi sembra che ne abbiamo bisogno tutte e due».

«Io non sono tagliata per queste cose, Leonor, e poi tu non sei capace di insegnarmi».

«Lo farò molto forte. Ci metterò tutto il tiglio che mi resta».

Quella prima lezione fu un disastro, ma Felisa García, nonostante la resistenza e lo scetticismo, accettò di portarsi a casa degli esercizi da copiare la sera. Così fece, seduta al tavolo della cucina dopo aver lavato i piatti, sbadigliando e asciugandosi le guance con la manica, perché le lacrimavano gli occhi per lo sforzo. «Vediamo se per colpa di questa roba ho bisogno di mettermi gli occhiali», si diceva senza sapere, abituata a vedere il mondo attraverso un velo, che ne aveva bisogno già da tempo. Paco, che sapeva leggere anche se non lo faceva mai, entrò in cucina e provò a prenderla in giro, forse per rimproverarla di perdere tempo con quelle stupidaggini, ma Felisa lo mandò via subito con un'occhiata furente. Copiava meccanicamente, con noia e svogliatezza, con la mano tremante e il morale a terra. Ma, senza che lei se ne rendesse conto, qualcosa si andava muovendo nella sua mente. Recondite associazioni iniziavano ad acquisire un senso a forza di essere ripetute con pesante insistenza. A un certo punto cominciò a udire suoni, a pronunciare le sillabe come se le saltassero dal foglio alle labbra. Leggeva "pa", a voce alta e rimaneva a guardare il calendario nel quale papa Pio XII, appeso vicino alla porta che dava nell'osteria, benediceva coloro che entravano. Diceva "pa", ma non ripeteva quel suono per pronunciare "papa"; finché, illuminata da un'improvvisa rivelazione, facendo rimbombare il suo vocione tra i muri della cucina concluse: "patata". Certo: "patata"! Per incoraggiarla Leonor le aveva detto che prima o poi leggere le sarebbe riuscito facile come parlare, ed era quello che le stava succedendo con la parola "patata". La vedeva sulla carta ed era come se vedesse il disegno del tubero. Felisa non poteva credere ai propri occhi.

Piena di entusiasmo, decise di attaccare uno di quei lunghi testi astrusi che le aveva preparato Leonor Dot. Per un pezzo non fece che borbottare e imprecare finché, a poco a poco, in modo discontinuo e spasmodico, cominciò a pronunciare le sillabe che, sulla sua bocca, sembravano piuttosto starnuti.

«...La... mi...a... po...ve...ra... ca...sa...»

«La mia povera casa», pensò, con la gola strozzata dall'orgoglio di aver saputo decifrare quei segni misteriosi. «Che frase scema! A me ne vengono in mente di migliori!»

Era lunedì. Benito Buroy si trovava sull'isola da dodici giorni quando finalmente tornò alla scogliera dove lo aspettava Markus Vogel. Lo fece senza averlo pianificato, quasi senza rendersi conto delle sue vere intenzioni, proprio come preferiva quando sbrigava quei lavori. Quella mattina, uscito dal Comando, si trovava sotto il fico senza sapere cosa fare quando d'un tratto, con l'affanno strozzato di chi salta nel vuoto, tornò in camera sua a prendere la pistola, uscì di nuovo e i suoi passi lo portarono verso l'unico sentiero che conosceva, quello che passava vicino al cimitero, costeggiava la cala di Santa María e si inerpicava verso la cima della montagna lungo pendii coperti di sassolini acuminati e grovigli di lentischi.

Mentre saliva scoprì che Andrés lo stava spiando. Avrebbe potuto rappresentare un contrattempo, ma il figlio dell'ostessa non ci mise molto a stancarsi del gioco e Buroy vide sparire tra i cespugli la schiena del ragazzo, agile e curva come quella di una faina. Andrés si allontanò per un sentiero che serpeggiava dietro al paese e le baracche dei soldati per perdersi su per la montagna in direzione della valle delle voci. Quando era già lontano, emise un grido che rimase sospeso in aria per qualche secondo. Non avrebbe più infastidito Buroy, ma scrollandolo dai suoi pensieri lo aveva già disturbato abbastanza. Fino a quel momento l'uomo aveva camminato senza pensare a niente, assorto nella contemplazione del suolo. Adesso sentiva il peso della pistola nella tasca dei pantaloni.

Poco dopo arrivò in cima alla montagna. Davanti a lui si estendeva la baia di Olla, dalle pareti di calcare trapunte di grotte e con un isolotto roccioso conficcato in mezzo alle acque limpide. Si trattenne a lungo a osservare la costa. Non si vedeva nessuno.

Fino a lì aveva improvvisato e doveva continuare a farlo. Scese fino alla sporgenza rocciosa dove la settimana prima aveva trovato il tedesco. La pelle della lucertola, mummificata dal sole, era sempre vicino alla pietra dove era seduto. Un po' più in là, in un pertugio protetto dal vento, Buroy scoprì i resti di un falò. Markus Vogel di sicuro accendeva spesso il fuoco, perché lì vicino c'era un mucchietto di rami e rametti. Benito Buroy dovette reprimere la vaga e sconcertante sensazione di essere un intruso. Ma non era la prima volta che si trovava in situazioni simili. Sapeva come affrontarle. Non poteva permettersi le emozioni, non doveva pensare. Bisognava fare il lavoro e andarsene da lì alla svelta, non tornare mai più. Con il passare del tempo le ferite della memoria cicatrizzano e perdono importanza. L'oblio è un muscolo che va esercitato.

Scese fino alla spiaggia. Arrivato sull'arenile, con la schiena rivolta al mare, si mise a osservare le grotte che si aprivano nelle scogliere. A prima vista non c'era nessun segno che svelasse la presenza di Markus Vogel, ma era lì che si era nascosto tutti quei mesi. Benito Buroy provò un brivido di angoscia. C'era la possibilità che il tedesco avesse trovato un nuovo nascondiglio, ma lui era convinto che non si fosse mosso da lì, che lo stesse aspettando, proprio come aveva detto. Forse in quel momento stava in agguato nel buio della sua tana, spiava i suoi movimenti lungo la spiaggia e si preparava a difendersi nel caso improbabile che lui riuscisse a trovarlo. O forse gli aveva già teso un'imboscata e aspettava solo che ne cadesse vittima.

Il rumore di un'onda lo fece voltare spaventato. Capì subito che era un'idea assurda. Il tedesco non sarebbe saltato fuori dall'acqua per aggredirlo. Si sentì ridicolo, ma estrasse la pistola e tolse la sicura. Fece scorrere lo sguardo sulle grotte in cerca di un bagliore, di un movimento. Non poté evitare che un fremito inquietante gli percorresse la spina dorsale, ma lo tranquillizzava pensare che Markus Vogel non fosse armato. In ogni modo, visto che all'altro bastava restare nascosto finché lui non si fosse stancato di cercarlo, a cosa gli serviva aver estratto la pistola?

«Avevi giurato di non nasconderti!» gridò a pieni polmoni. Un'eco lontana gli restituì le sue parole.

Era inutile sfidarlo. Per quale ragione avrebbe dovuto uscire dal suo nascondiglio? Per lasciarsi ammazzare? Non avergli sparato quando era il momento di farlo aveva dato al tedesco l'opportunità di mettersi in salvo. Anche se piccola, l'isola era abbastanza impervia perché Markus Vogel riuscisse a evitarlo all'infinito. Benito Buroy poteva tornare in paese e aspettare che si spingesse fin lì vinto dalla solitudine, o dalla dieta esclusivamente a base di pesce o dalla mancanza di tabacco. Poteva anche percorrere l'isola ogni giorno, senza sosta, fiducioso che prima o poi il caso o una disattenzione gli avrebbero fatto scoprire il suo nascondiglio. O inventarsi una scusa qualsiasi per chiedere al capitano di mandare l'esercito a cercarlo. Una volta in paese non gli sarebbe più scappato. Gli venivano in mente vari modi per dare la caccia al tedesco, anche se nessuno lo convinceva. Perché, gira e rigira, l'unica cosa certa era che lui era tornato nel luogo in cui aveva incontrato la prima volta Markus Vogel per ammettere a se stesso che lì, su quell'isola miserabile, la guerra per lui si era finalmente conclusa. Prima o poi doveva rivivere in pieno la sconfitta subita sul fronte dell'Ebro, quando lo avevano trovato in fondo a una trincea, tremante di freddo e di paura. Allora si era addirittura spogliato sperando di sembrare più vulnerabile ed evitare così che gli sparassero.

«Ti troverò!» gridò di nuovo, nell'estremo sforzo di difendersi. «Non ho fretta!»

In vita sua non aveva mai sostenuto una menzogna così poco convincente. Due giorni dopo sarebbe arrivata la barca che doveva riportarlo a Palma, e il commissario lo aspettava nel suo ufficio non appena avesse messo piede a terra. Ma Benito Buroy non poteva eseguire gli ordini, né tornare a Maiorca, né cercare una via di scampo. Lui stesso si era bruciato ogni possibilità di farlo. Sapeva che il commissario non glielo avrebbe perdonato, e non sarebbe stato comprensivo. Sapeva anche che, qualche giorno dopo, quando lui fosse già tornato in carcere, o morto fucilato, qualcuno con meno scrupoli sarebbe sbarcato a Cabrera per occuparsi di Markus Vogel. Solo su quella spiaggia, forse spiato dall'eremita arrivato da lontano, Benito Buroy fu sorpreso di scoprire che si stava stranamente identificando con il tedesco e non poté reprimere la sensazione di sprofondare assieme a lui nello stesso baratro senza fondo, nello stesso abisso.

L'uomo che lo spiava da una di quelle grotte e si nascondeva non mantenendo la parola data all'osteria, quello che aveva visto solo un paio di volte e che, in circostanze normali, non avrebbe mai incontrato, era diventato suo compagno nella disgrazia. Tutti e due non avevano scelta. Tutti e due erano spacciati.

La strada venne finita il giorno prima di quello in cui l'aereo militare tedesco aveva sorvolato Cabrera, giusto in tempo perché la barca delle provviste, che essendo mercoledì sarebbe arrivata quella mattina da Palma, potesse trasferire il suo contenuto sul pianale dell'autocarro. Il capitano Constantino Martínez era esultante.

«D'ora in poi nessuno dovrà più portare casse in spalla», disse davanti ai pochi testimoni di quell'evento memorabile. «A partire da oggi quest'isola è un luogo civilizzato. Viva Franco! *Arriba España!*»

Una volta caricati i viveri il capitano, seduto accanto all'autista con gli occhi sfavillanti e la fronte imperlata di sudore, diede ordine di mettere in moto il veicolo. Ma Leonor Dot, che arrivava dall'osteria tenendo per mano Andrés, lo fermò con un cenno perentorio. Il militare, piuttosto infastidito, fece spuntare la testa dal finestrino.

«E adesso cosa c'è?» chiese.

«Vuole venire con lei...»

Dal volto dell'ufficiale, che spesso era come un libro aperto, apparve chiaro quanto fosse stufo di convivere con quei quattro civili inselvatichiti. Non gli piaceva per nulla l'idea di fare la sua comparsa nell'accampamento, in un giorno così importante per la storia del parco automobilistico di Cabrera, con un ritardato mentale seduto al fianco. Si rifiutò a voce bassa, giurandosi di sollecitare un trasferimento sul continente non appena fosse finita la guerra e con essa il ruolo cruciale che gli era stato assegnato nella difesa dell'arcipelago. Poi, dopo aver guardato per qualche secondo Andrés il quale, impaurito e vergognoso, teneva la testa bassa mostrando un cocuzzolo di capelli radi, indicò il carico ammucchiato nel cassone dietro l'enorme serbatoio dell'impianto a gasogeno.

«Be', che salga pure... E che si tenga forte, che non facciamo una passeggiata per il centro di Madrid! Siamo in zona militare, signora, non al luna-park!»

Andrés, aiutato da Leonor Dot, salì con difficoltà sul pianale e si sedette con le gambe penzoloni e le mani strette alla sponda del veicolo. Quando questo cominciò a muoversi, il volto del ragazzo si irrigidì in una smorfia, come se la velocità fosse vertiginosa o stesse per ribaltarsi all'indietro. Il camion attraversò la piazza alzando la solita nuvola di polvere e si allontanò sobbalzando a causa delle pietre che coprivano la pista. Leonor Dot lo vide avanzare lungo la costa a zigzag per evitare le buche, e fermarsi dopo pochi minuti davanti alle baracche dove lo aspettava un gruppo di soldati.

Tornò poco dopo senza carico e con Andrés, che non si era mosso dal pianale nemmeno mentre scaricavano le casse, con un sorriso che andava da un orecchio all'altro. Il ragazzo si rifiutò di scendere persino quando l'autista fermò il camion di fronte al Comando. Fecero il possibile per convincerlo, e alla fine decisero di lasciarlo dov'era, saldamente afferrato alla sponda, con un sorriso fisso stampato sulla faccia e la mandibola protesa avanti, come se anche da fermo stesse affrontando velocità inaudite.

Benito Buroy era seduto all'ombra del fico con le mani in tasca. Da qualche giorno era più silenzioso del solito, e il distacco con cui cercava di proteggersi dagli altri sembrava non avere limiti. Nonostante ciò, di solito lo si vedeva dove c'era attività, intento a curiosare per distrarsi, e a volte si metteva a giocare a domino o a carte con i soldati.

«E questo non è tutto», gli disse il capitano mentre scendeva dal camion. «Prolungheremo la strada all'interno fino al faro di N'Ensiola, e poi ne faremo un'altra che costeggerà tutta l'isola. Presto Cabrera sarà accessibile ai veicoli su ruote».

Anche lui cercò l'ombra del fico e, senza rendersi conto di arrogarsi le funzioni di un piccolo Tiberio, aggiunse:

«Tra qualche anno, quest'isola sarà bella come Capri».

Quell'allusione cosmopolita da parte di uno che non era mai uscito dalla Spagna stupì Benito Buroy. Ma il capitano Constantino Martínez, che non nutriva grande stima per i tedeschi, faceva un tifo sfegatato per gli italiani ed era un grande ammiratore sia dell'impero romano che di Mussolini. Quell'estremegno, per il quale la vita aveva le dimensioni di una piazza d'armi, credeva che in Italia la vegetazione fosse ovunque rigogliosa e i palazzi così grandi che quando si entrava si rimaneva a bocca aperta, ed era sicuro che, sotto Franco, tutta la Spagna si sarebbe coperta di floridi e splendidi glicini, e persino il magnifico sacrario della Valle de los Caídos, la cui costruzione era già iniziata, con il tempo sarebbe sembrato solo un'approssimazione, molto meritevole ma su scala ridotta e un po' da principianti, dell'architettura monumentale che un giorno avrebbe coperto tutto il suolo patrio. Il capitano non sapeva dove si trovavano Osaka, Gerusalemme e Pietrogrado, né gli interessava saperlo, ma parlava del Lazio come fosse casa sua.

Quella mattina, appoggiato al fico, smise di sognare quando, scorrendo lo sguardo sull'orizzonte, si rese conto che la barca dei rifornimenti era già salpata verso Maiorca. Guardò piuttosto sorpreso Benito Buroy, che si rollava una sigaretta al suo fianco.

«Lei è ancora qui», constatò. «Il commissario andrà su tutte le furie».

«La ferita mi ha impedito di fare il mio lavoro», rispose Buroy. E astutamente aggiunse: «Se lei avesse ammazzato le verdesche, non avremmo dovuto tirar su in fretta il tonno e io avrei potuto andarmene su quella barca».

«Come potevo ammazzarle, se sparavo alla cieca! E poi, dato che nessuno le ha viste, chi le dice che erano lì? Ci manca solo che mi crei problemi con la polizia di Palma...! Non mi faccia incavolare, Buroy, altrimenti mando un rapporto al Comando distrettuale di Palma e mi lavo le mani di questa faccenda. E non si offenda per quello che dico, ma è qui da due settimane e non l'ho vista fare niente. Qual è l'incarico che le hanno affidato? Scrivere la vita di Sant'Ignazio di Loyola in versi?»

Benito Buroy lo prese per un braccio per allontanarlo dal Comando. Andarono al rifugio dei pescatori e si appoggiarono al muro di pietre color ocra.

«Al suo posto non farei troppe domande», gli disse abbassando la voce. «Può stare sicuro che non sono affari di sua pertinenza. Ho persino ragione di dubitare che al Comando distrettuale di Palma ne siano stati informati. L'ordine viene da Madrid».

Il militare, seccato, scosse il capo e diede delle pacche sul muro, provocando una piccola frana di arenaria.

«Ne ho fin sopra i capelli...! Quelli della capitale pensano di poter fare i loro porci comodi e che poi io mi assuma la responsabilità di tutto. Ma non mi sono fatto riempire la pancia di schegge perché mi distaccassero qui come ricompensa! Questo è solo un isolotto di merda, accidenti!»

Anche se a causa della guerra in quei giorni tutto poteva cambiare, dalle frontiere dei paesi alla proprietà e al destino delle migliaia di isole del Mediterraneo, era evidente che, una volta svanito il sogno di glicini e capitelli nel tran tran dei problemi quotidiani, per il capitano Constantino Martínez, Cabrera non sarebbe mai diventata Capri.

La decisione di cambiare il proprio aspetto era maturata in Paco in seguito a un regalo fatto a Felisa dal pezzo grosso maiorchino sposato con la sorella. In uno dei pacchi che le mandava, tra bottiglioni di olio e pagnotte di pane bianco, c'era una busta rigonfia sulla quale, con la sua calligrafia inclinata da uomo importante, aveva scritto a grandi lettere il nome della cognata. Dentro c'era una grossa catena d'oro che sembrava più adatta a chiudere il portone di un palazzo che da portare al collo, e un biglietto scritto a mano che, assieme al desiderio di mettere i suoi pensieri filosofici nero su bianco, finì per spingere Felisa García, pochi giorni dopo, a chiedere a Leonor Dot di farla finita con l'analfabetismo. La madre di Camila, che quando arrivò il pacco era tra i pochi clienti dell'osteria, accettò di leggere quelle poche righe.

«Hanno nominato prefetto il marito di tua sorella. Ti manda questa collana perché tu la metta quando vai a Palma... Che schifo di gente. Sono ladri privi di gusto, e basta. La collana è orrenda, Felisa».

Fino a quel momento, Leonor Dot non aveva mai espresso la propria opinione sui personaggi del nuovo regime.

Non rientrava nei suoi progetti nemmeno esprimerla con una tale irruenza, per cui non appena ebbe finito di parlare fece una smorfia e si morse le labbra temendo di aver offeso l'ostessa. Ma questa si limitò a osservare i grossi anelli dorati.

«Sì?» disse, cadendo dalle nuvole.

E subito dopo:

«È orrenda! Non va bene nemmeno per un cane! Insomma, manco morta me la metto! La collana di perle sì che è elegante, questa no!»

Leonor Dot continuava a sentirsi in imbarazzo.

«Scusa se sono stata indelicata...»

Felisa García protese le mani come se volesse abbracciarla. In realtà voleva assumere una posa da oratrice.

«Ma figurati, io la penso come te! Mio cognato è una bellissima persona, ma in fondo non è altro che un bifolco... Non ha stile, tu sai cosa voglio dire. Qui siamo tutti piuttosto cafoni. Ricordati l'anello della Xuxa!»

Nell'osteria calò il silenzio. Felisa si guardò intorno chiedendosi cosa stesse succedendo, poi capì e aggiunse:

«Ma come puoi ricordarti quell'anello, se non eri ancora arrivata! Comunque... era grande come una cipolla e non serviva a niente! Con questa collana perlomeno non mi mancherà l'oro per i denti quando dovrò rifarmeli!»

Detto questo, Felisa García mise di nuovo il gioiello nella busta in cui era arrivata per riporla in camera sua. Il giorno dopo Paco, che in fatto di stile non aveva espresso alcuna opinione, apparve con la catena al collo. I grossi anelli si ingarbugliavano nei peli del petto. Felisa, che non prestava molta attenzione al marito, non se ne accorse fino all'ora di pranzo. Gli stava servendo un piatto di insalata a un tavolo dell'osteria quando notò il luccichio della collana. Guardò in alto, verso camera sua, senza potersi spiegare come fosse finita dal cassetto del comò al collo di Paco.

«Che cosa ci fai con quella roba?» gli gridò. «Mica vorrai sembrare un bifolco?»

Paco la guardò, giustamente perplesso.

«I bifolchi non portano collane», osservò. «Voglio solo essere più elegante, perché ne ho bisogno, porca troia! A partire da una certa età noi uomini dobbiamo agghindarci per supplire le carenze della salute e di quella debolezza là, insomma, hai capito. Così fanno i generali, i vescovi e perfino i re. Perché non posso farlo anch'io?»

Felisa García lo guardò per qualche secondo inarcando le sopracciglia. Non aveva mai visto il marito fare uno sforzo per spiegarsi e rimase sconcertata. Andò in cucina, ma tornò subito dopo asciugandosi le mani nel grembiule. Dato che nel locale c'era gente si abbassò per dirgli all'orecchio:

«Se non ti si drizza è perché bevi troppo».

Paco, che aveva in mano un bicchiere di vino, lo posò istintivamente sul tavolo. Ma Felisa gli aveva già voltato la schiena per tornare nel suo regno. L'oste, vedendo chiudersi la porta della cucina, sbuffò indignato. Si guardò intorno per accertarsi che quel rimprovero non avesse avuto testimoni, ma avrebbe lui stesso tradito di lì a poco la discrezione usata dalla moglie. Era troppo offeso per riuscire a darsi un contegno. La seguì, spalancò furente la porta e le gridò:

«E tu non mi fai più le fusa!»

Dopo quella terribile affermazione si girò e si diresse più calmo al suo tavolo, ma adesso fu Felisa a tornare alla carica. Entrò nell'osteria prima che Paco si fosse seduto e si piazzò davanti a lui mettendosi le mani sui fianchi.

«Non ti faccio le fusa? Che cosa vuoi dire?»

«Solo questo. Prima, quando a letto mi facevi le fusa, sapevo che avevi la patata bagnata come una spugna. Adesso sai solo darmi gomitate! E che gomitate! Una notte o l'altra mi romperai una costola!»

«Sarà per come puzzi! E la spugna della mia patata di sicuro adesso ce l'hai nello stomaco, ubriacone che non sei altro!»

Rendendosi improvvisamente conto di non essere soli, non dissero altro. Si guardarono con odio come se si fossero dati appuntamento più tardi dietro al muro del cimitero, e ognuno riprese le proprie attività. Felisa tornò in cucina e

Paco si mise a mangiare la sua insalata. Leonor Dot, che aspettava Camila seduta al tavolo vicino alla finestra, pensò che quel matrimonio faceva acqua da tutte le parti e non avrebbe impiegato molto a colare a picco. Aveva fondate ragioni di crederlo, eppure si sbagliava. L'amore e il desiderio spesso seguono rotte misteriose.

Quella sera, invece di stravaccarsi sotto la pergola, Paco ciondolava intorno alla casa grugnendo come un orso, dedito alla febbrile attività di stare lontano dal vino. Felisa, alla quale non piaceva vedere soffrire il marito, rassettò tutto prima del solito e andò a letto senza la camicia da notte portata da Palma. Lui entrò piuttosto impacciato, si sedette sul letto e si spogliò brontolando. Poi le fu subito sopra. Non lo facevano da tempo ed erano arrivati a quell'età in cui i propri corpi cominciano a sembrare estranei, per cui entrambi furono stupiti di constatare la prominenza delle pance. Tuttavia le parti sottostanti si congiungevano senza difficoltà, come avevano sempre fatto. Nel breve lasso di tempo in cui Paco si diede da fare, Felisa ebbe la sensazione di ricordare con lui i tempi passati durante una tranquilla conversazione. Non provò altro, ma per lei era abbastanza. Quella sera Paco non disse che la vita era uno schifo, né lei sentì il bisogno di scostarlo con una gomitata, ma quando smontò da lei con la difficoltà di chi scavalca un muro, per Felisa non fu facile addormentarsi. Pur tenendo le labbra serrate, continuava a parlare con Paco di quando i bambini erano piccoli e correvano per i campi come lepri, e anche di un passato più lontano, molto prima della guerra, quando erano andati a Maiorca in viaggio di nozze e per una settimana avevano vissuto come veri signori, andando a passeggio per le vie della città e mangiando in una trattoria con la tovaglia a quadri, e anche di come lui era bello allora, tanto da sembrare un attore del cinema. Felisa rimase sveglia tutta la notte pensando che le miserie dell'età seppelliscono i bei ricordi, finché le prime luci dell'alba la tirarono giù dal letto e la restituirono ai propri impegni quotidiani.

L'oste visse a modo suo quel fugace rapporto con la moglie. Si addormentò di colpo e, senza smettere di russare, sognò di essere Millán Astray[3] in groppa a un morello che andava a passeggio per i campi di battaglia disseminati di cadaveri. Il mattino dopo, quando si svegliò, compiaciuto sia per la sua prestazione che indicava una virilità non ancora estinta, sia per gli echi dei legionari che lo avevano accompagnato per tutta la notte, balzò subito giù dal letto. Senza perdere tempo a chiudersi i pantaloni, corse a festeggiare l'evento con un buon bicchiere di vino.

Un paio di settimane fa, durante uno dei nostri giri in barca, il Lluent ci portò a vedere il faro. Fu al ritorno da una gita lungo la costa meridionale, una zona che a me non piace perché le scogliere cadono a picco, strapiombano in acqua formando immense pareti, e le onde vi sbattono contro con l'insistenza e la disperazione di un animale in gabbia. Mi sono sempre rifiutata di fare il bagno in quelle acque che sembrano inabissarsi, ti contagiano la loro angoscia e allo stesso tempo ti chiamano con voci che riecheggiano nel petto, acque scure e fredde come quelle del mare aperto. Quando passiamo da quelle parti, mi afferro all'albero e rimango lì, al centro della barca, il più lontano possibile dall'acqua.

Per questo quel giorno mi rallegrai quando, superando un promontorio di rocce nerissime, alla nostra destra si aprì la baia e il mare cambiò subito colore, diventando verde e limpido. Il Lluent, però, invece di dirigersi verso il porto, tirò dritto fino a raggiungere il piccolo attracco dove le lance che arrivano da Maiorca scaricano il combustibile per il faro. Ormeggiò la barca in quella piccola diga e ci propose di salire le scale che portano alla parte più alta del dirupo.

La mamma disse che era un'idea stupenda, ma io non la

3. José Millán Astray (1879-1954), generale di brigata fervente sostenitore di Francisco Franco. Nel 1920 fondò la Legione straniera spagnola, della quale fu comandante fino al 1926 (*N.d.T.*).

pensavo così. Quando guardai in alto sentii un groppo alla gola. A volte, non sempre, mi prende una vertigine che mi paralizza tutto il corpo, e quelle scale rudimentali che ora salivano di qua, ora di là senza decidersi a scegliere una direzione, sembravano convinte a raggiungere le nubi. Più tardi ho scoperto che non era poi tanto difficile, perché il Lluent mi porgeva la mano callosa e ogni volta era come se un ramo robusto mi sollevasse da terra tenendomi al sicuro. La mamma, che saliva davanti a noi, ogni tanto si girava e rideva della mia faccia spaventata. E quando finalmente raggiunse la base del faro emise un gridolino di stupore e ci fece segno di sbrigarci.

Non era ancora stato installato il cannone e lì intorno non c'erano soldati. Da lassù si vedeva l'intera baia, con il paese su uno dei pendii e sopra questo, imponenti e in rovina, le mura del castello. Non mi decidevo a spingermi sul bordo della piattaforma e me ne stavo con la schiena attaccata al muro ruvido del faro. Mi irritava parecchio non essere capace di controllarmi come la mamma, ma le gambe si rifiutavano di obbedirmi.

«Non siamo ancora arrivati», disse il Lluent, tirando fuori dalla tasca una grande chiave arrugginita.

Aprì la porta e ci invitò a entrare. Rimasi a bocca aperta vedendo che lì dentro c'era un pagliericcio con un materasso di paglia sventrato in un angolo, un caminetto come quello che avevamo a casa nostra e un tavolo con due sedie identiche a quelle dell'ufficio del capitano Constantino. C'era anche una finestra con una grata. Provai angoscia notando che da lì non si vedeva neanche un pezzetto di terra, solo cielo e mare.

«Per un certo periodo ho vissuto qui», disse il Lluent. «Andiamo di sopra».

Dietro una porta di legno cominciava la scala, che girava in tondo man mano che si saliva. Finalmente arrivammo in una stanzetta di vetro così piccola che a malapena ci stavamo tutti e tre. In mezzo c'erano il serbatoio del petrolio e le lenti, simili a giganteschi culi di bottiglia. Un balcone, con una ringhiera che a me sembrò fragilissima, girava tutto intorno. Il Lluent fece scorrere un chiavaccio e un venticello fresco ci accarezzò il viso. Il pescatore e la mamma uscirono e si appoggiarono con disinvoltura alla ringhiera. Io rimasi dietro con il cuore che mi batteva all'impazzata.

«Dio mio», disse la mamma guardando il paese, «in che piccolo mondo viviamo!»

«Più in là è grande», rispose il Lluent indicando con il mento il mare che si estendeva alla sua sinistra. «Lo è anche la vita. È troppo lunga, la vita».

Il pescatore tacque, ma se avesse continuato a parlare io non avrei comunque potuto sentirlo. Cercavo inutilmente di spingermi fino a loro. Era come se i miei piedi fossero diventati tutt'uno con il suolo ed ero incapace di aprire i pugni, che si afferravano allo stipite della porta senza che io glielo avessi ordinato. Avevo la certezza angosciosa che, se non mi tenevo, il vento mi avrebbe portato via o il balcone sarebbe crollato. Ero furibonda, tanto che ribollivo tutta, ma il cuore continuava a battere forte, spingendomi verso l'interno, impedendomi di fare un solo passo. Alla fine, indignata con me stessa, lasciai perdere. Il Lluent si era girato e mi guardava senza capire quello che mi stava succedendo. Sembrava assorto nei suoi pensieri. Mia madre lo guardava con un sorriso languido.

«È troppo lunga, la vita», ripeté il Lluent. «Alla fine, l'unica cosa importante è morire senza vergognarsi di quello che si è fatto, cosa non facile. Io non ci riuscirò».

«Bisogna sapersi perdonare, Lluent. A volte offendiamo noi stessi, ma poi torniamo a essere quelli di prima. Succede a tutti».

Io non capivo come potessero parlare tranquillamente appoggiati a quella ringhiera così poco sicura. Il vuoto non li spaventava, non lo notavano nemmeno. Per fortuna il Lluent alzò la testa e le narici si dilatarono come se percepisse un odore arrivato da molto lontano.

«Andiamo», disse. «Il capitano si starà innervosendo».

Scesi verso la barca, così umiliata per le vertigini che mi tremavano le mascelle. Durante il tragitto fino al porto capii che dovevo controllare le mie paure se volevo smettere di essere una bambina, cosa che effettivamente non sono più. Non sono la stessa di quando ho messo piede su quest'isola. Ora quella Camila per me è un'estranea, o meglio, non proprio un'estranea ma un'amica che non vedo da tanto e mi chiedo come sarà adesso, che è come sono io in realtà. Perciò oggi comincerò a lottare contro la paura. Andrés mi aspetta all'osteria per andare a fare il bagno. Gli chiederò di portarmi in un posto dove l'acqua sia molto profonda. Nuoterò tranquilla e non soffrirò pensando che ho i piedi molto lontani dal fondo. Non penserò nemmeno alle meduse, né a tutto quello che può esserci sotto di me. Mi limiterò a spassarmela, e non mi innervosirò perché saprò che nuotare è l'unico modo che abbiamo di volare come gli uccelli.

Era l'ora della siesta. Su tutto pesava un'aria di sopore, una torrida canicola che rendeva difficile respirare e intraprendere qualsiasi attività. Sull'isola nessuno rimaneva al sole, nemmeno nell'accampamento militare, che visto dalla piazza sembrava una caserma abbandonata. Verso nord, sopra il faraglione, i ruderi del castello riverberavano come se alla base ardessero fuochi invisibili. La barca dei rifornimenti era partita per tornare a Palma e, man mano che si allontanava, il rumore del motore si lasciava dietro un fitto silenzio. Sulla piazza, Andrés continuava a stare seduto sul pianale del camion, chiedendosi da dove provenisse tanto silenzio. Persino il fico, che in genere sussurrava al più leggero alito di vento, adesso era un albero di pietra. Benito Buroy e il capitano Constantino Martínez erano rimasti a chiacchierare sotto i suoi rami, che si piegavano pesantemente e minacciavano di spezzarsi sulle loro teste. Poi i due uomini avevano finito per ritirarsi ognuno nella propria stanza del Comando.

Camila era a casa, seduta su una sedia all'ombra del portico. Accanto a lei, la madre si era addormentata su una coperta stesa per terra. La bambina leggeva uno dei pochi libri che si erano portate dietro nel loro esilio, un romanzo ambientato nell'Ottocento che raccontava le avventure di un negriero chiamato Pedro Blanco. In quel momento Camila stava navigando in un mare infestato di squali davanti alle coste della Sierra Leone. La lettura la scandalizzava ed eccitava al tempo stesso, per cui, incurante del caldo, cambiava spesso posizione. I suoi piedi erano scivolati intorno alle gambe della sedia come tralci di vite mentre con la mano libera accarezzava avanti e indietro la paglia del sedile.

Un rumore lontano la riportò alla realtà. Alzò la testa e aguzzò le orecchie cercando di capire cosa fosse quel rombo sordo e intermittente. Per un attimo pensò di essersi sbagliata, ma il rumore si udì più forte di prima e subito dopo si trasformò in un tuono prolungato che squarciava l'aria. Camila si alzò, posò il libro sulla sedia e andò in fondo al portico. Allora vide l'aereo che, lasciandosi dietro una scia di fumo nero, compariva sopra le montagne e sorvolava la baia. Camila guardò la madre, che continuava a dormire, poi si voltò verso la piazza. Laggiù Felisa García camminava dimenando i fianchi possenti e agitando un ventaglio.

L'ostessa, seduta al fresco sulla porta del locale, si era accorta del rumore quando l'aereo era ormai praticamente sopra di lei, e si era portata le mani alla testa credendo che la casa le sarebbe crollata addosso. La convinse del suo errore la voce di Paco, che aveva allungato il collo così di scatto che per poco non era caduto dalla sedia.

«Porca troia! È un Messerschmitt! E sta bruciando!»

Felisa fece qualche passo, un po' per capire quale fosse la vera causa di quel baccano e un po' per mettersi in salvo da un eventuale crollo. Allora vide l'aereo che perdeva sempre più quota, sorvolava la baia e si dirigeva al largo. L'apparecchio scomparve dietro il castello. La donna, con il cuore in gola, immaginò che da un momento all'altro il rombo del motore sarebbe stato interrotto da un'esplosione tremenda. Ma il rombo non si spegneva, per cui Felisa ebbe il tempo di reagire e corse verso il Comando per dare l'allarme. Nessuno era uscito sulla porta, però Benito Buroy era sulla balconata e si era portato una mano agli occhi a mo' di visiera. L'ostessa cercò di attirarne l'attenzione agitando il ventaglio.

«Avvisi il capitano!» gridò. «Faccia qualcosa, accidenti!»

Benito Buroy non aveva notato la presenza della donna, né sentiva le sue grida. Aveva intravisto l'aereo dal vano della porta mentre usciva sul balcone per vedere cosa stesse succedendo ma, una volta fuori, l'apparecchio era già sparito dietro la collina su cui si ergeva il castello. Buroy pensò che stesse facendo il giro per cercare di atterrare nella piccola valle che si apriva su un fianco dell'accampamento, e aspettò di vederlo riapparire. In effetti poco dopo era di ritorno, ma a quota così bassa che la scia di fumo accarezzava le acque calme della baia.

«Non ce la farà», mormorò Benito Buroy.

Un attimo dopo l'aereo sfiorò l'acqua con la coda, si abbassò ancora perdendo un'ala, che spiccò da sola un breve volo, e affondò il muso in mare quasi in verticale. Poi, girando su se stesso e puntando al cielo l'ala che gli rimaneva, recuperò lentamente la posizione orizzontale. E lì si fermò, restando a galla in mezzo alla baia. Benito Buroy emise un fischio e guardò giù, verso la piazza dove il capitano Constantino Martínez, ancora intontito dal sonno, aveva fatto irruzione abbottonandosi la giubba e gridando.

Il militare cercava di dare ordini, senza sapere esattamente cosa stesse succedendo. Un soldato che era corso dietro di lui indicò l'aereo immobile sul mare, ma fu Felisa García, che si avvicinava brandendo in modo minaccioso il ventaglio, a scrollarlo dal torpore. Bisognava soccorrere immediatamente il pilota e l'unico che poteva farlo era il Lluent. Il pescatore, che dopo una lunga notte di lavoro era arrivato un paio di ore prima da Colonia de Sant Jordi, stava dormendo a casa sua. Il capitano mandò il soldato a svegliarlo e si precipitò a mollare gli ormeggi, cosa che fece di slancio, senza pensarci due volte, anche se poi non riuscì a salire sulla barca perché questa, libera dagli ormeggi, cominciò a staccarsi dal molo con la lentezza di una mucca che non ha fretta di andare al pascolo. Il militare, che, per quanto fosse la massima autorità sull'isola non era certo un uomo di mare, la guardò senza spiegarsi quell'assurdità. In quel momento arrivava il soldato seguito dal Lluent.

«Porti qui la barca», ordinò al subordinato.

Il ragazzo esitò, senza sapere cosa fare.

«Salti, cazzo!» chiarì meglio il capitano.

Il soldato si tappò il naso e dopo aver preso una breve rincorsa si tuffò in acqua. Poi, siccome non sapeva nuotare, si mise ad annaspare, ma per fortuna con una mano urtò la fiancata del leuto. Vi si afferrò con tale foga che chiunque avrebbe pensato che volesse capovolgerlo. Un attimo dopo il Lluent, che riguardo alle cose di mare non aveva il senso dell'umorismo, teneva ferma l'imbarcazione per far salire a bordo il capitano e lo guardava come se volesse sgozzarlo. Sul molo il soldato, bagnato fradicio, si mise sull'attenti.

«Sbrighiamoci!» disse il capitano Constantino Martínez. «Un uomo sta per affogare».

Il Lluent, che non aveva sentito né visto l'aereo, non riusciva a capire dove bisognava dirigersi, ma non aveva mai chiesto spiegazioni in vita sua e non avrebbe cominciato a farlo certo in quel momento. Perciò saltò sulla barca, si mise ai remi e cominciò a vogare.

«Laggiù, laggiù», disse il capitano indicando vagamente un punto davanti a loro.

Il militare si era sistemato a prua. Afferrata con entrambe le mani la parte superiore della ruota di prua, scrutava preoccupato l'ala dell'aereo che spuntava dall'acqua.

«Quel trabiccolo affonderà da un momento all'altro. Spero che il pilota sia riuscito a saltare».

Il Lluent remava energicamente, ma non si disturbò a girarsi per vedere chi avrebbero salvato. Lasciava scorrere lo sguardo sul paese che si allontanava sempre più, un grappolo di case abbarbicate al ripido pendio della montagna, circondate da terrazzi incolti e con i tetti sfondati come se fossero piovuti sassi. In una di quelle case, quella situata più in alto, notò la figura attenta di Camila.

La bambina, sotto al porticato, si drizzava sulle punte dei piedi e usava le mani come binocolo. Aveva visto l'aereo falciare l'acqua con le eliche prima di posarsi sulla superficie. Dopo qualche istante di immobilità assoluta, il vetro della cabina, allo stesso livello del mare, si era aperto lasciando uscire un uomo che aveva cominciato a dare bracciate allontanandosi dall'apparecchio. La barca del Lluent si avvicinava adagio, a forza di remi. Il pilota, rendendosi conto che andavano a prenderlo, aveva alzato un braccio e smesso di nuotare verso la costa. A quel punto la cabina dell'aereo era già affondata e dall'acqua spuntava solo l'alettone della coda con sopra una svastica. Camila vide la barca accostarsi al pilota e il capitano Constantino Martínez che lo aiutava a salire a bordo. Allora andò dalla madre e la svegliò scuotendola leggermente.

«Mamma, un aereo si è schiantato qui davanti. Scendo giù in piazza».

Leonor Dot si tirò su appoggiandosi ai gomiti, ma Camila era già partita di corsa. La donna si drizzò in piedi e guardò verso la baia. Non vide niente di diverso dal solito, solo la barca del Lluent che si accostava al molo beccheggiando sul mare placido del primo pomeriggio. Alzò gli occhi al cielo per osservare irritata la posizione del sole. Niente le dava più fastidio che svegliarsi in un bagno di sudore. Entrò in casa e si lavò la faccia. Poi si ravviò i capelli guardandosi nel piccolo specchio sopra al lavandino, sporse le labbra per assicurarsi che non fossero secche, se le inumidì con la lingua, sostenne il proprio sguardo per un attimo e infine si allontanò dall'immagine riflessa con la strana sensazione di separarsi da se stessa. Rassettandosi la gonna, uscì per seguire la figlia.

Trovò Felisa sulla porta dell'osteria.

«Che cosa sta succedendo?» le chiese.

«Come che cosa sta succedendo? Ma dove vivi?... È stato terribile, Leonor. È caduto un aereo pieno di bombe. Per poco non saltavamo tutti in aria».

Sul molo c'erano alcuni soldati. Anche Paco e Camila si trovavano lì. L'oste aiutò il Lluent ad attraccare mentre la bambina si scostava un poco per osservare il pilota infortunato. Era un uomo alto e biondissimo, che saltò a terra osservando con evidente desolazione il luogo dove era approdato. Disse qualcosa in tedesco al capitano Constantino Martínez, ma questi si strinse nelle spalle e chiamò un soldato.

«Dite al sergente Ridruejo di andare con un paio di uomini a cercare l'eremita. Abbiamo bisogno di un interprete... Su... su... che cosa aspettate?»

Paco, che non si perdeva un solo particolare, si disse che non doveva essere così difficile capirsi. In fin dei conti, pensava, il tedesco e lo spagnolo, come tutte le lingue del mondo, derivavano dal latino. Inoltre, lo spagnolo era di per sé una lingua molto comprensibile, come poteva dimostrare chiunque avesse un po' di sale in zucca. Così l'oste si piantò davanti al pilota, che guardò stupefatto il suo ventre prominente, la catena d'oro che si impigliava nei peli del petto e, per ultimo, la testa coronata da pochi capelli arruffati.

«È stato fortunato!» disse Paco gridando per farsi capire. «La botta è stata tremenda! Che peccato per il suo apparecchio! L'importante, però, è che lei sia in salvo qui a Cabrera!»

Concluso il discorso di benvenuto gli diede delle pacche amichevoli sulle spalle. Subito dopo, vedendo che si era bagnato le mani, se le asciugò sui pantaloni. Il pilota lo fissò per un attimo con la faccia terribilmente seria e per niente cordiale. Poi si rivolse al capitano Constantino Martínez.

Senza sforzarsi come aveva fatto Paco, pronunciò alcune parole assolutamente incomprensibili:

«*Ich wäre Ihnen dankbar, wenn Sie mir diesen Idioten vom Halse schafften und mir erlauben würden mich umzuziehen*».

Quello che diceva doveva essere ragionevole perché il capitano, senza aver capito niente, ebbe una reazione immediata e indicò l'edificio da dove Benito Buroy lo guardava appoggiato alla ringhiera della balconata.

«Mi segua al Comando. Dovrà asciugarsi... e bisognerà informare le autorità».

Un momento dopo Constantino Martínez, in piedi accanto al telefono a muro, informava dell'accaduto il Comando distrettuale di Palma. Il pilota, seduto vicino alla scrivania, a torso nudo e con un asciugamano intorno alla vita, sorseggiava uno sherry. Conclusa la telefonata, il militare si sedette sulla poltrona. Guardò lo sfortunato pilota e non poté evitare una certa sensazione di inferiorità davanti a quell'uomo grande e biondo. Si sentiva terribilmente a disagio, ma il tedesco, riavutosi dallo spavento e più rilassato, non sembrò accorgersene. Abbozzò un leggero sorriso alzando il bicchiere.

«*Köstlich!... Ich bedanke mich für Ihre Gastfreundschaft und für die Schnelligkeit mit der Sie mir zur Hilfe gekommen sind*».

Il capitano immaginò che l'ospite stesse lodando il vino. Appoggiò la schiena alla spalliera della poltrona, facendola scricchiolare. Non sapeva dove mettere le mani, così le incrociò sulla pancia. Era talmente in imbarazzo che si decise a parlare benché sapesse che l'altro non lo avrebbe capito.

«È uno sherry di Malaga, un vino pregiato del nostro paese... Anche in Spagna abbiamo cose buone, non creda!»

Il tedesco sorrise di nuovo mentre inclinava leggermente il capo in un cenno di gratitudine. Si vedeva che era un uomo elegante, forse un riccone che si divertiva a collezionare medaglie di guerra. Al suo cospetto, il capitano Constantino

Martínez si sentiva rozzo, rozzo e miserabile. Era sicuro che quel tipo avesse una moglie bellissima e una gran villa nella quale correvano bambini biondi dalle guance rubiconde. E anche, perché no, un'amante a Berlino, una cabarettista poco ariana e molto scura di pelle, per soddisfare quei desideri turpi che hanno tutti gli uomini. Sì, non c'era il minimo dubbio. La vita di quel tedesco era un letto di rose, mentre lui marciva a Cabrera in attesa di un posto più dignitoso. Quell'idea lo irritava.

«Non era abbastanza quello che avevate?» chiese, con l'unica intenzione di sentirsi meno intimidito da quell'uomo che in fin dei conti era in suo potere. «Oh, Signore, in che guai ci caccerete!»

«*Danke! Danke!*» ripeteva l'altro.

Fu allora che, alzando il bicchiere per berne il contenuto fino all'ultima goccia, il pilota scorse il viso radioso di Camila dall'altra parte della finestra. La bambina trasalì quando si vide scoperta e scappò di corsa all'osteria. Leonor Dot era al bancone con una tazza di cicoria in mano. Felisa García, dall'altra parte del banco, vide Camila entrare con l'irruenza di un ciclone. Cercò di dirle qualcosa, ma la bambina la interruppe con un grido affannoso:

«È bellissimo! Sembra un principe!»

L'ostessa alzò le sopracciglia e si voltò verso Leonor Dot scuotendo la testa.

«Io l'ho sempre detto che questa ragazzina ha bisogno di compagnia».

«Sono io, Benito. Sono Otto, o quello che ne rimane».

Un soldato era andato all'osteria ad avvisare Benito Buroy che lo volevano al telefono. Lui si recò al Comando credendo che si trattasse del commissario. Il capitano e l'aviatore tedesco bevevano sherry in ufficio e si guardavano senza sapere cosa dire. Il militare gli fece cenno di sbrigarsi a prendere la cornetta che penzolava dal muro. Buroy obbedì, aspettando di udire gli urli del funzionario di polizia, invece sentì un gemito smorzato. A Otto Burmann tremava la voce, che suonava anche strana. Sembrava parlare con la faccia appoggiata a un cuscino.

«Come hai avuto questo numero?» chiese Benito Buroy.

«Non so di cosa ti occupi, ma ne ho fin sopra i capelli. Sei un ingrato. Un giorno o l'altro mi butterò dalla finestra. Te lo giuro su quanto ho di più caro al mondo, mi butto e la faccio finita».

Benito Buroy chiuse gli occhi. In quelle due settimane si era abituato a vivere senza Otto Burmann e cominciava a sentirlo come un estraneo. Una volta tornato a Palma avrebbe dovuto cercarsi un appartamento e un altro lavoro, cambiare compagnia. Ammesso che il commissario non lo rispedisse nel carcere di Burgos e gli permettesse di riprendere la sua vita, un'eventualità sempre più remota.

«Adesso sono occupato», gli disse, cercando di imprimere alla voce un tono che non rivelasse alcuna intimità.

E subito dopo, dimenticando il suo distacco, aggiunse:

«Che cazzo vuoi?»

All'altro capo della linea si udì di nuovo un gemito. Di tutte le cose che non era, ma facevano comunque parte del suo modo di essere, quella in cui Otto Burmann si sentiva più a suo agio era la parte dell'animale abbandonato.

«È stato terribile, Benito. Il commissario è arrivato qui con parecchi poliziotti. È un energumeno. Mi ha detto di tutto, frocio e un sacco di altre cose, non te lo puoi neanche immaginare! Poi hanno cominciato a buttare all'aria il bar, gettavano bottiglie per terra e sbattevano sedie e tavoli contro i muri. Hanno detto che dovevo chiudere per offesa alla moralità pubblica e che se mercoledì non torni, verrà lui a cercarti… Ma questo non è stato il peggio, Benito».

«Cos'altro c'è?»

«Mi ha picchiato. Ho il naso pieno di cotone perché l'emorragia non si ferma. Non ho neanche il coraggio di guardarmi allo specchio. Devo fare spavento, e tutto per colpa tua! Mi hai proprio stufato!»

Benito Buroy schioccò la lingua e abbassò lo sguardo, preoccupato. Era assurdo sperare che lo perdonassero per non aver ammazzato Markus Vogel. Non avrebbe mai più potuto riprendere la vita di prima.

«Mi dispiace, Otto. Ho avuto dei contrattempi. E il commissario è un figlio di puttana, lo sai».

«Sarà anche vero, ma viene qui per colpa tua. Tua e dei vostri intrallazzi, che non oso neanche pensare cosa starete architettando. Perché le persone normali come me non sanno cosa fare davanti a tanta prepotenza e brutalità. Siete cattivi, e tu sei cattivo come lui, ne sono sicuro. Mi chiedo cosa renderà felice qualcuno che sa solo dare ceffoni e insultare gli altri. Cosa ti rende felice, Benito?»

Otto Burmann non aspettò per molto una risposta che, in ogni caso, sapeva che non sarebbe mai arrivata.

«Voglio che tu sappia che io ero felice di stare con te», continuò. «Le persone normali si accontentano di poco... Ma adesso tutto mi è indifferente, non si può continuare a vivere in queste condizioni! Mi hanno distrutto il locale, con il naso gonfio sembro un mostro e mi sento così umiliato che voglio farla finita una volta per tutte».

Benito Buroy pensò che la sua vita doveva aver preso proprio una brutta piega se Otto Burmann, l'essere più disperato che conosceva, al confronto si considerava una persona normale e perbene. Come se non bastasse, non solo non trovava il modo di ribattergli, ma era d'accordo con lui. Provò un insopportabile disgusto verso se stesso. In ogni caso, che importanza poteva avere? Tra qualche giorno sarebbe stato sottoterra o di nuovo in carcere. Pensò che doveva convincere Otto Burmann a tornarsene in Germania. Ma non in quel momento.

«Non fare sciocchezze, ti supplico. Mercoledì prossimo sarò di nuovo a Palma. Ti preparerò la cena. Tutto sarà come prima, non ti preoccupare. E il bar lo ricostruiremo, in fondo aveva bisogno di una bella ripulita».

Ci fu un lungo silenzio. Benito Buroy si preoccupò.

«Otto?»

«Scusa, mi stavo asciugando il sangue... Hai detto che preparerai la cena? Ma se non hai mai preso una padella in mano... Non puoi immaginare quanto è bello cucinare per le persone a cui si vuole bene».

Il sergente Ridruejo arrivò con Markus Vogel al calar della sera. L'eremita sapeva di non potersi nascondere ai soldati, che erano in numero sufficiente per rastrellare tutta l'isola e trovarlo in poche ore. Per cui, udendo che lo chiamavano, era uscito dalla grotta pensando che fosse giunto il momento di affrontare il suo destino. Il sergente si era rifiutato di dirgli perché lo volevano al Comando, cosa che gli sembrava il peggiore degli indizi. Molto probabilmente li aveva mandati Benito Buroy, e in tal caso, se il comandante del distaccamento collaborava con l'uomo che doveva ucciderlo, Markus Vogel poteva considerarsi spacciato. Fino a quel momento i militari con lui si erano mostrati, se non proprio cordiali, almeno abbastanza disinteressati da lasciarlo in pace. Era la cosa migliore che potesse succedergli. Dopotutto, il fatto che gli spagnoli lo avessero recluso in quel luogo aveva finito per rivelarsi un regalo inaspettato. Era stufo della vita che conduceva. Quando lo avevano arrestato, tre mesi prima, non sapeva nemmeno più chi era veramente, né perché stava uscendo dall'hotel Palace di Madrid assieme a una donna ingioiellata che poteva essere al servizio di chiunque. Da troppo tempo si sentiva sperduto e si limitava a mantenersi in salvo dagli uni e dagli altri. In quel periodo nella capitale gli era impossibile prendere sonno, invece a Cabrera dormiva benissimo. Se per miracolo riusciva a salvare la pelle, si sarebbe stabilito per sempre su una di quelle isole. Avrebbe piantato canne vicino alla finestra della stanza da letto, e si sarebbe fatto costruire una piscina in giardino e un muro alto che lo separasse dall'esterno. Dall'esterno nel senso più ampio del termine. Non sarebbe mai più tornato in Germania.

Markus Vogel stava pensando proprio a questo quando arrivò al Comando assieme al sergente Ridruejo. Il capitano, che li aspettava in ufficio, appena li vide entrare si alzò.

«Grazie, Ridruejo, può ritirarsi... E a lei devo chiedere un favore. Un pilota tedesco è precipitato con il suo aereo su quest'isola. Per fortuna è uscito illeso dall'incidente, ma adesso ho bisogno di un interprete... Ci sta aspettando all'osteria. Le propongo di cenare con lui».

«Sarà un piacere esserle d'aiuto», rispose Markus Vogel scoprendo con sollievo che i suoi timori erano infondati. Il militare non collaborava con Buroy. Nonostante ciò, e probabilmente senza rendersene conto, lo aveva costretto a finire nella bocca del lupo. Benito Buroy si sarebbe rallegrato di vederlo in paese.

Il pilota era seduto sotto il portico con un bicchiere di vino in mano. Aveva l'aria impaziente e non c'era da stupirsi, perché doveva essere da un pezzo che Paco, stravaccato vicino a lui, lo stava intrattenendo in conversazione. Dalla familiarità con cui lo trattava non c'era dubbio che l'oste lo considerasse già un caro amico.

«Guardi!» gli gridò. «Eccoli che arrivano! Potrà finalmente riempirsi la pancia con una buona minestra! Oggi è di ceci! Ce-ci!»

Il capitano Constantino Martínez si fermò davanti a loro. Senza sapere bene cosa fare, tese le mani verso i due tedeschi a mo' di presentazione. Questi si salutarono brevemente dopo che il pilota si fu alzato. Poi aspettarono di ricevere istruzioni. Naturalmente Paco intervenne prima che il capitano si rendesse conto che spettava a lui il ruolo di anfitrione.

«Che simpatico questo qui! Sembra che parli con una patata in bocca, ma è molto socievole! Fa compagnia!»

«Non c'è bisogno di gridare», suggerì Markus Vogel. «Noi la capiamo e a lui non rende certo le cose più facili».

«Be', con me...! Con me ha capito tutto. Si chiama Germán... Accomodatevi, vi preparo un tavolo».

Entrando Markus Vogel vide Benito Buroy seduto in fondo al locale e si sistemò in modo tale da voltargli la schiena. Durante la cena, il capitano Constantino Martínez si sentì molto a disagio perché l'interprete, anziché eseguire il proprio dovere, intavolò una lunga conversazione con il pilota infortunato senza tradurre una sola frase. A volte alzavano la voce come se discutessero e allora il capitano, che era seduto con la faccia alla parete, si girava verso gli altri clienti dell'osteria chiedendo aiuto con lo sguardo. Ma lì nessuno poteva fare niente per lui, così la cena proseguì con i due tedeschi infervorati in una discussione che aveva tutta l'aria di essere una vera e propria lite, e il resto dei presenti silenziosi e attenti a quello che non potevano capire. Alla fine, prima di terminare la minestra, Markus Vogel si alzò in piedi.

«Mi voglia scusare, capitano. Credo che questo signore e io abbiamo opinioni troppo divergenti praticamente su tutto. A volte parlare la stessa lingua rende la comunicazione ancora più difficile... Lui è il tenente Hermann Schmidt della Luftwaffe. È stato colpito dagli inglesi. Chiede di essere immediatamente rimpatriato in ossequio agli accordi firmati dai nostri governi. Chiede anche che l'*attaché* militare del consolato tedesco di Maiorca si occupi del suo aereo».

«Impossibile. L'aereo sarà requisito, in pratica lo è già».

«Mi limito a comunicarle il suo volere. Ora, con il suo permesso, desidererei cambiare tavolo».

Il capitano lo guardò preoccupato, come se Markus Vogel lo piantasse a una festa in cui non conosceva nessuno. Tuttavia l'orgoglio militare lo aiutò a riprendersi subito.

«Vada pure dove vuole! Basta che non lasci l'isola», rispose seccato.

Il suo interprete poco zelante andò al tavolo di Leonor Dot e Camila, che avevano già finito di cenare.

«Se ne avete voglia, vi sfido a domino».

Camila si illuminò di gioia, ma la represse subito.

«Ci vuole un'altra persona», rispose alzandosi in piedi

con apparente svogliatezza. «Vado a chiedere al Lluent se gli va di giocare».

La bambina andò al bancone, dove il pescatore si scolava un bicchiere di acquavite. Nel frattempo l'eremita occupava il posto vicino a Leonor Dot, che lo accolse con un sorriso. Fuori si udì una forte raffica di vento e subito dopo nel locale rimbombò la voce del capitano Constantino Martínez, che sembrava anche lui deciso a farsi capire a forza di urla.

«Bisogna portare pazienza! Mi capisce, Germán? Pa... zien... za!»

Contrariamente a quanto succede con la stupidità, l'intelligenza non è contagiosa, pensò Markus Vogel. Il suo volto dovette riflettere quel pensiero perché Leonor Dot, con una leggerezza che non provava da tempo, scoppiò a ridere.

Non gli restava altro che rassegnarsi ad aspettare una settimana in quel luogo sperduto in cui non poteva nemmeno conversare con la gente del posto. In realtà non aveva nemmeno troppa voglia di farlo, perché provava scarso interesse per quelle persone e voleva solo tornare a Berlino per riprendere servizio quanto prima, e possibilmente partecipare alla conquista dell'Inghilterra. Da quando aveva rotto i ponti con i genitori per colpa della politica, Hermann Schmidt era un uomo senza famiglia, esclusivamente dedito alla carriera militare. Si considerava una persona onesta e con le idee chiare. Credeva davvero che sarebbe stato possibile costruire una nuova Germania ariana, potente come non avrebbe dovuto mai smettere di essere, e libera da usurai e degenerati. E se lottava per questo non era per un motivo strettamente altruistico o patriottico. Nei suoi progetti rientravano un giorno una moglie e dei figli, ma non li avrebbe avuti senza prima preparare il mondo in cui sarebbero vissuti. Niente dava più fastidio a Hermann Schmidt del disordine e dell'arbitrarietà, e queste erano proprio le caratteristiche del mondo in cui era nato. La sua infanzia era trascorsa accanto a un padre dal carattere debole che aveva lasciato colare a picco la ditta di componenti elettrici mentre passava il tempo ad ascoltare Schubert o Mahler, e una madre con i nervi sempre a pezzi che non sopportava il rumore né la luce. Ma lui era diverso. Gli piaceva prendere decisioni, ancor più se radicali, e lo aveva dimostrato fin da piccolo. Lo tranquillizzava pensare di poter risolvere per sempre qualsiasi problema. Era il suo motto: i problemi dovevano essere risolti in modo che non si ripresentassero più. Qualsiasi altro atteggiamento non era che ipocrisia o negligenza travestita da lotta permanente, come i tentativi del padre per alleviare la cronica crisi della sua ditta o l'espressione stanca con cui la madre intraprendeva qualsiasi attività. Una volta, da adolescente, aveva avuto un diverbio violentissimo con lei, che in quei tempi non soffriva di nessun disturbo ma da due giorni non si alzava dal letto. Le disse che con donne simili la Germania sarebbe sempre stata decadente. «Non so come vuoi vivere tu», gli aveva risposto la madre senza staccare la faccia dal cuscino, senza prendersi nemmeno il disturbo di guardarlo, «ma non mi interessa. Mi stanco solo a pensarci». Vent'anni dopo quell'incidente, Hermann Schmidt non era diventato una cattiva persona, ma aveva acquisito una nozione esagerata dei sacrifici che era disposto ad affrontare e a imporre agli altri. Soprattutto di questi ultimi perché, se c'era qualcosa su cui non aveva dubbi, era il fatto di appartenere agli eletti destinati a vivere in quel mondo che sua madre non aveva neanche voglia di immaginare.

Considerata la poca scelta che gli offriva il soggiorno a Cabrera, quella mattina decise di andare a fare una passeggiata sui monti. Il caldo su quell'isola era insopportabile e la vegetazione così scarsa da rattristarlo, ma non era disposto a sonnecchiare sotto un pergolato come facevano tutti. Salì per il sentiero del castello per vederne da vicino i ruderi. Arrivò in un bagno di sudore, con la camicia appiccicata al corpo e le maniche umide da quanto le aveva usate per asciugarsi la fronte. In cima a una torre miracolosamente ancora in piedi vide due soldati che chiacchieravano senza prestare attenzione al vasto orizzonte davanti a loro. Non si erano nemmeno accorti della presenza di Hermann Schmidt, sebbene lui non avesse fatto niente per nascondersi. Le loro voci gli giungevano con una lieve eco, come se parlassero in un luogo chiuso.

Dall'altra parte della baia non c'erano case, solo un faro vecchio e pieno di crepe che sotto il sole sembrava incapace di proiettare luce. Ai piedi della scogliera che sosteneva le mura decrepite del castello, il mare era così limpido che si notavano chiaramente le rocce e le alghe del fondale. Hermann Schmidt cercò il suo aereo, ma non lo vide. Sarebbe rimasto là, in fondo al mare, finché i suoi non fossero andati a ripescarlo. Tutto su quell'isola sembrava afferrarsi a un tempo remoto che non sarebbe mai più tornato e del quale non rimaneva quasi nulla, forse solo i resti di chi era arrivato lì senza volerlo e, proprio come avrebbe fatto lui quando fosse venuto a prenderlo quella maledetta barca, alla prima occasione aveva continuato per la propria strada.

Quando si girò per tornare sulla piazza, scoprì il piccolo cimitero sul pendio opposto alla baia. Vide anche l'ombra di Andrés, rannicchiato dietro il tronco contorto di una sabina. Notando che il pilota guardava verso di lui, il figlio dell'ostessa nascose il capo lasciando la schiena allo scoperto.

Hermann Schmidt costeggiò le mura del castello per dirigersi al camposanto. Lì vicino si fermò in un punto dove la terra era stata rimossa di recente. Si trattava sicuramente di una tomba. Anche se non c'era nessuna iscrizione, qualcuno vi aveva deposto un mazzo di fiori ormai appassiti. Al tedesco sarebbe bastato guardare sopra il muro per vedere tutto il cimitero, ma spinse il cancello e fece qualche passo, sorprendendosi di trovarlo in uno stato così pietoso. Sembrava che lo avessero arato, con una negligenza inspiegabile. Il prezzemolo cresceva ovunque assieme alle erbacce. Alcune lapidi e croci di pietra, molto rozze, erano state buttate per terra o appoggiate contro i muri. Era impossibile riconoscere le tombe. Tra le zolle rinsecchite spuntavano lunghe ossa bianche e scheggiate come il legno quando rimane a lungo in mare.

Hermann Schmidt uscì dal cimitero e si diresse sul retro.

Andrés ne approfittò per avvicinarsi al cancello e appoggiò la schiena contro le pietre del muro. Facendo attenzione a smorzare il respiro agitato, si spinse verso l'angolo dove era sparito il tedesco. Si fermò per sentire se qualche rumore poteva rivelarne la presenza. Il silenzio era così profondo che non si udivano né gli uccelli né il mare, solo il suo stesso affanno. A poco a poco fece spuntare la testa. Ma prima che avesse il tempo di vedere qualcosa, sentì un colpo alla nuca, come se una pietra si fosse staccata dal muro e gli fosse caduta in testa. Era la mano del pilota che lo afferrava per la collottola e lo obbligava a inginocchiarsi a terra. Una voce stentorea e rabbiosa tuonò sopra di lui. Senza dubbio lo stava minacciando, ma Andrés non poteva capirlo.

Emise un gemito bovino. Con la coda dell'occhio aveva visto che l'altro teneva in mano un bastone. Gli si inondò la bocca di saliva, un rigurgito di bava che cercò di sputare senza riuscirci. Quella schiuma calda gli si appiccicava alle labbra e, assieme agli acidi dello stomaco, gli provocava un gran bruciore. Gemette di nuovo mentre l'uomo continuava a gridare e a minacciarlo con il bastone. Allora, dopo un violento conato, cacciò fuori un'abbondante vomitata color zafferano e si sentì meglio, leggero come una piuma, privo di timori e più tranquillo. Un'enorme indifferenza gli ottenebrava la mente.

La mano che lo teneva per la nuca mollò la presa. Il tedesco aveva lanciato un'esclamazione di ripugnanza. Andrés era rimasto carponi, con lo sguardo fisso al suolo coperto di vomito. Si guardava i pollici macchiati. Hermann Schmidt non si spiegava perché non scappasse di corsa approfittando di essere stato lasciato libero. Ma il ragazzo era incapace di reagire. Credeva che sarebbe stato picchiato per il resto della vita e aspettava con terrore e rassegnazione la prima bastonata.

Il pilota non poté sopportare oltre. Sollevò il piede, appoggiò la suola dello stivale contro il fianco di Andrés e lo fece ruzzolare. Fu allora che il figlio dell'ostessa reagì. Brancicò cercando il suolo, che girava assieme a lui, e scattò in piedi in preda allo spavento, che gli aveva fatto drizzare i peli delle braccia. Si guardò intorno con l'attenzione spasmodica dei ciechi e scappò di corsa lungo il pendio in direzione del mare.

Hermann Schmidt, con il bastone ancora in mano, vide che si allontanava inciampando e scivolando sulle pietre. Tutto questo non gli piaceva, non era un buon presagio, e si sentì invadere da un profondo scoramento. Gettò via il bastone e si appoggiò al muro come se avesse perso improvvisamente le forze.

Benito Buroy si stava abituando a condurre una vita insignificante. Trascorreva le giornate senza dedicare ai propri gesti più attenzione di quella necessaria a legarsi le scarpe, preoccupato solo dal pensiero, che cercava di scacciare per non lasciarsi vincere dal fatalismo, dell'imminente fine del suo soggiorno sull'isola. Perché, dopo la selvaggia irruzione nel suo bar di Palma, era ormai chiaro che il commissario non avrebbe accettato ulteriori proroghe. D'altra parte, anche se il viaggio a Cabrera lo aveva allontanato da Otto al punto che adesso gli sembrava inconcepibile anche solo immaginarselo con quel suo grembiule dai colori vivaci, intento a preparare uno dei suoi manicaretti e a litigare con la vicina, non voleva nemmeno che per colpa sua gli facessero ancora del male. Niente poteva risparmiare a Buroy l'obbligo di tornare a Palma sulla prossima barca. Ma fino a quel giorno rimaneva ancora un'intera settimana, con le sue ore inerti come anguille morte.

A volte alzava il materasso e osservava la pistola per un momento che gli sembrava eterno. Inginocchiato a terra, con le dita sprofondate nel materasso, era assalito da ricordi che credeva di aver cancellato per sempre. Chiudeva gli occhi e vedeva se stesso sparare alla cieca a ombre che fuggivano in un bosco di Teruel nel cuore della notte, abbattendole mentre gridava di gioia. Si vedeva entrare in un bar della periferia di Barcellona, avvicinarsi a un tavolo dove si giocava a carte, e sparare un colpo in fronte a un vecchio che aveva identificato da un angioma sulla guancia. Si vedeva tirar fuori in malo modo una donna da casa, immobilizzarla contro il muro del pianerottolo, il respiro di lei al ritmo del suo, i tremiti della propria paura che si mescolavano al profumo dei suoi capelli, mentre dall'interno si udivano grida e spari. Si vedeva in tutto quello che era stato, senza potersi riconoscere, come se avessero sostituito la sua memoria con quella di un altro.

Così lasciava passare i giorni che, nell'immobilità di Cabrera, diventavano interminabili e allo stesso tempo fugaci. Lì poteva permettersi il lusso di dedicarsi a faccende che non avrebbero lasciato nessun ricordo, oltre a quello di credere di essere un uomo capace di dimenticare il passato. In quella situazione dedicava tutte le energie a risolvere problemi che normalmente gli sarebbero sembrati irrilevanti. Per esempio quello dei vestiti, inconveniente da non sottovalutare, perché aveva portato con sé solo due cambi di abito, ed erano trascorse più di due settimane. Il capitano Constantino Martínez aveva messo a sua disposizione il lavatoio dell'accampamento, ma lo aveva usato solo una volta alcuni giorni dopo il suo arrivo. L'acqua torbida di quella vasca, cambiata di rado, aveva suscitato in lui una invincibile ripugnanza. In seguito aveva scoperto che era molto meglio appendere i vestiti sporchi sui rami del fico per fargli prendere aria. Lo faceva di notte, quando la piazza sprofondava in un silenzio rotto solo dal canticchiare esitante del Lluent, e li ritirava prima dell'alba, appena si alzava. Per qualche strano sortilegio, il fico profumava e stirava gli indumenti, che quando si muovevano sprigionavano un odore di purezza vegetale. Con i vestiti profumati di linfa aveva accompagnato altre due volte il Lluent a buttare bidoni in mare. A Benito Buroy piaceva l'idea di nutrire le fiere della storia da quell'isola sperduta, da nessun luogo, dalla sua nuova esistenza di uomo mediocre e senza ricordi.

Il brutto era che cominciava a prendere gusto a quella vita insulsa. Aveva persino iniziato ad apprezzare i pasti. Felisa García non lo guardava più come un intruso, soprattutto grazie all'episodio dei fiori. La mattina in cui salirono al cimitero, Benito Buroy, per la prima volta dopo tanto tempo e forse grazie al fatto di aver rinunciato a se stesso, aveva osato esprimere un giudizio morale. Da allora l'ostessa lo guardava con l'espressione di chi scopre un movimento insolito in una stanza vuota. Non gli dimostrava affetto, è ovvio, ma si piazzava davanti a lui e lo scrutava attentamente stringendo gli occhi, come se fosse molto lontano e dovesse fare uno sforzo per vederlo. Il risultato, non poteva essere altrimenti, fu che le sue razioni di cibo aumentarono e nelle zuppe cominciarono ad apparire bocconi appetitosi. Allora Benito Buroy si lasciò vincere dalla tentazione, per lui inedita, di cominciare a credere che non era poi così seccante andare d'accordo con gli altri. Quando incrociava qualcuno lo salutava e, se lo guardava, abbozzava anche un mezzo sorriso, come se sotto il materasso non nascondesse una pistola con cui avrebbe ammazzato un uomo non appena fosse riuscito a scovarlo. Lì, comunque, tutti avevano perso una guerra, o dalla guerra avevano ricavato ben poco, circostanze che equivalevano a manifestazioni diverse di una stessa sconfitta, e Benito Buroy cominciava a sentirsi bene con quei falliti, cominciava a sentirsi a casa.

Forse in un eccesso di entusiasmo, quella sera osò fare un gesto che sconcertò tutti, lui per primo. Aveva cenato all'osteria, da solo al solito tavolo. Accanto alla finestra c'erano Leonor Dot e sua figlia. All'improvviso erano entrati il capitano Constantino Martínez e l'aviatore tedesco, seguiti da Markus Vogel. L'uomo che non riusciva a scovare, adesso ce lo aveva proprio davanti al naso. Ma si trovavano in territorio neutrale, e l'eremita lo sapeva. Per cui si fece strada fra i tavoli, apparentemente tranquillo, e si prese persino la libertà di salutare Buroy con un cenno del capo prima di dargli la schiena e sedersi. I tre uomini mangiarono assieme, i tedeschi infervorati in un'accalorata discussione. Parlavano nella loro lingua, ma era chiaro che si trattava di un diverbio. Il capitano, palesemente a disagio perché non afferrava quello che dicevano, giocherellava con il bicchiere e mormorava in tono minaccioso: «Bisognerà fare qualcosa con tutta questa gente, bisognerà fare qualcosa». Lo diceva solo per essere udito e non vedere sminuita la propria autorità, perché non sapeva come cavarsi d'impaccio. Ci riuscì, invece, Markus Vogel, che scattò improvvisamente in piedi, informò il capitano delle richieste del pilota infortunato e chiese il permesso di ritirarsi. Dopo averlo ottenuto, e aver rivolto uno sguardo schivo a Benito Buroy, andò al tavolo dove erano sedute Leonor Dot e la figlia e propose loro di giocare a domino. Buroy, trincerato nella sua implacabile solitudine, vide la bambina andare al bancone per proporre al Lluent di unirsi a loro in modo da formare due coppie. Ma il pescatore la guardò con occhi spenti, farfugliò una frase incoerente e allungò una mano dalle dita tremanti per darle dei colpetti sulla spalla. Quella sera aveva bevuto più del solito e i profumi di bordelli dimenticati lo stordivano.

Benito Buroy, senza pensarci due volte, si alzò e si avvicinò al tavolo dei giocatori frustrati.

«Con il vostro permesso, posso fare io il quarto», propose loro.

Markus Vogel lo guardò sorpreso, ma assentì. Leonor Dot, tuttavia, reagì con l'ostilità di chi, sicuro dei propri presentimenti funesti, non può fare niente per evitare che si realizzino. Mischiò le tessere come se cercasse con rabbia qualcosa perduto lì nel mezzo. Da quando la donna lo aveva sorpreso a parlare con Markus Vogel, Benito Buroy aveva il sospetto che sapesse che era venuto a Cabrera per assassinare il tedesco. Però non si lasciò intimidire.

«Posso?» insistette, posando la mano sullo schienale della sedia vuota.

Camila, che dopo la spedizione fallita si era di nuovo seduta, fece una faccia esageratamente rassegnata.

«Prego», rispose, «ma io gioco con Markus».

Benito Buroy occupò il posto che gli spettava, di fronte a Leonor Dot, e cercò di incrociare lo sguardo con lei. La donna aveva finito di mischiare le tessere. Con i capelli sulla fronte prendeva le sue con gesti automatici, spostandole con i polpastrelli come se maneggiasse tizzoni ardenti. Anche Buroy si servì e constatò che aveva il doppio sei. Mosso dall'istinto condiscendente che governava la sua nuova vita insignificante, si rivolse alla compagna di gioco per dirle:

«Ce la faremo, non si preoccupi».

A queste parole, Leonor Dot alzò finalmente gli occhi e lo affrontò. Per qualche secondo i loro sguardi si incrociarono, amichevole quello del sicario, incuriosito quello di lei, finché Benito Buroy posò sul tavolo la tessera che dava inizio al gioco.

«Merda!» sbottò la bambina. «Non ho neanche un sei».

«Camila...» la riprese la madre senza alzare la voce.

«Ma non è giusto».

«Molte cose non lo sono... Di' che passi e non ti lamentare».

Leonor Dot e Benito Buroy persero tre partite di seguito, ma lei era distratta e anche lui aveva perso interesse al gioco. L'apparizione miracolosa di Markus Vogel, averlo seduto vicino, a poco a poco fece rivivere in lui la persona miserabile che era in realtà, il disgraziato che si era spogliato in fondo a una trincea, disposto a qualsiasi cosa pur di non pagare un prezzo ancora più alto per la propria sconfitta. Man mano che trascorreva la serata capì di dover riconoscere la propria codardia, che niente poteva impedirgli di approfittare di un'opportunità di salvezza, per quanto minima, tanto più se pioveva dal cielo. Perché dubitare. Uscì per primo dall'osteria e si diresse al Comando, deciso a eseguire il proprio dovere. Non avrebbe più avuto Markus Vogel a portata di mano. Non doveva farlo desistere neppure la paura dei ricordi, la possibilità di non riconoscervisi. Da quasi tutta la vita non si riconosceva in niente, e la sua salvezza era più importante dei problemi di coscienza. La sua salvezza, ma anche l'obbligo di continuare a essere se stesso, perché né il commissario, né Otto Burmann, né nessuno che lo conosceva avrebbe potuto ammettere che diventasse una persona diversa, una persona mediocre ma senza ferite nella memoria.

Andò in camera e recuperò la pistola da sotto il materasso. Per abitudine, estrasse il caricatore e contò le pallottole prima di infilare l'arma nella cintura. Uscì sulla piazza; dopo un attimo di esitazione, girò attorno all'edificio del Comando e cercò un angoletto dove appostarsi, riparandosi contro le pendici del monte. Si sedette su una roccia e appoggiò la schiena al tronco di un pino. Da quel luogo poteva controllare la porta dell'osteria senza che si notasse la sua presenza. Prima o poi Markus Vogel sarebbe dovuto passare di lì per tornare al proprio nascondiglio, e quella sarebbe stata la sua unica opportunità di seguirlo fino a un punto dove non ci fossero testimoni.

Per un po' nessuno si affacciò sulla piazza. Dall'osteria gli arrivava un brusio di voci. Il chiarore che usciva dalla porta digradava in un nero impenetrabile e non riusciva a illuminare altro che un tratto del suolo pietroso. Benito Buroy cercava di non pensare, ma la paura di addormentarsi gli impediva di far riposare la mente. Poco dopo aver visto il Lluent uscire barcollando e canticchiando, prese coscienza dell'inganno in cui aveva tratto Leonor Dot. Continuava a riecheggiargli in testa la frase con cui aveva voluto tranquillizzarla prima di cominciare la partita, «ce la faremo, non si preoccupi», e vedeva di nuovo lo sguardo di lei, incredulo ma trepidante, e non sapeva, perché le parole guizzano via come i pesci, se l'aveva detto riferendosi strettamente al gioco, o se voleva mandarle un velato messaggio di speranza, o se l'unica cosa che voleva era esserle un po' più simpatico per poter iniziare la partita. In ogni modo, forse aveva commesso l'errore di dare a intendere a Leonor Dot che non avrebbe fatto quella cosa per la quale era arrivato sull'isola. Questo sembrava aver capito la donna. Ed era successo proprio la notte in cui avrebbe ammazzato Markus Vogel, perché era la sua ultima opportunità dato che il tempo eterno dell'isola era agli sgoccioli.

«La prossima settimana sarai a Palma», si disse, «non pensare ad altro».

L'attesa gli parve interminabile. Leonor Dot e Camila uscirono tardi dall'osteria e presero il sentiero verso casa tenendosi per mano. Subito dopo si ritirarono anche i soldati che ogni sera giocavano a carte. Paco si affacciò alla porta e si stiracchiò con lo sguardo perso nell'oscurità. Di lì a poco cominciarono a spegnersi le luci. A Benito Buroy sfuggì un'esclamazione di rabbia. Uscì dal nascondiglio e attraversò la piazza a grandi falcate. Quando entrò nel locale trovò Felisa García che saliva le scale del suo alloggio con le mani sui fianchi. Nel locale non c'era nessun altro.

«Che cosa ci fa qui?» gli chiese l'ostessa. «Non vede che abbiamo chiuso?»

Buroy non rispose. Lanciò uno sguardo agli ultimi gradini della scala e uscì di nuovo sulla piazza. Trascorse il resto della notte a girare nei dintorni, sconvolto al pensiero che Markus Vogel potesse scappare con il favore delle tenebre. Alla fine si piazzò in alto, in un punto da cui si vedeva tutto l'edificio. Sul far del giorno, intirizzito dal freddo che gli era penetrato fin dentro le ossa, udì dei rumori provenire dall'osteria. Poco dopo entrava nuovamente nel locale, dove Felisa García stava preparando il surrogato di caffè per i soldati di guardia. Erano i primi ad arrivare, non appena finiva il turno.

«Ma lei non dorme?» gli disse la donna a mo' di saluto.

«Ho bisogno di qualcosa di caldo», mormorò lui, lasciandosi cadere su una sedia.

Sarebbe stato disposto ad aspettare tutto il tempo necessario, ma sapeva che era inutile. La sera prima, appostato dietro l'edificio del Comando, era stato un illuso a pensare che Leonor Dot avesse potuto nutrire fiducia in lui. Non era falsa aspettativa quella che traspariva dallo sguardo della donna quando lui aveva voluto tranquillizzarla, ma diffidenza mista a vulnerabilità. Né lei né nessun altro avrebbe mai creduto che Benito Buroy potesse essere diverso da com'era, o libero di decidere le proprie azioni. Lì tutti avevano vissuto una guerra molto lunga ed erano abituati a difendersi dagli altri.

Markus Vogel era scomparso.

Alla mamma non è piaciuto che ieri io sia stata con Hermann. Comincio a pensare che stia diventando un po' acida. È sempre ansiosa e vede pericoli dove non ci sono. Ultimamente si è persino messa a guardare angosciata dalla finestra, stropicciandosi le mani come quelle vecchie che sembra quasi che desiderino le cattive notizie, da quanto se le aspettano. Prima mi lasciava andare da sola dappertutto, ma adesso vuole sempre sapere dove sono e quando vado a fare il bagno mi costringe a portarmi dietro come guardia del corpo Andrés, che con la sua mania di spiarmi è una vera seccatura. Se vado a trovare Felisa senza dirle niente, la mamma arriva subito all'osteria chiedendo tutta agitata: «Dov'è la bambina, dov'è la bambina?» come se potessi essere molto lontano, insomma, qui non ci sono certo tanti posti dove andare. La colpa è mia perché ho litigato con lei e le ho detto che Hermann mi sembra l'uomo più bello del mondo. Ha certi occhi azzurro-verdi che sembrano il mare sotto il sole di mezzogiorno, e mani grandi e bianche, da pianista. Io le persone le capisco dagli occhi e dalle mani. Felisa, per esempio, ti guarda come se si aspettasse che tu faccia qualcosa di molto, molto riprovevole, ma in fondo si fida. La tradiscono le mani grassocce, umide e rosee. In realtà ti guarda così perché pensa che poi dovrà essere lei a sistemare i tuoi pasticci. Il Lluent ti guarda senza vederti, ma ti cerca con le dita ruvide e solo allora, quando ti tocca, è sicuro che tu non sia un'allucinazione o un miraggio. Benito è diverso. Ti guarda come se non gli importasse che tu sia lì o meno, ma le sue mani piccole e repellenti, da bambola di porcellana, giocherellano sempre con qualcosa, come se il semplice fatto di vederti gli impedisse di essere tranquillo. Papà non poteva essere cattivo perché aveva uno sguardo dolce e prendeva le cose con delicatezza. Era un uomo molto robusto e quando si arrabbiava incuteva paura, ma proprio per questo vedevi chiaramente che cercava di non far male agli altri e di non rompere nulla, perché aveva scelto di usare tutta quella forza per proteggere i suoi cari. A Hermann succede la stessa cosa. A volte, quando rimane assorto nei suoi pensieri, si lascia scappare un'espressione di insofferenza o di straniamento, ma deve essere normale per un soldato che ha appena avuto un incidente gravissimo lontano da casa. Anch'io mi intristisco quando mi metto a pensare che non potrò mai andarmene da Cabrera, e questo mi rende cattiva.

E poi io gli faccio passare i ricordi sgradevoli o cos'altro lo tormenta. Quando mi vede, il volto gli si illumina di gioia e mi saluta con un profondo cenno del capo, come fossi una gran dama che fa la sua entrata durante un ballo. Hermann è l'unico che non ha mai cercato di darmi pacchette in testa, cosa che odio. Be', nemmeno Andrés lo fa, ma lui non conta, ed è meglio che non ci provi nemmeno, perché è così maldestro che mi staccherebbe la testa.

Può darsi che la mamma sia un po' gelosa di me, non so. Comunque è molto strana questa mania che le è venuta di controllarmi. Sembra che le dia fastidio che io voglia star sola o avere contatti con altri al di fuori di lei. A volte passa due o tre giorni trattandomi come una sconosciuta, ma poi di colpo mi abbraccia e mi annusa i capelli e si mette a piangere. Credo che abbia sofferto troppo per il fatto di papà e adesso non sa più cosa vuole, e non trova più soddisfazione in niente. Di sicuro per questo soffre per me, perché vorrebbe risparmiarmi tutto quello che ha dovuto sopportare lei. Ma il risultato è che non mi lascia vivere.

Proprio ieri si è comportata in un modo così stupido che ci vorrà molto prima che io possa perdonarla. Sono andata all'osteria e ho incontrato Hermann seduto da solo a un tavolo. A Cabrera lo evitano tutti perché non sa parlare spagnolo e con lui si sentono a disagio. Io no. Parlare non è poi così importante e lo prova il fatto che Hermann mi ha salutato come sempre, con quel sorriso che mi fa venire il batticuore, e io gli ho risposto facendo una riverenza perché eravamo soli e non avevo paura che qualcuno mi vedesse. Lui allora mi ha fatto un cenno con la mano per dirmi di avvicinarmi, ha tirato fuori una gamba da sotto il tavolo e si è dato delle pacche sul ginocchio. Mi ci sono seduta sopra cercando di fare in modo che non si accorgesse che tremavo un po', ma solo un po', e ci siamo guardati come se in realtà avessimo già parlato a lungo e fra noi ci fosse molta confidenza. Credo che esistano persone che vedi una volta e hai la sensazione di conoscere da sempre.

Hermann si è portato una mano alla giacca e ha preso un portafoglio che ha aperto sul tavolo. Era nero, di pelle di lucertola, abbastanza rovinato. Doveva averlo da molto. Ha tirato fuori due foto. Mi ha mostrato la prima dandovi sopra dei colpetti con il polpastrello dell'indice. Si vedeva un bambino tutto azzimato con i pantaloni con la pettorina e un aeroplanino in mano. Aveva le sopracciglia aggrottate e le labbra in fuori come se stesse imitando il rombo di un motore. «Hermann», ha detto Hermann, e si è messo a ridere. Trovava molto divertente rivedere com'era tanti anni prima. Poi mi ha mostrato l'altra foto. C'era una grande casa con la facciata coperta da un rampicante. Vicino alla porta, un uomo e una donna. Anche se i loro volti erano abbastanza inespressivi e non lasciavano trasparire nessuna emozione, tutto faceva pensare che per loro quello fosse un momento importante. «Jakob, Maria», ha detto Hermann, e ha aggiunto alcune parole molto dolci che non mi è importato di non capire, perché mi aveva messo una mano sulla spalla ed era come se si fosse posato un animale caldo e mansueto, un animale che da un momento all'altro avrebbe potuto sfiorarmi il collo e farmi venire la pelle d'oca. Volevo tanto che succedesse, che l'animale si muovesse di qualche centimetro per sentire quel calore sul collo, ma tutto è stato bruscamente interrotto.

«Camila!» ha tuonato la voce di Felisa. «Vieni subito qui!»

Quando mi sono girata l'ho vista sulla porta della cucina, ma non ho avuto tempo di dire niente perché Felisa era già vicino a me e mi trascinava via per un braccio. È successo tutto così all'improvviso che non sono nemmeno riuscita a lamentarmi del male che mi faceva. Mi ha portato sulla piazza e ha cominciato a chiamare a gran voce la mamma, che non ci ha messo molto ad arrivare, senza fiato e con lo sguardo da pazza. Io non capivo niente. Felisa le ha bisbigliato qualcosa all'orecchio e non mi ha mollato il braccio finché non l'ha afferrato la mamma, come se avessero paura che volessi scappare via. Figuriamoci. Ero troppo spaventata persino per parlare.

«Ma sei scema? Ma sei proprio scema?» mi gridava mia madre mentre camminavamo su per la salita verso casa. E non la smetteva di gridare: «Ma sei proprio scema?»

Quando siamo arrivate si è calmata un po'. Si vedeva che faceva uno sforzo per riordinare i pensieri. Mi ha obbligato a sedermi sul letto, è andata un po' su e giù per la stanza torcendosi le dita e infine si è inginocchiata a terra davanti a me. Mi ha preso la faccia tra le mani e mi ha baciato in fronte. Poi mi ha spiegato, modulando la voce e con un sorriso forzato, che non ero più una bambina, stavo diventando una ragazzina molto graziosa e dovevo fare attenzione a certi uomini. Non ho potuto evitare un'espressione annoiata, del tipo l'ho già sentita questa vecchia solfa, che ha innervosito ancora di più la mamma. Ma si è trattenuta di nuovo e mi ha guardato con dispiacere stringendo le labbra. La mamma aveva ragione e io la penso come lei, ma su Hermann si sbagliava. Non può essere cattivo qualcuno che ti guarda con occhi di mare e ha mani da pianista.

Felisa García non riusciva a dormire dal giorno in cui aveva chiesto al capitano Constantino Martínez di fare in modo che il figlio tornasse da Madrid per prendere il posto del carbonaio. Non appena spegneva la luce e chiudeva gli occhi, la cattiva coscienza si ingrandiva, come se un bulbo gigantesco le stesse germogliando dentro la testa. E non perché aveva interceduto per il figlio, che le sembrava la cosa più naturale del mondo, ma per la scarsa attenzione prestata al carbonaio fucilato. Nessuno si era preso il disturbo di visitare la tomba di Pascual, e la sua anima doveva vagare per i monti maledicendo i compaesani di scarsa memoria. E specialmente lei, Felisa García, che era cresciuta assieme a lui ma non aveva esitato ad approfittare della sua disgrazia. L'ostessa era convinta che le preghiere per l'anima di quell'uomo non sarebbero servite a nulla se non aveva il coraggio di onorarne il corpo. Apriva gli occhi e nel buio della stanza vedeva Pascual, con i capelli scompigliati da un vento che soffiava solo per lui, librarsi fra le travi del soffitto mentre le parlava con rabbia e le puntava contro un dito accusatore. Anche se non poteva udire le sue parole, era sicura che la stesse insultando per l'ingratitudine da lei dimostrata.

Dopo due notti di insonnia decise di prendere il toro per le corna. Se non per lei, doveva farlo per Pascual, dato che quanto stava succedendo era una vera ingiustizia. Aspettò fin dall'alba che Andrés scendesse in cucina. Quando finalmente lo fece, lo obbligò a bere in fretta un bicchiere di latte, gli consegnò una sporta e lo mandò sul monte a raccogliere tutti i fiori che trovava. Il ragazzo, che per le commissioni diverse dal solito aveva entusiasmo da vendere, quando tornò sembrava un'allegoria della primavera. Felisa poté preparare un mazzo così grande che bisognava sollevarlo con entrambe le braccia. Con quel mazzo apparve all'osteria, dove si trovavano i soliti clienti perché era l'ora della colazione.

«Io e Andrés andiamo a portare fiori sulla tomba di Pascual», annunciò Felisa García nascosta dietro i petali. «Ci farebbe piacere non essere soli, così la cerimonia sarà più bella... Paco, vieni!»

Il marito uscì da dietro il banco con l'espressione di chi non ci capisce nulla, mentre Leonor Dot, facendo un gesto a Camila perché si sbrigasse, si metteva vicino a Felisa. Il Lluent, che era appena arrivato da Colonia de Sant Jordi e beveva un'acquavite prima di andare a dormire, esitò qualche secondo ma finì per aderire all'iniziativa dopo essersi alzato e aver controllato la forza delle gambe con un paio di flessioni quasi impercettibili.

Con sorpresa di tutti, Benito Buroy trangugiò il contenuto della sua tazza e si unì al gruppetto. Lo fece come chi si mette in una coda senza conoscere nessuno, benché dal suo atteggiamento apparisse chiaro che voleva accompagnarli al cimitero. Felisa García lo guardò come per dirgli che secondo lei si stava immischiando in una faccenda che non lo riguardava, ma gli consegnò il mazzo quando, dopo che aveva respinto i tentativi di Leonor Dot di prenderglielo di mano, lui si offrì di portarlo. Così uscirono dal locale, un piccolo corteo stretto intorno alla ferma determinazione dell'ostessa.

Il capitano Constantino Martínez ebbe la sfortuna di incontrarli davanti al Comando. Li fissò a lungo, decisamente perplesso da quella processione che imboccava il sentiero verso il castello, finché il suo spirito militare non fu colto dal sospetto di un'attività sovversiva, se non di una vera e propria sommossa. Li superò con passo veloce e sbarrò il passo.

«Dove credete di andare?» disse. «Che cosa significa tutto questo?»

Felisa García riprese a salire tenendosi la gonna con una mano e gesticolando con l'altra.

«Andiamo a dire addio a Pascual. Lasciaci passare, Constantino».

Il militare obbedì all'istante, ma sembrava davvero scandalizzato.

«Era un rosso, un assassino! Sapete quanti uomini ha ammazzato? Lo sapete?»

Rimase qualche attimo in silenzio, perché si era appena reso conto che nemmeno lui lo sapeva.

«Tantissimi! E poi non ha neanche accettato di confessare! Non merita il suo rispetto, Felisa!»

L'ostessa, che si trovava già qualche metro più in su rispetto al capitano, si girò a guardarlo con infinita stanchezza.

«Voglio solo portargli dei fiori per poter dormire in pace… Non mi sembra poi così grave».

Allora, sorprendendo tutti, parlarono loro, i fiori. Benito Buroy, che reggeva il mazzo come se abbracciasse un albero, osò esprimere la sua opinione in proposito, un evento davvero straordinario.

«La giustizia è vendetta», disse, «e basta a se stessa. Non è da buoni cristiani accanirsi contro un uomo che ha già avuto il suo castigo».

Ci fu un silenzio dovuto sia alla sorpresa di sentirlo parlare, sia alla riflessione in cui dovettero impegnarsi tutti per capire quelle parole. Felisa García si ripromise, non appena fosse tornata a casa, di cercare di scrivere quella frase così filosofica, per poi commentarla con la sua maestra. Forse con l'aiuto dell'amica avrebbe potuto capirne la profondità.

«Ha ragione!» commentò nel frattempo. «E anche lei dovrebbe venire, Constantino!»

«Io?» esclamò con sorpresa il militare. E mettendosi sulla difensiva aggiunse: «Proprio oggi che iniziamo ad armare i cannoni?»

«La presenza di un'autorità darebbe un tocco di classe alla cerimonia...» intervenne Leonor Dot.

«E poi non ci vedrà nessuno», disse Camila, che teneva la mano della madre. «Qui nessuno vede cosa stiamo facendo».

«Lo vedo io, signorina, e non a caso sull'isola sono io a comandare...» Il capitano Constantino Martínez sembrava aver trovato una scusa per compiacere Felisa García senza dover ritrattare le proprie parole sull'ex carbonaio. «Dopotutto qualcuno dovrà pur mettere ordine in quest'assurdità. Ora vedremo in che cosa consiste».

Il cielo era coperto di nuvole plumbee contro cui risaltava il bianco dei gabbiani in volo. Camila li seguiva con lo sguardo. Ogni tanto inciampava e si aggrappava con forza alla mano della madre. Salirono in silenzio fino al camposanto. All'esterno, a qualche metro dal cancello, un tumulo di terra rimossa indicava il luogo dove era stato sepolto il carbonaio. Si disposero tutti intorno alla tomba e guardarono Felisa García. Alla povera donna si era stretto il cuore vedendo come aveva avuto fine la vita disgraziata di Pascual, e per di più non aveva pensato che avrebbe dovuto dire qualche parola. Cercò il capitano con uno sguardo disperato, ma lui fece un cenno con la mano per dire che era già tanto se permetteva loro di essere lì. Allora la donna deglutì, liberò Benito Buroy dal mazzo e lo passò ad Andrés.

«Su, figliolo, mettilo lì sopra».

Il ragazzo lo posò con delicatezza sul monticello di terra. Come se quel gesto avesse dato alla sepoltura anonima un volto in cui riconoscere il fucilato, l'espressione di Felisa García si addolcì. Osservò il mazzo di fiori e prima di parlare si schiarì la voce.

«Non so cosa tu abbia fatto, Pascual», disse, «ma qualunque cosa fosse, tu saresti stato incapace di cose simili. Questo lo so io che badavo con te le capre dei miei genitori... Può darsi che a tutti prima o poi tocchi confrontarci con qualcosa che non siamo, e così è successo a te. A volte penso che la vita sia troppo lunga per le nostre scarse facoltà mentali, o forse dobbiamo cadere molto in basso prima di poter risollevarci nell'aldilà. Speriamo che il Signore sia indulgente con te... È tutto. Riposa in pace, Pascual, e non continuare a fare stupidaggini, amen».

Solo il Lluent si fece il segno della croce assieme a lei. Andrés imitò i loro gesti riflettendo molto su ogni movimento della mano, come se risolvesse un oscuro rompicapo. Poi gli si illuminò il volto e li ripeté più di fretta.

«Be', abbiamo finito», disse il capitano Constantino Martínez. «Me ne vado, ho molto da fare... E voi non rimanete qui. Su, circolare!»

Ripresero tutti assieme la strada che portava alla piazza. Andrés, un po' indietro, per tutta la discesa non fece altro che segnarsi sempre più in fretta, come un ossesso. Una volta dentro l'osteria, quando Felisa si chiuse nel suo regno, il ragazzo la seguì e ripeté di nuovo il segno della croce perché lei lo vedesse. Subito dopo scoppiò in una risata che sembrava una supplica. La donna gli prese la testa fra le mani e se la strinse al seno enorme. Fino a quel momento, nonostante da bambino la madre avesse cercato di insegnarglielo tutte le sere, Andrés non era mai riuscito a farlo.

La rimessa in passato era servita da porcile, e dentro si respirava ancora un puzzo di animali. Il pavimento di terra emanava un odore penetrante, stranamente dolce e acre allo stesso tempo, e nella parte inferiore dei muri si vedevano tracce di umidità che nemmeno il caldo dell'estate poteva asciugare. Dal soffitto, tra i pali a cui erano appesi gli insaccati, dondolavano brandelli di ragnatele. Là dentro tutto ammuffiva, ma era il posto preferito di Paco perché la moglie non ci metteva mai piede. Era lì che teneva le bottiglie di vino, nascoste fra attrezzi e arnesi di cui non si serviva da tempo. Quello era il suo santuario.

Anche se da anni non impugnava un martello o una zappa, Paco non entrava mai nella porcilaia senza prima fregarsi le mani e tirar su i pantaloni con decisione, proprio come avrebbe fatto chiunque prima di dedicarsi a un lavoro faticoso. Così fece quel mattino, convinto, sebbene confusamente, che una volta per tutte avrebbe dimostrato a Felisa chi comandava in casa. Gettò un'occhiata alla robaccia ammucchiata contro i muri, cercando fra tutte quelle cose, come un poeta fra le rime, l'ispirazione necessaria per portare a termine uno dei mille lavoretti in sospeso. Ma la sua forza di volontà si spezzò subito davanti alla forza superiore dell'abitudine, e si diresse in un angolo dove sapeva che c'erano ancora un paio di bottiglie piene. Fu allora che scoprì, quasi davanti a sé, un nuovo oggetto ingombrante con sopra una tela.

Se avesse visto un fantasma, non si sarebbe spaventato in quel modo. Fece un salto, si portò con ansia una mano alla catena che aveva al collo e rimase a guardare attentamente quella scoperta. Qualcuno era entrato nella rimessa in sua assenza. Poteva essere molto grave. In un primo momento si allarmò per la sua scorta di vino, ma non impiegò molto a verificare che non aveva subito nessun danno. Paco, che non aveva mai temuto la ridondanza perché non sapeva cosa fosse, giunse alla conclusione che si era trattato solo di un'invasione puramente invasiva, e non poteva essere opera che di Felisa. Solo allora gli venne in mente di curiosare sotto la tela. Lo fece con la morbosità di chi, credendo scoperti i propri segreti, si mette a scoprire quelli di un altro. E, bisogna ammetterlo, anche con la speranza che la moglie, guidata dalla sua benedetta ingenuità, avesse nascosto lì un nuovo carico di vino o di liquori.

Quello che vide lo lasciò interdetto. C'era un grande scatolone pieno di lunghi festoni di bandierine spagnole, sufficienti per pavesare di patriottismo le poche strade di Cabrera. In un altro trovò pacchetti di stelle filanti e coriandoli. E dentro un terzo un giradischi dalla linea aerodinamica di marca Philips con otto o dieci vinili di Estrellita Castro, Carlos Gardel, Tino Rossi o l'Orchestra tipica Morando.

L'oste sospettava da tempo che la moglie gli nascondesse alcuni aspetti della sua vita, ma non aveva mai pensato che potessero essere così clamorosi. Mollò la tela pensando che era per colpa dei giorni trascorsi dalla sorella a Maiorca. Lui l'aveva sempre saputo, sapeva che una donna non può andarsene in giro da sola per il mondo. Dove si era mai visto che il marito rimanesse a casa mentre la sua signora viaggiava per comprare stoviglie e lampade e altri oggetti di lusso? Con quali soldi aveva comprato tutta quella roba? Di sicuro con quelli del cognato, un puttaniere con un debole per le sottane più forte di quello di un bambino per le caramelle. E che poi le mandava olio e pane bianco... Come mai le faceva tanti regali se non perché... se non perché...? Accecato dalla gelosia immaginò Felisa che ballava con il pezzo grosso, che gli bisbigliava sconcezze all'orecchio e lo faceva ridere. Se la immaginò a ballare tutta la notte come fosse una ragazzina che scopriva la vita tra le braccia di quell'uomo, e la vide all'alba, esausta, che gli posava una mano sul petto, non ce la faccio più, non riesco più a muovere le gambe, mentre gli prendeva il fazzoletto per asciugarsi le lacrime provocate dalle risate e si abbandonava, si abbandonava tra le sue braccia. Se la immaginò che lo prendeva per i risvolti della giacca, lui instancabile, cercando di condurlo alla porta della sala da ballo, andiamo, è quasi giorno, mia sorella ci ammazzerà, e il pezzo grosso instancabile che le comprava tutto, le bandierine che adornavano il locale, il giradischi, la musica... la notte intera per te, voglio che sia tua, e Felisa che si abbandonava a lui, perché nessuno le aveva mai regalato una notte intera con tutto quello che conteneva.

«Puttana!» gridò l'oste, ferito profondamente nell'orgoglio.

Uscì sparato come un razzo, attraversò l'osteria e irruppe in cucina con un diavolo per capello. Felisa García, che aveva alcune cipolle in mano, lo vide quando le era già addosso e non si accorse quasi della sberla che la fece cadere a terra. L'orecchio sul quale era stato inferto il colpo cominciò a fischiarle, per cui udì le parole del marito come attraverso un sogno.

«Ho visto tutti quegli scatoloni, puttana che non sei altro! Adesso so cosa facevi a Maiorca!»

Felisa García, senza muoversi da dov'era, si infilò un dito nell'orecchio nel tentativo di stapparlo, ma il fischio aumentò d'intensità. Tutta quella parte della faccia le bruciava come se ci fosse caduto sopra l'olio bollente.

«Sono per la festa di Camila», disse, «martedì è il suo compleanno».

E aggiunse, cercando di tirarsi su e sentendo un dolore lancinante a un fianco:

«Non sapevo che fossi così meschino».

Quando Benito Buroy arrivò in paese dal cimitero aveva voglia di continuare a passeggiare. Unendosi alla cerimonia in memoria del carbonaio si era messo in una posizione scomoda, infatti adesso tutti lo guardavano con il desiderio di avvicinarsi, ma non sapevano come farlo, né cosa dirgli, per cui gli stavano attorno aspettando che fosse lui a fare il primo passo. Per questo motivo ricominciò a provare disinteresse per gli altri e la voglia di starsene da solo. Una delle cose che più lo irritavano era il senso di comunità, di gruppo ben assortito, e lì, ai piedi del fico, Felisa García continuava, proprio come aveva fatto per tutta la discesa, a guardarlo con la coda dell'occhio e a chiedersi se li avesse seguiti per leggerezza o per un sincero desiderio di integrazione. La più pericolosa era, però, la bambina, che da un momento all'altro poteva saltargli in braccio e dargli il benvenuto in quella società di falliti in cui cominciava a sentirsi a suo agio.

«Vado a vedere i cannoni», disse con un filo di voce.

Il capitano era appena partito sul camion che era andato a prenderlo davanti al Comando. Benito Buroy, avvolto nella nube di polvere sollevata dal veicolo, prese la strada che portava all'accampamento. Non aveva fretta. Si era proposto di passare la mattina lontano dal paese. Sarebbe tornato all'ora di pranzo per occupare il suo posto privilegiato al tavolo d'angolo.

Nell'accampamento ferveva un'attività piuttosto insolita. Gruppi di soldati impilavano casse sotto l'asta dove sventolava la bandiera, e il sergente Ridruejo si incamminava con una pattuglia verso il faro. Dato che la pista portava solo fino alle baracche, il camion era stato posteggiato sullo spiazzo. Due asini scheletriti, con le zampe tremanti e lunghi batacchi da riproduzione, portavano sulla groppa i pesanti pezzi dei cannoni. Benito Buroy chiese al sergente il permesso di unirsi alla spedizione. Poco dopo camminavano costeggiando la baia fino a raggiungere il piede della rocca su cui si elevava il faro.

«Resisteranno?» chiese Benito Buroy al sergente vedendo che gli asini si rifiutavano di intraprendere la salita e i soldati dovevano tirare le redini e frustarli sui fianchi.

«Sono abituati, il che non vuol dire che siano contenti», rispose laconico il militare.

La pendenza era notevolmente più ripida di quella del castello. In molti punti avevano dovuto intagliare scalini nella roccia, ma erano così irregolari che nessuno riusciva a salire mantenendo la stessa cadenza. Le nubi, che un momento prima coprivano il cielo, si erano a poco a poco dissolte come fumo spinto dal vento, e il sole picchiava forte. Benito Buroy cominciò a sudare. Ogni tanto si fermava approfittando del fatto che uno degli asini indugiava, o slittava sugli zoccoli e poi, dopo il fuggi fuggi dei soldati che temevano di venire trascinati giù nella caduta, veniva aiutato a riacquisire sicurezza sulle zampe. Quando arrivarono in cima, gli animali erano così sfiancati che il sudore fumava sulla pelle prima di evaporare. Il capitano Constantino Martínez, che era lì da un pezzo, ricevette i suoi uomini scuro in volto.

«E l'acqua?» chiese. «Dov'è l'acqua?»

I soldati, che avevano cominciato a liberare gli asini dal carico, si guardarono l'un l'altro.

«Quale acqua?» chiese il sergente Ridruejo.

«Per le bestie! Cosa volete, che scoppino?»

Benito Buroy aveva cercato l'ombra del faro e guardava la baia da quel luogo insolito. Dall'altra parte, le mura della fortezza si ergevano con la fragilità di un castello di carte. Più sotto, in un angolo del molo, il paese appariva in tutta la sua insignificanza.

«Be', adesso gli date quella della borraccia!» tuonò la voce del capitano. «E tu, va' a prendere una tanica! Su, a passo spedito!... Dov'è l'artigliere? Dove si è nascosto?»

I soldati avevano già sistemato l'affusto e non impiegarono molto a fissarci sopra il cannone. Era un'arma piccola, troppo umile per minacciare in modo convincente l'immenso orizzonte che le si stendeva davanti. Ma il capitano Constantino Martínez era orgoglioso di essere riuscito a collocarla in quel punto così visibile. Si avvicinò a Benito Buroy e incrociò le braccia facendo scorrere lo sguardo soddisfatto sul mare calmo.

«Adesso potete venire, se volete. Vedrete che bel benvenuto vi daremo!»

Benito Buroy scorse una minuscola vela in lontananza. Doveva essere una barca da pesca. Non si vedeva nient'altro sulla distesa delle acque, ma il capitano, come un ubriaco che arringava una folla indifferente, vi rivolgeva uno sguardo di sfida. L'artigliere chiese il permesso di provare l'arma: non fosse mai che qualcosa non funzionasse e facesse cilecca quando ne avrebbero avuto bisogno.

«Ve bene», acconsentì il capitano, «ma non punti verso il paese, non vorrei che mi ammazzasse qualche civile. Spari laggiù, verso il mare aperto».

Si scostarono un po' mentre il soldato armeggiava con le mani. Finalmente echeggiò il colpo di cannone e tutti, schermandosi la fronte, cercarono di vedere dove cadeva il proiettile. Ma nessuno ci riuscì.

«Accipicchia!» disse il capitano Constantino Martínez un po' stupito, dopo aver buttato un rapido sguardo alle rocce sottostanti, «questo aggeggio spara molto lontano. Non crede anche lei, Buroy?»

Il capitano Constantino Martínez arrivò sul molo accompagnato dall'aviatore tedesco. Il Lluent, che preparava gli attrezzi per la pesca, li vide arrivare e temette subito il peggio. Essere il padrone dell'unica imbarcazione dell'isola presentava certi inconvenienti, e il peggiore di tutti erano i servizi che doveva prestare all'esercito. A volte lo obbligavano a portare pattuglie in luoghi impossibili da raggiungere via terra per controllare che non ci fossero contrabbandieri o infiltrazioni nemiche. Trovavano solo grumi di catrame e tronchi trascinati fin lì dalle mareggiate, ma i soldati, con la scusa di voler esercitare una stretta sorveglianza, lo costringevano a rimanere lì ore per scansare altre incombenze. C'era anche la scocciatura del gasolio per i sottomarini, che gli rubava tempo e gli faceva venire il mal di schiena. «Comprenderà che dobbiamo aiutare i nostri amici in modo discreto», gli aveva detto il capitano, «un mercantile spagnolo non può andare a portarglielo sotto gli occhi di tutti». Quella mattina, vedendoli arrivare sul molo, il Lluent si aspettò che gli chiedessero di accompagnare l'aviatore a Palma, facendogli perdere due giorni di lavoro. Ma non si trattava di quello.

«Buongiorno», disse il militare. «Da quanto ho potuto capire, il signor Germán vuole individuare i resti del suo aereo per poterli portare a galla quando sarà il momento. Non è una cattiva idea e ho pensato che lei potrebbe accompagnarlo. Si porti dietro qualche galleggiante per segnare la posizione».

Senza altre spiegazioni si girò e lasciò soli i due uomini. Dato che il Lluent continuava a mettere in ordine gli attrezzi senza guardarlo né dirgli cosa fare, Hermann Schmidt decise di saltare a bordo e sistemarsi a prua. Era lo stesso posto dove si sedeva Leonor Dot quando la portava in giro e finivano per piangere entrambi, lei per la tristezza e lui perché contagiato dalle sue lacrime. Ma con quel pilota le cose erano molto diverse. Al Lluent non piacevano gli uomini che sembravano avere in pugno la situazione ovunque fossero, persino nei posti di cui non sapevano niente, come se si portassero sempre dietro un modo di vivere superiore e più ordinato, un modo di vivere così perfetto da poter essere adattato a qualsiasi luogo e imposto a chiunque. E proprio così si comportava il pilota, che dava l'impressione di essere sempre un po' a disagio, ma anche padrone di sé e prepotente, come un generale che, nel bel mezzo di una campagna militare, fosse costretto a sedersi su uno sgabello destinato alla truppa. No, al Lluent quell'uomo decisamente non piaceva.

Non fu difficile localizzare l'aereo perché il pescatore ricordava il luogo dove era caduto. Ci misero di più a scoprire dove fosse l'ala staccatasi al momento dell'impatto con l'acqua. Si trovava a notevole distanza, su un letto di alghe che in parte la nascondevano. Misero i galleggianti e il Lluent si accingeva già a tornare in porto quando l'aviatore estrasse una pistola dalla tasca della giubba. Disse qualcosa con un sorriso schivo e con la canna dell'arma indicò l'uscita dalla baia. Non si mostrava minaccioso, solo autoritario. Il Lluent pensò che alla fine gli sarebbe toccato portarlo a Palma. Ignorava che il suo passeggero non aveva idea che con una simile barchetta si potesse arrivare fino a Maiorca.

Una volta in alto mare, il pilota gli indicò le scogliere e gli fece cenno di costeggiarle. Distese le braccia e sparò a una roccia dalla quale saltarono via alcune schegge. Il Lluent sussultò quando udì la detonazione, ma il tedesco gli strizzò l'occhio sistemandosi meglio a prua. Per un po' prese di mira gli alberi della riva, ma si stancò presto e se ne stette con la faccia rivolta al sole a canticchiare una canzone. Ma poi, guardando di nuovo verso la costa, vide una capra sul bordo della scogliera. Si drizzò subito, alzò l'arma e un nuovo sparo riecheggiò, seguito quasi immediatamente da un grido di gioia del tedesco. La capra, colpita a un fianco, spiccò un salto, perse l'equilibrio e precipitò nel vuoto. Affondò in mare e sparì per qualche secondo, quindi riaffiorò e si mise a zampettare disperatamente. Tra la spuma che faceva con gli zoccoli, il Lluent vide il musetto che cercava di tenere fuori dall'acqua. Cambiò rotta per dirigersi verso l'animale, ma il tedesco, che si era di nuovo sdraiato sulle assi, gli disse con un gesto di lasciar perdere e gli ordinò di proseguire. Il Lluent si sentì ribollire il sangue. Senza pensare a cosa faceva, prese un remo e, alzandolo sopra la testa, minacciò l'aviatore, che si mise a ridere.

Quando il pescatore virò per tornare in porto stava ancora ridendo.

Camila era seduta al tavolo della cucina e osservava con un sorrisetto l'andirivieni di Felisa García, che quella mattina, come se una nube le ottenebrasse la mente, perdeva tutto quello che aveva in mano. «Dove ho la testa! Dove ho la testa!» diceva la donna senza smettere di muoversi da una parte all'altra. La bambina aveva un vestito nuovo di cotone rosso ciliegia, cucito dalla madre con gli avanzi della stoffa con cui Felisa aveva confezionato le tovaglie per l'osteria. «Cosa c'è? Non vi piacciono?» chiese la donna alla clientela sorpresa il giorno in cui le usò per la prima volta. «Fate attenzione quando mangiate, non voglio vedere neanche una macchia! Non vorrete mica farmene pentire!» Camila si vergognava un po' di essere vestita dello stesso colore dei tavoli, ma si era già abituata a mimetizzarsi con i tessuti che guarnivano gli ambienti della sua vita sull'isola. Leonor Dot le aveva fatto un altro vestito con la garza bianca delle tendine che adesso coprivano le finestre di casa e, in previsione del freddo che certe notti si faceva già sentire, una mantella con il cappuccio riciclando una vecchia coperta militare. Del resto, Camila non aveva altra scelta che usare quegli indumenti. Quelli che aveva portato con sé a Cabrera erano troppo scoloriti e le andavano così stretti da farla sentire ridicola.

Andrés, seduto nel suo solito angolo, annuiva in silenzio, guardando ora Camila ora la madre. Aveva una maglietta lisa, senza maniche, e un paio di pantaloni logori sulle ginocchia, che sulle tasche brillavano come satin. Era contento perché Camila aveva deciso di andare a fare il bagno, e perché la madre, che quella mattina si comportava in modo piuttosto strano, gli stava preparando uno spuntino che gli faceva venire l'acquolina in bocca: panini con la pancetta avvolti in fogli di giornale e un paio di mele che un attimo prima la donna aveva in mano e adesso non trovava più, perché si nascondevano, ma lui le vedeva, tra una cassetta di patate e la grande pentola per preparare il bollito. Quando Felisa García, dopo essersi maledetta ripetutamente per la sua sbadataggine, finalmente trovò le mele e le buttò nel cesto, Andrés emise un grugnito e assentì energicamente, tutto contento.

«Perché zoppichi?» chiese Camila all'ostessa. «Ti sei fatta male?»

«Sono caduta», rispose Felisa. «Insomma, adesso andate, che dovete essere di ritorno per l'ora di pranzo».

«Da piccola anch'io una volta sono caduta», proseguì Camila avvicinandosi ad Andrés e prendendolo per un braccio per farlo alzare. «Ho zoppicato a lungo, due giorni o forse più. E zoppicavo persino quando sono guarita, perché non sapevo più camminare. Anche adesso, per colpa di quella caduta, quando cammino e penso a quello che faccio, devo fermarmi, perché non so più come continuare. Certe cose è meglio farle senza pensarci su».

«Sei una gran furbetta!» Felisa García si appoggiò al marmo per far riposare il fianco dolorante. «Su, via da qui, che mi distraete e devo preparare il pranzo».

Uscirono sulla piazza, Camila con il suo vestito rosso e Andrés con il cesto. Il ragazzo, che si era preparato per una lunga camminata, sprofondò la testa tra le spalle e si mise a seguire la bambina, ma dopo qualche passo lei si fermò. Si girò verso di lui e lo guardò stringendo molto gli occhi, come volesse scoprire qualcosa nascosto nella sua mente. Andrés cercò di far finta di nulla. Non gli piaceva che gli guardassero dentro.

«Oggi sarai tu a scegliere dove andare», disse Camila. «Voglio che mi porti in un posto dove l'acqua è molto profonda».

Ad Andrés quella richiesta non piacque. Non la capiva. Intuiva che la profondità celava qualcosa di brutto, qualcosa di strano, come il comportamento della madre quando piangeva o di Camila quando gli chiedeva di scegliere un posto per fare il bagno dove l'acqua fosse profonda. Certe volte Andrés aveva paura di quello che pensavano le persone intorno a lui. Lo riempiva di angoscia vedere gli altri disorientati o fare cose diverse dal normale, cose che lui non poteva capire e perciò gli sembravano misteriose. Lo spaventava, ad esempio, vedere il padre seduto sotto la pergola a parlare da solo, a discutere a voce bassa con se stesso, per poi andarsene finalmente a letto sbattendo contro le porte e borbottando che la vita era uno schifo. Lo inquietava non riuscire a capire cosa lo addolorasse tanto, o che la madre se ne andasse in giro tutta confusa, asciugandosi la faccia nel grembiule, o che Camila lo guardasse con due fessure indagatrici al posto degli occhi. Allora Andrés pensava che ognuno dentro ha una sorta di nano malvagio che a volte lo obbliga a comportarsi in modo strano. Al ragazzo non piaceva che le persone perdessero la trasparenza e per questo non poteva sopportare che gli guardassero dentro, perché era sicuro di avere anche lui il suo nano e a volte notava persino la sua presenza, una massa delle dimensioni di un topo che si muoveva nell'intestino.

Si buttò il cesto in spalla e prese il sentiero lungo la scogliera. Oltre la cala dove andavano sempre, ce n'era un'altra di difficile accesso: bisognava scendere con prudenza. Non aveva la spiaggia, solo una piccola striscia di sabbia all'entrata di una grotta. La cavità che si apriva tra le rocce era grande all'entrata, ma poi si restringeva e si perdeva tra echi di mare dentro l'isola. Ad Andrés quel luogo faceva paura. Eppure sapeva che era quello che voleva Camila, provare un leggero brivido, e, anche se non lo capiva né lo condivideva, era in grado di darglielo. La bambina gli camminava al fianco senza smettere di parlare. Raccontava che la madre sembrava un po' gelosa di lei, ma era comprensibile perché la poverina aveva sofferto molto in vita sua, che da grande voleva fare la maestra a Barcellona, una città tanto vasta che quell'isola così piccola non sarebbe bastata a contenerla tutta, e che due giorni dopo sarebbe stato il suo compleanno, avrebbe compiuto tredici anni. Andrés lo sapeva già, perché sua madre, qualche giorno prima, lo aveva preso per mano e portato nella rimessa dove nascondeva tutto l'occorrente per una gran festa. Una volta lì, davanti a tutti quegli scatoloni, gli aveva detto che sarebbe spettato a lui l'incarico di montare le ghirlande nella piazza, ma che facesse attenzione, perché Camila non doveva accorgersene. E il ragazzo aspettava quel momento con tanta impazienza che, quando se ne ricordava, gli veniva il batticuore e gli mancava l'aria.

Finalmente giunsero al punto in cui dovevano cominciare a scendere nella cala. Camila guardò a occhi spalancati la lingua di mare che si insinuava tra i faraglioni, di un blu così scuro che non permetteva di vedere il fondo. Lì le acque si agitavano mosse da venti inesistenti, lambivano le rocce e si ritiravano lasciandole allo scoperto. Quella cala era disposta in modo tale che le acque non erano mai calme, e per questo assumeva il carattere inospitale di un luogo selvaggio. Camila deglutì osservando Andrés, che aveva cominciato a scendere e le porgeva una mano per aiutarla. Si stava pentendo di non aver voluto andare nel solito posto, ma le mancava l'umiltà per cambiare idea. Rifiutando l'offerta del ragazzo, si tirò su la gonna e mise un piede tremante sulla prima roccia. Poco dopo, con meno sforzi del previsto, si trovavano sulla piccola lingua di sabbia. Andrés si sedette da una parte posando il cesto tra le gambe e cominciò a grattarsi il capo con lo sguardo fisso a terra. Camila, piena di meraviglia per quel posto, fece qualche passo verso l'interno della grotta. Il mare vi si infiltrava formando un lago calmo in mezzo al quale spuntava uno scoglio che sembrava un altare. Più oltre, la volta si inclinava e si perdeva nel cuore della montagna. Camila si girò e osservò la cala dall'interno della grotta. Ebbe la sensazione di trovarsi in una bocca enorme che si accingeva a bere una tazza di brodo che l'avrebbe trascinata fin nelle viscere della terra, cosa che le fece battere forte il cuore e la spinse a correre fuori in gran fretta simulando una chiassosa allegria.

«È il miglior nascondiglio del mondo! Vado a fare il bagno!»

Andrés, che non si era mosso, grugniva e scrollava la testa. Alzò lo sguardo solo quando capì che la bambina si stava togliendo il vestito rosso, lo piegava diligentemente fuori dalla portata dell'acqua e ci posava sopra l'orologio. Camila aveva addosso un costume con il gonnellino e i volant sulle spalle. Anche quello era arrivato, come tutto il resto, da Palma. Glielo aveva regalato Felisa García un paio di settimane prima dicendole che ormai era grandicella e non poteva fare il bagno in mutande. Quando si toglieva i vestiti e rimaneva coperta solo da quell'indumento, il suo corpo sembrava rimpicciolirsi, come quello delle lumache quando ci pianti uno stuzzicadenti e le tiri fuori dal guscio. Ad Andrés sembrava meraviglioso che la bambina continuasse a essere la stessa, così indifesa.

Arrivata sulla riva, Camila gli lanciò un'occhiata. Si sentiva un po' inquieta, ma non avrebbe mai ammesso che la compagnia di Andrés le infondeva sicurezza. Andò sulla battigia e constatò che l'acqua era scurissima e sembrava inspiegabilmente densa, come una gelatina di un blu tenebroso. Ma era un'acqua calma, lo sapeva, la stessa di sempre, solo più profonda e pertanto insondabile, come l'anima. Facendo un passo, si rese conto che la sabbia sprofondava subito, e spariva sotto i suoi piedi. Si fece il segno della croce per proteggersi dalle meduse e dalle sue più intime paure. Poi, senza aver tempo per pentirsene, inspirò e si tuffò di pancia.

La sera prima Paco si era coricato talmente sbronzo che non era nemmeno riuscito a svestirsi. Felisa, che si era rimessa la camicia da notte di Maiorca, lo lasciò dormire così come era crollato sul letto. L'uomo russò per tutta la notte, rigirandosi con rantoli da animale sgozzato e impregnando la stanza del suo penetrante afrore. All'alba Felisa si alzò per aprire l'osteria e qualche ora dopo, una volta servita la prima colazione, trovò di nuovo il marito seduto sotto la pergola con una bottiglia di vino davanti, la testa ciondolante per effetto dell'alcol. Lo guardò avvilita, accarezzandosi il fianco dolorante. Ma lui, che aveva notato la presenza della moglie e le aveva rivolto un'occhiata di sottecchi, non sembrava avere la forza di affrontarla.

«Quando una cosa va bene, fai di tutto per rovinarla», disse Felisa García, quasi con dolcezza. «È sempre stato così, da quando ci siamo sposati. Non esiste peggior nemico di quello che hai in casa... E sai cosa penso? Che ti manca il coraggio di vivere e uno di questi giorni ti troveremo morto in un angolo, morto per lo schifo che fai a te stesso».

«Lasciami in pace», borbottò l'oste.

Poi, come se una faina lo avesse morso alla caviglia, alzò le gambe con una forza incredibile capovolgendo il tavolo. La bottiglia che c'era sopra, dopo averlo colpito al petto, si frantumò a terra. L'ostessa fece un passo indietro, spaventata. Paco cercò di raddrizzare il tavolo con goffe manate, cadde su un fianco e si rimise in piedi barcollando, con gli occhi iniettati di sangue. Felisa stava per scappare via di corsa, ma il marito non diede segno di volersi avvicinare. Si strappò la collana e la buttò verso il fico.

«Ti ho detto di lasciarmi in pace, cazzo!» gridò senza guardarla, incapace di vederla benché l'avesse davanti. «Lasciami! Non ho bisogno di te! Vaffanculo, stronza!»

Andò sulla piazza. Dopo un attimo di esitazione prese il

sentiero che portava alla montagna. Felisa García lo vide allontanarsi a zigzag. «Ecco, vattene!» mormorò tra sé. Rimise in piedi il tavolo sbuffando per lo sforzo, poi andò a raccogliere la collana. Le si spezzava il cuore, ma non voleva sopportare oltre quella situazione, non voleva continuare a vedere il marito che si rovinava sempre più, non voleva che lui la trascinasse con sé, ma neanche mettersi in salvo da sola. Felisa García desiderava semplicemente avere un'altra vita, essere un'altra persona, vivere in un altro posto o forse non essere mai nata. Tutto ciò era talmente impossibile che le si riempì la gola di lacrime e scoppiò a piangere lì dov'era, senza nascondersi, perché non c'era nessuno e poteva permettersi quel lusso. Poi, dopo aver buttato fuori tutta la tristezza che aveva dentro, e che adesso bagnava il grembiule con cui si era asciugata la faccia, aspirò con forza e si accinse a riprendere le sue attività. Per Felisa García la disperazione era solo un momento di riposo che si concedeva ogni tanto per ripulirsi dentro.

Quella mattina avrebbe fatto quello che faceva sempre quando rimetteva i piedi per terra dopo aver passeggiato per l'universo inaccessibile dei desideri. Felisa García tornava alla realtà come chi cerca di buttare giù alla svelta un boccone amaro. Esclamava: «Oh, Signore!» e si chiudeva in cucina a pelare patate e a chiedersi che cosa avrebbe cucinato, perché non ci aveva ancora pensato. E molte ore dopo, al momento di coricarsi, si sarebbe detta che tutto sommato la situazione non era poi così grave, in fin dei conti possedeva una casa dove aveva allevato i figli, la stessa dove erano invecchiati i suoi genitori ed erano stati chiamati a Dio, aveva abbastanza cibo da nutrire la famiglia e molte ragioni per essere sicura che gli altri avevano bisogno di lei. In realtà, avrebbe pensato, non c'erano motivi per essere infelice, e se nel buio della stanza fossero sopraggiunte di nuovo le lacrime, le avrebbe lasciate scorrere perché anche lì nessuno la vedeva, e si sarebbe detta: «Felisa, che cosa ci vuoi fare, sei debole», e poi si sarebbe addormentata.

Così quella mattina mormorò: «Oh, Signore!» con la collana d'oro stretta al petto, e tornò in casa per cercare in cucina il senso ultimo di tutte le cose. «Uno stufato...» si accinse a filosofeggiare pulendosi le mani bagnate di lacrime sul grembiule, «c'è qualcosa di più importante di uno stufato?» Con la testa sopra la pentola, che continuava a mescolare perché non si attaccasse la pietanza, l'ostessa pensò che c'erano indubbiamente questioni di vitale importanza, questioni terribili che segnavano per sempre l'esistenza delle persone, ma niente di così imprescindibile come uno stufato. «In fin dei conti tutte le persone mangiano», ragionò, «e mangiando dimostrano quello che sono molto di più di quando pensano. Mangiando non si sbaglia». Questo era il nocciolo della questione. Se alla fine, dopo aver mosso cielo e terra, gli uomini non potevano evitare di sedersi a tavola a mangiare e solo allora avevano l'impressione di essere di nuovo un po' se stessi, in una situazione normale e rilassata, come chi finalmente è dove deve essere, allora perché si ostinavano a considerare fondamentali tutte le atrocità che commettevano in giro in nome di chissà quali idee o principi? Perché si ostinavano a mettere tutto a rischio, se alla fine volevano solo sedersi a mangiare?

Felisa García mescolò ancora il contenuto della pentola, la lasciò sul fuoco e preparò un paio di panini per Camila e Andrés, che andavano alla spiaggia. Quando i ragazzi se ne furono andati, prese l'occorrente per scrivere, un quaderno con la copertina macchiata di unto e una matita così mordicchiata che sembrava un bastoncino secco. Si sedette al tavolo e per qualche tempo si dedicò ai suoi esercizi di scrittura.

All'ora di pranzo tutto era pronto. Aveva apparecchiato i tavoli dell'osteria con le tovaglie nuove e la pentola inondava la cucina di un odore imprescindibile. Il suo piccolo regno stava tornando alla normalità, ma Leonor Dot arrivò prima degli altri con preoccupazioni che l'ostessa, inquieta per altre faccende, non aveva ancora considerato.

«Li hai visti?» chiese la donna. «Non sono ancora tornati?»

Allora Felisa García si ricordò che Camila e Andrés erano andati alla spiaggia. Si guardò intorno come per cercarli, perché quella mattina si era abituata a perdere tutto quello che toccava. Poi si voltò verso l'amica con espressione colpevole.

«Gli ho preparato i panini con la pancetta. Forse sono rimasti più a lungo del solito. I giovani si ricordano di noi solo quando hanno fame».

«Camila sa che deve essere qui all'una, è l'unica condizione che le pongo… e sono già quasi le due».

Felisa, che si era pulita le mani nel grembiule e poi aveva cominciato a strizzarlo come se tirasse il collo a un pollo, guardò l'osteria vuota.

«Forse ha perso l'orologio», azzardò. «Non dovresti permetterle di portarselo dietro quando va a fare il bagno».

Poco dopo apparve il Lluent, che aveva appena ormeggiato la barca. Era uscito lungo la costa per controllare le nasse, ma non aveva visto i giovani bagnanti. Dopo essersi seduto e aver sfregato le cosce doloranti, il pescatore spiegò che lui era andato verso sud, in direzione contraria a quella che di solito prendevano Camila e Andrés. Poi entrò Benito Buroy. Quando lo interrogarono, si strinse nelle spalle, fece un cenno di diniego con il mento e andò a sedersi al tavolo in fondo al locale. L'ultimo ad arrivare fu l'aviatore tedesco. L'impossibilità di conversare con gli isolani aveva reso Hermann Schmidt un vero misantropo, dedito a lunghe passeggiate solitarie, e si faceva vedere all'osteria solo per mangiare. Tre giorni dopo doveva arrivare la barca che lo avrebbe portato via da lì, e questa era l'unica cosa che gli interessava.

«Non sono mai stati così in ritardo», disse Leonor Dot con voce strozzata. «È perché è successo qualcosa, di sicuro gli è successo qualcosa».

Si affacciò sulla porta per osservare la piazza, incrociò le braccia e, coprendosi il volto con una mano, proruppe in singhiozzi. Felisa García cercò di toglierle la mano dalla faccia, ma Leonor oppose resistenza.

«Scusa...» disse. «A volte mi saltano i nervi. Non potrei sopportare che succedesse qualcosa a mia figlia. Ne abbiamo passate già troppe!»

L'ostessa imprecò, uscì e andò dritta al Comando. Poco dopo tornava tirando il capitano per un braccio, mentre il camion abbandonava il suo riposo all'ombra per dirigersi verso l'accampamento.

«Ecco!» affermò, come se tutto fosse risolto. «Constantino ha mandato una pattuglia a cercarli. Glielo dica, Constantino... Tra un attimo ce li portano qui tenendoli per le orecchie. Quell'idiota di Andrés mi sentirà! Eccome se mi sentirà!»

Il capitano osservò un po' allarmato Leonor Dot, che aveva gli occhi rossi e le labbra così serrate che tremavano leggermente.

«Non si preoccupi», disse.

Dinanzi alla stringatezza di quella affermazione pensò che fosse meglio sostenerla con un argomento più solido. E, ricordando il tempo costantemente passato a scrutare l'orizzonte in cerca della flotta nemica che avrebbe devastato Cabrera e passato tutti per le armi, a cominciare da lui, cercò di tranquillizzare la donna nello stesso modo in cui tranquillizzava se stesso. Gonfiò il petto e concluse disinvolto:

«Le tragedie inaspettate sono le uniche che succedono. Glielo dico io che sono un militare».

Da quasi tre ore i soldati erano usciti a cercare i giovani scomparsi e, anche se non c'erano notizie, il capitano Constantino Martínez era appena passato all'osteria per dire di nuovo a Leonor Dot e a Felisa García di non preoccuparsi, che tutto era sotto controllo. Poi si era rinchiuso in ufficio ad aspettare, proprio come facevano loro, sedute a uno dei tavoli con la tovaglia nuova. Le due donne si guardavano senza sapere cosa fare.

Un momento prima, Leonor Dot aveva supplicato il Lluent di portarla fuori con la barca, ma il pescatore si era rifiutato dicendo che il cielo era cupo, il mare scuro e agitato, e in quelle condizioni non potevano avvicinarsi alla costa. E aveva ragione. L'imminenza del tramonto increspava le acque, che persino dentro la baia fremevano di turbolenze sottomarine. Sembrava che una tempesta stesse maturando sotto le onde, ma niente di tutto ciò importava a Leonor Dot. Fuori di sé, aveva colpito il Lluent con i pugni, gridandogli che era un vecchio ubriacone e codardo, così per la prima volta in vita sua il pescatore non badò agli avvisi del cielo e uscì in barca, ma senza accettare di portarla con sé, per tornare poco dopo tutto bagnato e con le braccia tumefatte. «Se il mare non ti lascia, non si può», aveva detto avvilito, mentre ormeggiava di nuovo il leuto alla diga e cominciava ad andare su e giù per il molo come un animale in gabbia.

Solo un uomo poteva trovare i due giovani, e l'avrebbe fatto per caso. Dopo tanti mesi di confino, Markus Vogel conosceva a memoria ogni angolo dell'isola. Lasciava spesso il suo rifugio per camminare nella solitudine assoluta di quei luoghi, o per osservare dai monti la vita sulla piazza. Anche se di solito non si faceva vedere da quelle parti, e adesso la minaccia di Benito Buroy glielo impediva del tutto, c'erano giorni in cui aveva bisogno di spiare gli altri per sentirsi in compagnia. Ed era proprio uno di quei giorni. Mentre Leonor e Felisa aspettavano sedute a un tavolo dell'osteria, lui attraversava la zona montuosa in direzione del paese. Un momento dopo giungeva al sentiero che ore prima avevano preso Camila e Andrés, e si affacciava alla scarpata a picco sulle onde oltre il cimitero. Lì si fermò a osservare la linea della costa che il mare aveva frastagliato fino a formare piccole cale riparate da bracci di roccia che avevano sopportato l'erosione. In una di queste, non lontano da dove si trovava, riuscì a vedere una pattuglia militare. I soldati curiosavano tra le rientranze della scogliera come se cercassero ricci. Markus Vogel conosceva bene quel luogo, perché era lì che Camila di solito faceva il bagno. Più di una volta aveva spiato la bambina dall'alto. Gli piaceva vederla galleggiare con le braccia aperte, quasi una piuma sulla superficie, immobile e viva in mezzo a quel paesaggio desolato.

Alzò lo sguardo. Un tuono gli era rimbombato nello stomaco e il cielo si stava rapidamente chiudendo. Markus Vogel cambiò idea e decise di tornare nella sua grotta prima che la pioggia lo sorprendesse, ma era troppo tardi. Su di lui cadevano gocce grosse, lente e rade, che si infrangevano sulla roccia come pesanti bolle. L'eremita riconosceva le prime avvisaglie del temporale che sarebbe scoppiato di lì a poco. Capì che non avrebbe fatto in tempo a raggiungere il suo rifugio, ma conosceva un posto dove ripararsi. Lì vicino c'era una cala con una grotta molto ampia.

Tornò indietro costeggiando la scogliera fino a raggiungere una sporgenza rocciosa su cui cresceva una chiazza di fiori gialli. In quel punto si apriva un anfratto che il tempo aveva trasformato in una scala che dava le vertigini. Fu allora, mentre stava per scendere, che dall'alto vide Camila sdraiata su un fianco, immobile sulla piccola lingua di sabbia.

L'eremita dovette cercare di calmarsi prima di iniziare la discesa. Il cuore gli batteva tanto forte che gli sembrava impossibile mantenere l'equilibrio, tuttavia si mise a scendere piano piano, ripetendo a se stesso che l'importante era arrivare, controllare i nervi per soccorrere Camila. Ogni tanto si fermava, guardava in basso e gridava il nome della bambina, ma lei non si muoveva. Quando raggiunse la cala, fece qualche passo con la stessa lentezza con cui era sceso, come se anche lì potesse precipitare. In realtà voleva solo ritardare il momento in cui l'avrebbe presa tra le braccia. Aveva paura di sentire la freddezza del suo corpo.

La bambina gli dava le spalle. Era nuda e stava rannicchiata, alla mercé delle onde che, dopo aver colpito le rocce che la circondavano, si riversavano placidamente sulla sabbia. La spuma bianca si trastullava con la sua capigliatura, che si apriva e chiudeva come un ventaglio mosso da una mano invisibile. Alcune alghe, di un colore verde intenso ma traslucido, le si erano impigliate tra i piedi. Sembrava che il mare l'avesse posata lì dopo averla portata a passeggio per le sue profondità occulte.

Markus Vogel si riprese e toccò la spalla di Camila. Sentì la freddezza che tanto temeva, ma questa, invece di paralizzarlo del tutto, gli restituì il controllo di sé di cui aveva bisogno per girare il corpo della bambina, osservare il pallore del volto e appoggiarle un orecchio al petto. Non capì se era il proprio cuore a rimbombargli nella testa. Si staccò da Camila, inspirò un paio di volte e riprovò. Allora poté udire, molto nitidamente, che dentro di lui battevano due cuori.

Agì senza indugio. Sollevò la bambina per le ascelle, se la strinse al petto e, mentre le dava colpi sulle natiche e sulle gambe per pulirla dalla sabbia e dalle alghe, cominciò a gridare aiuto. Ma i soldati erano molto lontani e Markus Vogel era solo vicino al mare infuriato, sotto quella pioggia lenta e insistente. Nessuno sarebbe accorso in suo aiuto. Si guardò intorno cercando qualcosa per coprire Camila, e allora vide Andrés seduto su una roccia accanto alla grotta che si apriva nella scogliera. Annuiva meccanicamente con la testa, lo sguardo perso e le mani aggrappate alle ginocchia.

«Aiutami!» gli gridò Markus Vogel.

La sua voce sembrò scrollarlo dal torpore, ma fu molto peggio. Andrés scattò in piedi, guardò il tedesco con un terrore esagerato e corse su per l'anfratto con l'agilità di una capra. Markus Vogel lo vide sparire in cima alla scogliera. Era rimasto solo, con Camila tra le braccia. La tenne per la nuca, come se fosse un neonato, e la baciò sulla fronte. Poi le frizionò la schiena e buttandosi quel corpo inerte in spalla si accinse a salire per dove era scappato il figlio dell'ostessa.

Hermann non si stanca di guardarmi da sotto l'ombra del

pergolato. È tedesco come Markus, però non hanno niente in comune. Anche se solo Markus lo capisce, si direbbe che provengano da due pianeti diversi. Qui Hermann non sta simpatico a nessuno, a parte me. Non è simpatico nemmeno a Benito, che è l'uomo più antipatico del mondo. Adesso Benito si sforza di essere più socievole e a volte perfino sorride quando incontra me e la mamma, lasciando intendere che non è dalla loro parte ma dalla nostra. Hermann non è simpatico neppure al capitano Constantino, infatti si lamenta che l'aereo si sia schiantato proprio quando la barca dei viveri era appena partita per Maiorca. Al capitano non piace che, per colpa di quella mancata coincidenza, il tedesco dovrà rimanere con noi un'intera settimana prima che possano finalmente rimpatriarlo. Perché, a quanto dice la mamma, per Hermann essere qui è come non essere da nessuna parte, in quanto il nostro paese è neutrale. Infatti sembra perennemente preoccupato per cose lontane dalla nostra realtà, irritato di essere su quest'isola per lui simile al limbo. Ed è naturale, perché si tratta di un uomo che si fa carico delle proprie responsabilità. Basta guardargli gli occhi profondi e sempre tormentati.

Io cerco di spiarlo quando sembra distratto, ma è difficile perché sta attento a ogni mia mossa. Mi segue con lo sguardo e un sorriso mesto sulle labbra, come se non avesse altro da fare che guardarmi passare. Mi mette così a disagio che, quando mi allontano, mi giro all'improvviso per sorprenderlo con gli occhi puntati su di me, ma Hermann, invece di sentirsi imbarazzato, rende il suo sorriso ancora più malinconico e inerme. La mamma mi dice di stare lontano da quell'uomo, che è pericoloso come uno squalo. Ma io sono sicura che non è vero. Mi fa pena vederlo lì, seduto a girarsi i pollici, con tutte le ore vuote davanti, lunghe come vite intere. Mi fa la stessa pena che mi faceva papà quando arrivava nella nostra casa di Barcellona, si sedeva nel salone e si prendeva la testa fra le mani perché gli stavano portando via tutto quello che aveva. E uomini come papà, che era il migliore, e anche altri che arrivano da molto lontano come Hermann, fanno molta pena quando perdono la loro ragione di vita.

È allora che, accecati dalla rabbia e dallo sconforto, compiono cose che nessuno può capire. Questa mattina Hermann ha voluto che il Lluent lo portasse in giro lungo la costa con la sua barca. Da lì si è messo a sparare con la pistola a ogni cosa che vedeva, alle sporgenze della roccia, ai tronchi degli alberi e alle poche capre che gli capitavano a tiro. Una, raggiunta da una pallottola, è precipitata in mare. Io credo che Hermann volesse solo sfogarsi, che non l'abbia fatto apposta. Ma appena ha rimesso piede sul molo, il Lluent è andato dritto nell'ufficio del capitano Constantino. Le urla del pescatore si sentivano fin dalla piazza, così rabbiose che il capitano, conoscendo il suo carattere, ha pensato che sarebbe scoppiata una baraonda. Per quanto si vedesse che non aveva voglia di farlo, è andato all'osteria per dire all'aviatore tedesco, a gesti, che gli confiscava l'arma. Hermann si è rifiutato di dargliela, ma non aveva altra scelta. Alla fine l'ha messa sul tavolo mormorando un paio di frasi che, anche se non si potevano capire, non avevano certo un bel suono. Sembrava molto arrabbiato.

Constantino non sapeva come reagire. Si è limitato a prendere la pistola e a uscire dall'osteria per rinchiudersi di nuovo nel suo ufficio. Nell'aria è rimasta una sensazione di odio implacabile, di guerra solo momentaneamente interrotta. E questo è un altro problema che hanno gli uomini: non sanno rassegnarsi. Persino papà, quando arrivava a casa e veniva in camera mia a darmi la buonanotte, sembrava estenuato o insoddisfatto, come se in una giornata non ci fossero abbastanza ore o se lui, anche se aveva fatto l'impossibile per risolvere i problemi, non avesse mandato a buon fine niente di quello che gli interessava davvero. Rimaneva seduto nel salone, senza riuscire a prendere sonno. La mamma gli preparava una tisana e gli diceva: «Non ti preoccupare, tutto si sistemerà». Ma niente si sistemava perché gli uomini vivono di corsa e questo li rende sempre irrequieti. Sono sicura che adesso il capitano Constantino, e Benito, Hermann, Paco e il Lluent, staranno pensando e ripensando ai loro problemi irrisolti che ogni notte gli impediscono di chiudere un capitolo e cominciarne uno nuovo il mattino dopo, come faccio io quando scrivo questo diario. Sembra che tutti vogliano vendicarsi gli uni degli altri, e ciò li spinga a vivere come in sospeso, aspettando il momento di poterlo fare.

Per questo a volte impazziscono e senza volerlo ammazzano una capra, o fanno cose ancora più difficili da capire.

Il medico dell'accampamento uscì sul portico pulendosi le mani con uno strofinaccio da cucina. Leonor Dot e Felisa erano rimaste dentro, vicino al letto dove riposava Camila, mentre gli uomini aspettavano la diagnosi sotto la pioggia lenta che annunciava l'arrivo dell'autunno. C'era persino Benito Buroy, che non aveva mai messo piede in quella casa, un po' in disparte per sottrarsi al fascio di luce della lampadina. Tutti si erano girati verso il medico ma lui, senza smettere di passarsi lo strofinaccio sulle mani, si spinse fin dove terminava la pavimentazione e fece scorrere lo sguardo sul buio della notte.

«Io non ho studiato per fare queste cose», disse senza voltarsi verso di loro. «Il mio lavoro consiste nell'estrarre pallottole e steccare ossa rotte. Sono un militare e curo uomini che combattono. So come trattarli quando vengono feriti. Ma non sono preparato per altri tipi di ferite».

Il capitano Constantino Martínez aprì le braccia in segno d'impazienza. Si avvicinò al medico e gli mise una mano sulla spalla.

«Insomma, cristo santo, ci dica come sta».

«Ha una leggera ipotermia che le passerà standosene al caldo. Ha la costituzione robusta».

Poi il medico guardò il capitano.

«Ma il brutto non è questo... L'hanno violentata. Per

fortuna non ci sono lacerazioni e la sua vita non corre pericolo ma, come c'era da aspettarsi, ha subito un forte trauma. Non reagisce. È cosciente, almeno credo. Eppure non parla e non si muove. Lei mi chiede come sta e non so cosa risponderle. Le ho già detto che il mio lavoro consiste nell'estrarre pallottole da una spalla o da un polpaccio... Le ho somministrato un sedativo, ma non so se ho fatto la cosa giusta».

Seguì un profondo silenzio. Il capitano lo guardava come se non fosse in grado di capirlo e Markus Vogel, appoggiato al muro, si era coperto la faccia con le mani. Allora echeggiò, strascicata e lenta come un torrido soffio di vento, la voce del Lluent:

«Voglio sapere chi è stato».

«Come faccio a saperlo? La bambina non apre bocca e le donne non vogliono tormentarla... Hanno ragione, è meglio lasciarla riposare. Bisognerà attendere che si riprenda».

Continuava a cadere una pioggia rada e insistente, ma non faceva freddo e gli uomini la ignoravano. Dentro casa risuonava la voce di Felisa García, intenta a recitar preghiere o a imprecare. Il buio si era fatto così pesto che sembrava di essere in fondo a un abisso, molti metri sotto qualsiasi cosa o nel profondo del mare. Benito Buroy, che era rimasto in disparte, fece un paio di passi avanti, dando l'impressione di emergere dalle tenebre.

«Qui non possiamo fare niente», disse. «Vado a letto».

Non si prese nemmeno il disturbo di guardare Markus Vogel. Attraversò l'unica stanza della casa e si avviò verso la piazza. Qualche secondo dopo udì dei passi dietro di sé. Era il medico.

«Aspetti», gli disse il dottore dopo un'esitante corsetta al buio. «Visto che siamo qui, possiamo fermarci all'osteria e le tolgo i punti dal dito. Di sicuro la ferita si sarà chiusa».

Mentre si allontanavano, il capitano Constantino Martínez, sul portico, non sapeva come gestire la situazione. Lanciò uno sguardo all'eremita, che era scivolato lungo il muro fino a ritrovarsi seduto per terra. L'enorme corpo del tedesco sembrava un sacco dimenticato vicino alla porta. Il militare si tirò le falde della giubba e scrollò le spalle cercando di asciugarsele. Benito Buroy aveva ragione. Lì non potevano fare niente. Era giunto anche per lui il momento di ritirarsi e lasciare che le donne si occupassero della bambina. In fin dei conti, era un problema strettamente femminile. Per di più, per colpa di tutto quello che era successo, iniziava a sentire il bruciore allo stomaco. E addirittura senza aver cenato. Si sforzò di tossire per schiarirsi la voce. Solo allora si voltò verso il Lluent per accomiatarsi. Il suo atteggiamento un po' lo spaventò. Il pescatore, immobile e zitto come sempre, continuava a fissare il vuoto. Sembrava sul punto di commettere qualche pazzia. Il capitano, però, sapeva che tra le sue innumerevoli funzioni c'era anche quella di impedire che la gente perdesse la testa.

«Stia tranquillo», disse, imprimendo alla voce il tono sensato di chi ne ha viste di peggiori. «Dobbiamo mantenere la calma finché non troviamo il colpevole. Per il momento, resta solo da pregare Iddio che non succeda di nuovo».

«Pregare?» mormorò il pescatore senza guardarlo. «Chi dobbiamo pregare?»

«Non sia pessimista, su, e non bestemmi. Venga, lasciamo che le signore facciano il loro lavoro e scendiamo all'osteria. Mangeremo qualcosa, ci beviamo un bicchierino e vedrà che tra due giorni avremo dimenticato tutto».

Quella mattina faceva freddo e l'aria era impregnata di umidità, ma il cielo era limpido. Solo qualche nuvola lontana si sfilacciava all'orizzonte, là dove sorgeva il sole sprizzando tutt'intorno schegge di un'intensa luce rossa. Felisa García, pur non avendo chiuso occhio per tutta la notte, stava preparando il surrogato per il Lluent, che batteva i denti su una sedia dell'osteria con gli occhi vitrei e le mascelle e le mani rigide. Mentre attizzava le braci perché l'acqua bollisse più velocemente, la donna si chiedeva che cosa avesse fatto il pescatore prima di apparire lì, all'alba, tremante e sfinito. Di sicuro nient'altro che canticchiare sulla porta di casa, assorto nel suo mondo di voci dimenticate o impossibili, mentre aspettava che la pioggia spegnesse il fuoco insopportabile delle sue emozioni. Felisa García sapeva che il Lluent viveva ogni cosa in modo intenso ma confuso. Niente gli apparteneva davvero e niente gli era completamente estraneo. E sebbene non fosse religioso, aveva un senso dell'ordine che troppe volte si scontrava con quanto succedeva attorno a lui. Per questo, le idee spesso per lui diventavano ossessioni e gli bruciavano dentro.

Era stata una notte strana e nefasta. Quando era tornata, molto tardi, dalla casa di Leonor Dot, l'ostessa aveva trovato il marito che dormiva immerso nel proprio vomito. Per contro, il letto di Andrés era intatto, il cuscino sprimacciato e le lenzuola rimboccate, come lo aveva lasciato lei al mattino per rendergli più piacevole il momento di affrontare gli incubi. Dopo aver abbandonato Markus Vogel nella cala con il corpo inerte di Camila tra le braccia, il ragazzo era sparito.

Felisa García aveva passato la notte seduta al tavolo della cucina, angosciata al pensiero di cosa doveva provare il figlio e maledicendo il marito per averla lasciata sola in quei momenti di profonda sofferenza. Con le mani grassocce una sull'altra, lo sguardo che vagava pigro dagli scaffali ai fornelli, e da questi al ritratto di Pio XII, e poi di nuovo agli scaffali pieni di mestoli anneriti, latte coperte di grasso e barattoli che odoravano di marcio, la donna era caduta nella trappola dei pensieri. Il trascorrere lento delle ore aveva risvegliato in lei un'incertezza che stava per farla impazzire. Non riusciva a fare a meno di pensare e ripensare che Andrés spariva solo quando si sentiva offeso o colpevole di qualcosa. Ma il giorno prima nessuno aveva fatto male al figlio. Anzi, Felisa ricordava di aver visto il ragazzo entusiasta alla prospettiva di una mattinata in spiaggia. Allora, se era il senso di colpa che, dopo molte ore e orrori, lo aveva costretto a scappare di corsa di fronte al tedesco che gli chiedeva aiuto, poteva solo voler dire che era stato lui ad abusare della bambina. L'ostessa, che dipanava il filo dei propri pensieri senza barare né forzare i tempi, sentì una fitta al cuore giungendo a quella conclusione: era stato Andrés a violentare Camila.

Nella stanza sembrava essere venuta improvvisamente a mancare l'aria e Felisa García, con le mani al petto, aveva cominciato a boccheggiare inorridita. Provò il bisogno imperioso di chiamare qualcuno, ma non sapeva chi, né se aveva diritto a chiedere aiuto. In quel momento si udì il rumore della porta dell'osteria e, alzando lo sguardo, Felisa incrociò quello di Pio XII, che la osservava dal calendario sul muro. Gli occhi del papa avevano perso la solita tranquillità e la rimproveravano di aver messo al mondo un degenerato, di essere una donna debole e, non contenta dei mali che aveva scatenato, di continuare a starsene seduta con le mani in mano. Felisa García scrollò il capo, si alzò e andò a vedere chi era entrato, mormorando a voce bassa:

«Non posso arrendermi, non posso. Devo trovare Andrés e consegnarlo alla giustizia».

Il Lluent arrivò barcollando. Mai, neanche dopo le sue peggiori notti in mare, si era fatto vedere all'osteria in uno stato così pietoso. Crollò su una sedia senza avere la forza di rispondere al saluto dell'ostessa. Felisa García, nonostante l'ora, si affrettò a preparargli una tazza di surrogato bollente. Mentre attizzava il fuoco chiedendosi cosa avesse mai combinato per essersi ridotto in quel modo, ebbe un'idea che la lasciò impietrita. Il pescatore era un uomo dagli impulsi brutali, lei lo sapeva bene, ed era sorprendente vederlo affranto da un abbattimento che poteva essere dovuto, perché no, al senso di colpa. La colpa di non essere stato capace di resistere alla tentazione di impossessarsi dell'innocenza di Camila, e con essa dei profumi della propria immaginazione, delle voci impercettibili, di un passato ormai immerso nella nebbia e di un futuro che semplicemente non esisteva. Quasi tutto nella vita si fa per realizzare alla meglio un sogno più grande di noi, pensò Felisa García. Il Lluent non poteva essere caduto in quel miraggio che finisce per dannare quasi tutti gli uomini? E se fosse stato il pescatore ad aver violentato la bambina, e non suo figlio?

Riempì un tazzone fino all'orlo, uscì dalla cucina e lo mise davanti all'uomo, che continuava a fissare con gli occhi vacui il pavimento. L'ostessa gli si sedette davanti e appoggiò i gomiti al tavolo.

«Che cos'hai combinato, Lluent?» osò chiedere, con la vaga coscienza che quella domanda recava in sé la possibilità di redimersi dalle proprie colpe.

La risposta non tardò nemmeno un secondo ad arrivare. Di sicuro il pescatore ci aveva già riflettuto.

«Esco in mare e divento sempre più vecchio», balbettò con voce strozzata. «È quel che faccio. Ogni giorno esco in mare e invecchio un po'. E a volte mi chiedo a cosa serve».

Felisa García non era abbastanza cieca da afferrarsi a un'illusione.

«Beviti questo», gli disse, alzandosi di nuovo. «Ti farà bene».

Tornò in cucina. Una volta sola appoggiò la schiena al muro e si mise a singhiozzare con rabbia, una rabbia così forte che le faceva tremare la pancia. Poteva essere stato il Lluent a violentare la bambina, chi poteva saperlo, ma avrebbe potuto anche essere stato qualche soldato dell'accampamento o persino suo marito, che aveva trascorso tutto il giorno ubriaco a girare di qua e di là. Avrebbe potuto essere stato chiunque, persino Markus Vogel, in fin dei conti era stato lui a riportarla in paese. Gli uomini non si conoscono mai abbastanza. Ma lei sapeva che il figlio aveva un problema grave nella testa, e spesso lo aveva beccato a masturbarsi, a volte persino davanti ad altri, e Leonor lo aveva sorpreso a spiare Camila addormentata, ed era stata lei, Felisa García, ad aver messo al mondo quel ragazzo che non sapeva che, per quanto si possa essere attratti da una bellezza che non sarà mai tua, certe atrocità non si possono commettere. Le cose stavano così, perché ingannarsi? Andrés aveva abusato di Camila e a lei toccava riparare i danni, nei limiti del possibile. Era disposta a cominciare subito. Dalla disgrazia si può uscire solo con la volontà e i sacrifici, così si disse Felisa García.

Si scostò dal muro notando che le gambe la reggevano ancora e non perdeva l'equilibrio. Si sfregò energicamente le mani. Doveva preparare il pranzo e pensare a cosa fare dopo. Bisognava procedere in quest'ordine perché la vita seguisse il suo corso e Camila potesse bere un buon brodo, che era la cosa più importante. E anche gli altri, per quanto dispiaciuti o indaffarati, di sicuro volevano mangiare. Più tardi, quando avesse sbrigato tutto, si sarebbe occupata di Andrés. Sapeva dove trovarlo.

Prese con un grugnito la pentola più grande. Si girò per riempirla d'acqua e si trovò di nuovo davanti Pio XII, che continuava a guardarla con riprovazione. Ma Felisa García si era già messa in movimento e non era in vena di scherzi.

«E tu... va' a cagare», gli disse.

Quando Felisa bussò alla porta, Leonor era alla finestra con la tenda scostata per guardare il mare. Si voltò verso l'ostessa, che entrava con una casseruola fumante e una pagnotta sotto il braccio. Felisa gettò un'occhiata fugace al letto dove Camila, con la coperta tirata fino al collo, era immobile in posizione fetale. Posò tutto sulla mensola di marmo e incrociò le mani sullo stomaco. Leonor si era girata di nuovo verso la finestra.

«È venuto a trovarmi il capitano», disse con voce tremante. «Voleva informarmi che ha interrogato i suoi uomini e non può essere stato nessuno di loro. Ieri solo il dottore si è assentato il tempo sufficiente per arrivare fino alla cala, sicché lo ha arrestato come misura preventiva... Quell'uomo è così stupido... Mi fa una pena...! Mi fanno pena tutti...!»

Le spalle di Leonor rivelavano che aveva cominciato a piangere. Felisa García fece qualche passo avanti con l'intenzione di consolarla, ma si fermò bruscamente abbassando lo sguardo a terra. Si sentiva troppo sporca per abbracciare quella donna e non poteva nemmeno fingere che la relazione tra loro fosse la stessa di prima. Era giunto il momento di cominciare ad assumersi le proprie responsabilità.

«Ho portato del brodo per la bambina. Devi cercare di fargliene bere un po'. Ne ha bisogno».

Tacque per qualche secondo per infondersi coraggio. Poi continuò:

«Leonor, non so se potrò mai più guardarti in faccia».

L'altra donna girò il collo per osservarla, perplessa. Le profonde occhiaie erano solcate dalle lacrime.

«Perché dici queste cose?»

«È stato mio figlio Andrés. Non è ancora tornato a casa, ma so dov'è, in quel posto che i ragazzi chiamano la valle delle voci. Adesso servirò il pranzo. Poi andrò a cercarlo e chiederò al capitano di arrestarlo... Voglio solo dirti che tu hai avuto sfortuna nella vita, ma ne ho avuta parecchia anch'io».

«Chi ha detto che è stato Andrés? Chi l'ha detto?»

Leonor Dot si era scostata dalla finestra per avvicinarsi all'ostessa. Questa, dopo averle rivolto una breve occhiata, aveva di nuovo abbassato lo sguardo.

«Lo so io che sono sua madre. Ci ho pensato tutta la notte... È un bravo ragazzo, ma è malato e non sa controllarsi. È stato lui».

Leonor, con un gesto stanco, prese una sedia per la spalliera, l'avvicinò e vi si sedette. Mise un gomito sul tavolo, appoggiò la fronte alla mano e guardò l'ostessa.

«A Barcellona mio marito ha avuto molti problemi con gli infiltrati dell'altra fazione», disse. «C'erano delazioni, sabotaggi... quelle cose lì. Una volta impedì che fucilassero uno per aver passato informazioni al nemico. Era un parroco famoso per le sue idee reazionarie, ma non c'erano prove contro di lui. Ricardo spiegò ai suoi uomini che non voleva un colpevole qualsiasi, bensì il colpevole del delitto in questione, e ordinò di lasciar libero il prete... Non so se mi spiego».

«Ti sei sempre spiegata benissimo», affermò Felisa García, «ma è stato mio figlio. Ne sono sicura... Per piacere, fai bere alla bambina un po' di brodo».

Uscì di casa senza aggiungere altro. Rimasta sola, Leonor Dot si avvicinò alla casseruola e alzò il coperchio. Un fumante aroma di sedano invase la stanza. Leonor sentì brontolare lo stomaco. Guardò Camila. La bambina era sempre immobile, rannicchiata con la faccia rivolta al muro. La madre riempì una scodella. Si accostò al letto, si sedette piano vicino alla figlia e le passò dolcemente una mano sui capelli.

«Bevi, tesoro. Te lo ha portato Felisa».

Camila non rispondeva.

«Devi bere qualcosa. Fa' uno sforzo».

Le mise una mano sulla fronte e si accorse che bruciava. Il medico militare l'aveva avvertita che avrebbe potuto venirle la febbre e le aveva lasciato una ciotola di miele. Leonor ne fece sciogliere un paio di cucchiaiate nel latte caldo. Poi tornò al capezzale della figlia. Le tirò su la testa appoggiandosela al petto e le avvicinò il bicchiere alla bocca.

«Bevi. Devi reagire, tesoro. Bevilo».

Camila obbedì con difficoltà, senza aprire gli occhi. Bevve il latte a piccoli sorsi mentre Leonor pensava che quel pomeriggio, non appena avesse potuto affidarla a qualcuno, sarebbe andata dal capitano e lo avrebbe supplicato di permettere al medico di tornare a visitare la figlia.

Non appena la madre le lasciò libera la testa, la bambina si rannicchiò di nuovo contro il muro. Leonor si alzò in piedi e la guardò scoraggiata.

«Non potrei vivere senza di te, Camila», le disse. «Devi farti forza, perché ci sono tante persone che ti vogliono bene».

Si allontanò dal letto, prese la scodella di brodo e uscì

sotto il portico. Cercò di bere, ma le si strinse la gola e non riuscì ad aprire la bocca.

Felisa García non era mai venuta meno alla propria parola. Nel pomeriggio, non appena ebbe finito di sparecchiare, buttò il grembiule sul tavolo della cucina e uscì dall'osteria. Poco dopo, i soldati di guardia nell'accampamento la videro passare con le mani sui fianchi, diretta verso l'interno dell'isola. Quella donna aveva energia sufficiente a cercare il figlio per tutte le valli del mondo, ma non pensava che le facessero tanto male le gambe. Dovette fare un grande sforzo per raggiungere l'ultima salita che dava sulla valle delle voci. Appoggiata a un pino, con i piedi così gonfi che non stavano quasi nei sandali, maledisse se stessa per essere così grassa e vecchia mentre scrutava la vegetazione in cerca di Andrés. Non lo vide, e il ragazzo non avrebbe risposto se lo avesse chiamato, così cominciò a scendere, decisa a battere palmo a palmo quel luogo.

Poco dopo trovò il figlio seduto su una roccia coperta di muschio. Anche se aveva indubbiamente avvertito la sua presenza, dato che Felisa si muoveva sul fondo della valle con la delicatezza di un pachiderma, Andrés non si era mosso. La madre gli si piazzò di fronte ansimando, alzò una mano e gli mollò un ceffone così sonoro che dagli alberi volarono via tutti gli uccelli.

«Quello che hai fatto è terribile! È terribile e imperdonabile! Mi vergogno di averti messo al mondo!»

Senza dire altro prese il ragazzo per il collo della camicia e lo trascinò fino al paese. Andrés la seguiva. Ogni tanto emetteva qualche gemito e si portava una mano alla guancia dolorante, ma non oppose resistenza. Quando giunsero sulla piazza, il sole cominciava a calare. Felisa García si diresse risolutamente al Comando. A metà strada, però, si fermò un attimo a riflettere. Cambiò idea. Tenendo ancora il figlio per la collottola, imboccò la salita per andare a casa di Leonor Dot. Entrò senza bussare e spinse il ragazzo fino al letto di Camila.

«Guardala!» gridò. «Voglio che tu la veda prima che ti mettano dentro! Voglio che tu veda cos'hai fatto!»

Andrés, con la testa sprofondata tra le spalle, si girò inorridito verso la madre. Poi si avvicinò al capezzale del letto, si inginocchiò ed emise un lamento lungo e lugubre, come i cani quando ululano di fronte alla morte. Allora Camila si girò, schiuse gli occhi e sorrise lievemente.

«Sapevo che saresti venuto», disse.

Andrés, dopo un momento di esitazione, le mise le mani sporche sulla faccia. Camila rispose con un braccio ossuto ed esangue che alzò con fatica per cingergli la schiena.

Le due donne si guardarono stupite. La prima a reagire fu Leonor.

«Non è stato lui», disse. «Non tormentarlo più».

Paco si era affacciato alla stanza di Andrés, ma non osava entrare. Il giorno prima non si era mosso dal letto finché, la sera, non potendo più sopportare l'odore di vomito e vedendo che Felisa non tornava, si era alzato per cambiare personalmente le lenzuola. Poi si era coricato di nuovo e aveva ripreso sonno. Si era appena svegliato. Era giorno da un pezzo.

«Felisa», disse dalla porta, «non so cosa mi sia successo... Non ricordo niente, è come se fossi impazzito. Proprio così, credo davvero di essere impazzito. Mi ricordo solo di aver camminato a lungo... Non avresti dovuto dirmi che ero il nemico pubblico numero uno».

Felisa García non sembrò averlo udito. Seduta sul letto di Andrés, gli aveva tolto la giacca del pigiama e gli osservava le braccia piene di lividi. Costrinse il ragazzo a girarsi e notò che aveva anche un enorme ematoma sulla schiena.

«Non ti muovere», gli disse. «Adesso vengo».

Andò sul pianerottolo e si fermò davanti al marito che, vedendola arrivare, era indietreggiato fino alla porta della loro stanza.

«Il ragazzo non sta bene. Vado a chiedere al capitano di far venire il medico».

Quando stava per posare il piede sul primo gradino, si fermò di nuovo e si voltò verso Paco con l'espressione abbattuta.

«Ho detto che non c'è niente di peggio che avere il nemico dentro casa. Questo ho detto, non che fossi il nemico pubblico numero uno... Chi ti credi di essere? Non ne saresti neanche all'altezza».

Scese nell'osteria, uscì sulla piazza e si avviò zoppicante al Comando. Le doleva l'anca. Il capitano Constantino Martínez, che stava ammazzando il tempo nel suo ufficio, la ricevette a malincuore, convinto che una visita dell'ostessa non potesse recare niente di buono. Ed era effettivamente così. Felisa García voleva che il medico andasse a dare un'occhiata al figlio.

«Ma cosa succede?» esclamò infuriato. «Basta che arresti quell'uomo perché l'intera popolazione dell'isola abbia bisogno di lui. Vi siete messi tutti d'accordo?»

Tuttavia mandò a chiamare il dottore, che arrivò all'osteria scortato da due soldati. L'uomo non sembrava preoccupato per la propria sorte. Sapeva che in realtà non avevano niente contro di lui e che il capitano si limitava a mettere in salvo il buon nome dell'esercito prima di insabbiare il caso. Si avvicinò ad Andrés, che avevano fatto sedere su una sedia dell'osteria, e lo visitò meticolosamente.

«Gli hanno dato un sacco di botte», concluse. «Osservate i lividi, si sono accaniti contro di lui. Guardate, ha persino il segno del palmo di una mano sulla guancia».

Felisa García, dietro di lui, ebbe un moto d'imbarazzo e si lasciò scappare un colpetto di tosse. Il dottore aveva posato un orecchio sul petto del ragazzo. Rimase completamente immobile, così attento a quanto sentiva che sembrava sintonizzare una radio. I due soldati, i genitori di Andrés e persino il capitano Constantino Martínez, che era arrivato a curiosare, conservarono un rispettoso silenzio e trattennero il respiro. Poi il medico palpò a lungo le costole del paziente, affondando le dita come se stesse impastando il pane. Solo per prolungare un po' la tensione drammatica gli guardò le pupille.

«Ha un paio di costole rotte», diagnosticò alla fine voltandosi verso l'ostessa, «ma sono di quelle fluttuanti. Non ci si può fare niente. Si salderanno da sole. Nel frattempo non lasciategli fare movimenti bruschi».

Felisa García si voltò infuriata verso il capitano.

«Mio figlio è stato aggredito dalla stessa persona che ha abusato di Camila! Di sicuro lui ha cercato di difenderla! Quell'uomo è un mostro, Constantino! Bisogna trovarlo!»

Il militare era stufo che tutto dipendesse da lui. Non che fosse una situazione fuori dalla norma, perché in fondo sull'isola era lui a comandare. Ma era stufo di farlo senza che nessuno gli prestasse il minimo aiuto.

«Ma non può dire niente?» sbottò, indicando Andrés. «Deve aver visto chi era! È così stupido da non poterci riferire il nome? Per una volta non può fare un'eccezione?»

«Ma cosa pretende? Se non ha mai detto una parola in vita sua!» intervenne Markus Vogel che era appena entrato nell'osteria e guardava indignato il capitano.

«Be', ora sì che siamo a posto», fu il giudizio del militare. «La bambina non apre bocca, questo nemmeno. Che cazzo volete che faccia? I miei uomini li ho interrogati tutti. Vediamo voi cosa mi dite... Forse dovreste farvi un esame di coscienza».

A quel punto apparve Benito Buroy, seguito subito dopo da Hermann Schmidt. Il primo attraversò l'osteria senza staccare gli occhi da Markus Vogel e si mise a sedere a un tavolo in fondo al locale. L'aviatore tedesco, invece, fece solo qualche passo e si fermò a guardare il capannello di persone attorno a quel disgraziato che, da quando lo aveva sorpreso a spiarlo al cimitero, scappava ogni volta che lo vedeva.

Il ragazzo, ancora seduto a torso nudo e con la bava alla bocca, ci mise un po' a riconoscerlo perché era stordito, ma non appena si rese conto di chi aveva davanti, gli occhi gli saltarono quasi fuori dalle orbite. Ricordò il giorno del camposanto, quando aveva vomitato mentre quell'uomo che sembrava volerlo ammazzare a bastonate lo teneva fermo, e gli risuonò in testa il suo vocione brutale, simile a quello di un diavolo che bestemmia; rivisse il terrore con cui aveva aspettato il primo colpo e risentì la spinta dello stivale sul fianco quando era ruzzolato giù dal pendio.

Andrés emise un suono gutturale molto prolungato, come se una paura a lungo contenuta si fosse finalmente sfogata attraverso la fessura delle labbra. Poi, ribaltando con un gran baccano la sedia dove era seduto, scappò a gambe levate su per le scale che portavano in camera sua.

L'aviatore alzò un sopracciglio guardando in silenzio il fuggitivo. Poi gettò uno sguardo indolente sui presenti, scosse il capo lasciando intendere che non riusciva né aveva voglia di dare spiegazioni, e uscì per andare a sedersi sotto la pergola vicino al Lluent.

«Avete visto Andrés?» saltò su Felisa García. «Lo avete visto? Perché lo spaventa tanto quell'uomo? È stato lui a portare la disgrazia in questo paese, mi ci giocherei la testa. Sennò chi potrebbe essere stato? Dimmi, Constantino... Chi altri sennò?»

Benito Buroy, stravaccato sulla balconata del Comando, lasciava trascorrere la mattinata perso in foschi pensieri. In seguito all'aggressione subita due giorni prima dalla figlia di Leonor Dot, Markus Vogel aveva abbandonato il suo ritiro e si era sistemato in una casetta della piazza, un rudere abbandonato sulle cui pareti si condensava tutta la salsedine del mare. Camminava per il paese come un sonnambulo, senza curarsi all'apparenza della propria sorte, ma evitando di trovarsi da solo in un luogo solitario. Per Benito Buroy la vicinanza di quell'uomo era perniciosa come la sua assenza. Così come stavano le cose, non poteva uscire dal Comando e sparare al tedesco sotto gli occhi di tutti. Doveva riconoscere che Markus Vogel, oltre a essere un uomo coraggioso, sapeva il fatto suo. Se nonostante tutto avesse corso il rischio e lo avesse ammazzato lì in paese, presumibilmente il commissario lo avrebbe tirato fuori dai pasticci in cui si era cacciato, ma Buroy aveva fondate ragioni per credere che il poliziotto non si sarebbe scomodato per lui. E il giorno dopo doveva arrivare la barca da Palma.

Stava pensando proprio a questo quando vide uscire Andrés dalla rimessa del padre trascinando un enorme scatolone. Il ragazzo tornò indietro per riapparire con una scala che appoggiò al fico centenario. Poi estrasse dalla scatola un festone di bandierine con i colori della Spagna e le stese dall'albero fino al pergolato. Con la faccia rivolta a terra, come un toro che si prepara ad attaccare, si avvicinava di nuovo alla scatola per prendere un altro festone, annodava un capo al fico e l'altro alla grata della finestra del capitano, o al balcone scalcinato del Lluent, o a una pietra che aveva messo sulla spiaggia dopo aver calcolato, spostandola di qua e di là, la perfetta simmetria della pavesata patriottica. L'ambientazione da sagra di paese era quasi pronta, quando il capitano Constantino Martínez rovinò tutto. Arrivò sul camion dall'accampamento, saltò giù e alzò gli occhi con la stessa meraviglia con cui avrebbe guardato la facciata di un ministero italiano. Subito dopo andò all'osteria e, dando libero sfogo alla sua natura mordace, chiese con voce stentorea:

«Che cosa succede qui? Forse arriva il Generalissimo e io non ne so niente?»

Dalla balconata Benito Buroy vide Felisa uscire dall'osteria, con le spalle abbassate come per una improvvisa tristezza, asciugarsi le mani nel grembiule, correre verso il figlio, abbracciarlo e parlargli all'orecchio mentre gli accarezzava la testa. Un po' più in là, Markus Vogel e Hermann Schmidt imboccavano il molo passeggiando insieme senza parlare. Il capitano sorrideva felice sotto il pergolato vedendo che Felisa cingeva il figlio per la vita e lo accompagnava all'osteria.

«Credi che sia il caso di far festa?» sbottò a dire il militare mentre Andrés si avvicinava. «O Signore… O Signore! Che pazienza bisogna avere!»

Non appena furono entrati nell'osteria, Paco uscì come un razzo e si mise a staccare i festoni. Invece di usare la scala che il figlio aveva lasciato appoggiata all'albero, saltava come se cercasse di acchiappare uccelli con le mani e strappava i fili, coprendo la piazza di nastri flosci che le raffiche di vento facevano serpeggiare al suolo.

«Che mancanza di rispetto!» mormorò il capitano. E alzando la voce: «Raccolga tutto, su, che è il vessillo nazionale!»

Paco, dimostrando una sorprendente inefficienza, si teneva con una mano a un piolo della scala per saltare più in alto verso i nodi accurati che il figlio aveva stretto ai rami del fico. Per potersi godere lo spettacolo senza alzarsi, Benito Buroy si era chinato in avanti, gli avambracci sulle ginocchia e le mani intrecciate, e guardava fra le sbarre della ringhiera. In quel momento risuonò una voce che richiamò la sua attenzione verso il mare. I due tedeschi erano in fondo al molo, uno di fronte all'altro, impegnati in quello che sembrava essere un diverbio. Il capitano Constantino Martínez gridò a Paco di smetterla di saltare e di usare la scala. A quel punto, però, Benito Buroy si era alzato in piedi e guardava dalla parte opposta, lasciandosi sfuggire un'esclamazione di sorpresa.

Hermann Schmidt si scagliò contro Markus Vogel, ma non riuscì a raggiungerlo. Rimbombò uno sparo che riempì di echi la piazza, poi un altro, e l'aviatore cadde bocconi. Cadde anche Paco, spaventato dalle detonazioni, trascinandosi dietro la scala che si era rifiutato di usare.

Markus Vogel si chinò sull'aviatore per prendergli il polso. Quindi, dopo averne accertata la morte, gli voltò la schiena e si avviò verso la piazza. Benito Buroy, mosso da qualche cupo presentimento, scese di corsa le scale del Comando e uscì. I soldati di guardia lo avevano preceduto. Terrorizzati, puntavano i fucili a destra e a sinistra, a caccia dell'invasore inglese. Ma lì c'erano solo Paco, lungo disteso per terra, e il capitano Constantino Martínez, immobile come una statua, e quel tedesco meditabondo che si dirigeva verso la più alta autorità dell'isola con tutta calma, come se non fosse successo nulla. Quando il capitano se lo vide davanti, alzò istintivamente le braccia in un gesto di resa. Fu tentato di invocare pietà, ma Markus Vogel gli consegnò l'arma. Benito Buroy, che si era avvicinato, non ebbe difficoltà a riconoscere l'Astra che tre settimane prima gli aveva affidato il commissario di Palma.

«Da dove è saltata fuori?» chiese perplesso il militare, dopo aver afferrato la pistola.

«È di Buroy», rispose Markus Vogel. «L'ho presa in prestito per rendere giustizia a Camila... Vogliate scusarmi se mi sono concesso questa libertà, ma Hermann Schmidt era un cittadino tedesco. Il mio paese è in guerra e i tribunali non funzionano come dovrebbero».

Il capitano Constantino Martínez, ancora più stupito, guardò Benito Buroy, che stava con le braccia ciondoloni e lo sguardo vacuo. Dopo tanti anni in cui si era sforzato di sopravvivere a qualsiasi prezzo, di fare qualsiasi cosa pur di prolungare la sua agonia, era finalmente giunta la sconfitta definitiva.

Ai polipi piacciono le casseruole vecchie. Il Lluent le compra da un rigattiere di Colonia de Sant Jordi, e di notte, seduto su una pietra sulla porta di casa, le unisce con una lunga corda fino a formare una gigantesca collana. Poi esce in mare con la barca e lascia cadere la collana sul fondo, con un galleggiante a entrambi i capi. Qualche giorno dopo ritorna sul posto e tira la corda per recuperare le casseruole. In ognuna c'è dentro un polipo, tutto contento nella peggior tana possibile. I poveri polipi vanno incontro alla rovina quando pensavano di aver trovato un posto in cui vivere.

A noi è successo lo stesso. Ricordo il mattino in cui papà, dopo avere tentato con varie chiavi legate a una cordicella, riuscì ad aprire la porta dell'appartamento di Barcellona. Era un posto in cui prima avevano vissuto dei marchesi o qualcosa del genere, con stanze molto grandi e balconi che davano su una via con i platani. Non c'erano quasi mobili, ma si vedeva dove erano stati dalle chiazze scolorite che avevano lasciato sui muri, e dove erano appesi i quadri si vedevano certi rettangoli pallidi in cui io immaginavo paesaggi e ceste di frutta. Quell'appartamento sembrava un album di figurine ancora da riempire.

Alla mamma non piacque. Passeggiava per le stanze vuote intimidita e con una certa ansia. Non osava toccare niente. Disse che lì avevano vissuto altre persone, e nella sua voce credetti di notare un'angoscia simile a quella che ci provocano i fantasmi, come se queste altre persone potessero vederci e non fossero per niente contente che noi entrassimo in casa loro.

«Basta con questa lagna!» disse papà abbracciandola. «Qui saremo molto felici».

Ma la mamma aveva ragione. Quell'appartamento così grande e vuoto era una casseruola in fondo al mare. Una trappola mascherata da casa. A volte penso che tutte le case siano delle trappole, perché dentro ti senti al sicuro quando in realtà non lo sei. E succede che una casa, benché abbia tante chiavi che non sai mai di quale hai bisogno, non protegge chi ci vive. Non ci ha protetto quella di Barcellona, anche se papà riuscì a trovare qualche mobile, e io cominciai ad andare a una scuola proprio all'angolo, e c'era un uomo molto simpatico che ci portava il latte e tutto sembrava normale. Eppure, qualche settimana dopo, la nostra vicina fu uccisa da una bomba mentre camminava per strada e trovammo il marito che piangeva seduto per terra dentro al portone. Poi una sera papà non tornò, e neanche il giorno dopo, e la mamma andava da una stanza all'altra di quell'appartamento enorme senza fare niente, come una sonnambula, e un bel giorno mi hanno detto che lei era all'ospedale e di me si sono prese cura delle suore a cui dovevo fare molta pena, perché non si stancavano di dirmelo. La mamma si ristabilì, ma non ho più visto papà e non siamo più tornate in quella trappola in cui aveva detto che saremmo stati tanto felici.

A volte le cose succedono come quando si gioca a nascondino e qualcuno ti vuole fare male, ma male sul serio. Così è successo a noi, e credo che per questo, perché c'è sempre qualcuno che ci insegue, mi eccitavo tanto quando da bambina giocavo a nascondermi. Nel momento in cui mi scoprivano, sentivo una fitta al cuore ed era come se finisse un periodo della mia vita, un periodo in cui mi sentivo nascosta e al sicuro, senza esserlo affatto. Adesso non ci gioco più. Sono diventata grande e so che nascondersi non serve a niente, prima o poi ti trovano perché tutti vogliono vincere e per vincere devono farti uscire dal tuo rifugio.

Così muoiono i polipi, che Felisa adora e prepara alla gallega, con la paprika e il sale grosso. A tutti noi piacciono parecchio e li mangiamo spesso, perché la costa è piena di polipi in cerca di una casa dove sentirsi al sicuro da noi.

Quando risuonarono gli spari, Leonor Dot era seduta sotto il portico. Le due detonazioni risvegliarono in lei gli echi di altre più lontane nel tempo, quelle che imperversavano per strada e impedivano di avvicinarsi alle finestre dell'appartamento di Barcellona. Il cuore cominciò a batterle forte e le mani si afferrarono ai braccioli della sedia. Rimase impietrita per alcuni secondi, in attesa che si udissero grida o nuovi spari, ma non ce ne furono. Si alzò in piedi e guardò verso la piazza. La chioma del fico nascondeva il molo, impedendole di notare movimenti strani. Dal camino dell'osteria usciva il fumo dei fornelli di Felisa. Nonostante tutto, Leonor Dot sapeva che il rumore di un'arma fa cambiare rotta per sempre alla vita.

Si portò con angoscia una mano al collo. Pensò che, per quanta paura avesse, doveva andare a vedere cosa stava succedendo, se non altro per mettere in salvo Camila. Non avrebbe permesso che le facessero di nuovo del male. Era disposta ad avvolgerla in una coperta e portarsela sui monti, nella valle delle voci o fino alla lontana scogliera di Markus Vogel, in qualsiasi posto dove nessuno potesse vederla né toccarla. In quel momento la figlia la chiamò dall'interno della casa.

Anche Felisa Garcìa, all'osteria, aveva udito gli spari. Si avvicinò ad Andrés, che era seduto nel suo angolo della cucina, e gli consegnò le cose che aveva in mano, una patata e un coltello. «Torno subito», gli disse. Attraversò l'osteria e uscì sulla piazza. Vide l'eremita tedesco consegnare una pistola al capitano e il corpo del pilota per terra in fondo al molo. Pensò che era stata fatta giustizia nel modo in cui doveva essere fatta, tra consanguinei e connazionali. Markus Vogel aveva dimostrato di essere quello che lei aveva sempre pensato, un uomo d'onore, e se rimanevano ancora giudici come si deve, non gli avrebbero negato il perdono per aver ucciso un depravato. Ma questa non era una sua responsabilità, aveva già abbastanza da fare a mandare avanti il suo piccolo mondo. Tornò in cucina, recuperò la patata e il coltello che aveva dato al figlio e cominciò a pelare il tubero sul piano di marmo. Andrés, con le mani tra le cosce e il mento sprofondato sul petto, scelse proprio quel momento per parlare per la prima e ultima volta in vita sua.

«Margarita», disse con una voce che alla madre parve quella di un estraneo.

Felisa García rimase immobile, la lama del coltello piantata di traverso sotto la buccia della patata. Aveva capito subito cosa voleva dire Andrés. Tuttavia non guardò il figlio né sentì il bisogno di rallegrarsi perché aveva finalmente parlato. Pensò solo che le cose erano com'erano, sporche e complicate, e le sembrava prudente lasciarle com'erano per non fare del male a nessun altro. A volte sapere la verità poteva costituire una nuova grana quando le altre cominciavano a risolversi. Se quella brutta storia si era conclusa in modo abbastanza soddisfacente da poterla dimenticare, meglio così. E se la coscienza di Andrés lo aveva spinto a parlare in nome di una verità che arrivava troppo tardi per evitare la morte di un uomo, non era poi una cosa grave, perché lì c'era solo lei, che avrebbe finto di non aver sentito nulla. Avrebbe poi trovato il modo di dimostrargli quanto era orgogliosa di aver udito la sua voce, la voce di un estraneo.

Ma a Felisa non sarebbe servito tacere la verità per evitare nuovi mali. Mentre l'ostessa si rimetteva a pelare patate come faceva tutti i giorni, Leonor si sedeva sul letto di Camila e prendeva una mano tra le sue. La bambina era meno pallida e aveva gli occhi più grandi e brillanti che mai. Guardava la madre con inquietante tranquillità.

«La colpa è stata mia, mamma. Ho voluto che Andrés mi portasse in un posto in cui l'acqua fosse molto profonda... E lui mi obbedisce sempre».

Leonor riteneva normale, dopo un'aggressione come quella subita, che la figlia reagisse in quel modo, ma non sapeva cosa fare per porvi rimedio.

«Tu non hai nessuna colpa, ci mancherebbe altro», si limitò a rispondere.

Camila chiuse gli occhi lentamente e aspettò un po' a riaprirli. Ma la sua voce risuonò chiara e tranquilla:

«Sono stati dei pescatori che sono arrivati su una barca, gli stessi che il Lluent scacciò dall'osteria».

Leonor Dot ricordava i pescatori di squali che avevano piantato grane all'osteria, e l'angoscia che le attanagliava lo stomaco fu subito sostituita da un amaro desiderio di vendetta. Cercò di fare in modo che Camila non se ne accorgesse, ma quando si alzò in piedi incespicò perdendo l'equilibrio a causa di un accesso di aggressività che era incapace di contenere. Fino a quel momento non aveva odiato lo stupratore della figlia, ma adesso che sapeva chi erano i colpevoli, ricordando le facce dei tre uomini, poté immaginare le atrocità accadute in quella cala deserta e si rese conto che avrebbe dato qualsiasi cosa per vederli morti.

Cercò di calmarsi. Doveva informare subito il capitano, fare in modo che li cercassero in tutte le Baleari e anche sulla costa del continente se necessario, che venissero processati per i loro delitti. Non avrebbe sopportato ancora l'impunità con cui certe persone, sempre crudeli ed estranee, le stavano rovinando la vita. Era talmente fuori di sé che andò alla porta senza dire niente a Camila. Stava già uscendo quando udì dietro di sé la voce della figlia:

«Mamma, oggi è il mio compleanno».

Leonor si fermò, pietrificata dall'intollerabile sospetto di essere sul punto di perdere il controllo della propria vita e di quella della figlia, il controllo dei sentimenti, dei desideri, di tutto quello che dipendeva da lei. Non era nemmeno più capace di dimostrare affetto. Pensava solo a difendersi a unghiate, a farsi strada come un animale braccato. Non aveva quasi più niente di umano.

Si girò sforzandosi di abbozzare un sorriso.

«Lo so, amore. Non ti ho detto niente perché volevo farti una sorpresa. Copriti bene, io torno subito».

Chiuse piano la porta. Lontana dagli occhi di Camila, si tirò su le sottane e si mise a correre verso l'osteria.

Si avvicinava l'ora di mangiare. Al bancone c'erano il Lluent, che nel pomeriggio doveva uscire con la barca, e Benito Buroy. Bevevano in silenzio i loro bicchieri di vino. Pur senza parlare, si facevano compagnia. La clientela di Felisa aveva indubbiamente subito un brusco calo per colpa degli ultimi eventi. Leonor Dot e sua figlia non uscivano di casa da due giorni, Hermann Schmidt dormiva il sonno eterno in una stanza vuota del Comando, Markus Vogel era rinchiuso in un'altra, e il medico militare, che di tanto in tanto si faceva vedere all'osteria, era sempre agli arresti in attesa che il capitano si ricordasse di lui. Ma il capitano Constantino Martínez si era rinchiuso nell'ufficio, dove si accaniva a lamentarsi amaramente della propria sorte. Sulla piazza riecheggiavano ancora le sue grida di indignazione non appena era venuto a sapere che sul molo un tedesco aveva sparato all'altro con una pistola spuntata fuori come per incanto. «Mi farà venire i capelli bianchi, Buroy! Mi farà venire i capelli bianchi!»

I due clienti solitari si accingevano già a sedersi allo stesso tavolo quando apparve trafelata Leonor Dot. Passò davanti a loro senza vederli e aprì la porta della cucina, che si richiuse dietro di lei con un colpo secco. Potevano comunque sentirne la voce. Con il respiro affannoso, spiegò a Felisa García che era il compleanno di Camila e aveva urgentemente bisogno di una torta. Il Lluent aveva preso la bottiglia di vino per riempire i bicchieri, ma attraverso la porta chiusa, la voce di Leonor Dot continuò ad arrivare fino a loro. Disse che erano stati i pescatori di squali ad aggredire la bambina.

Al pescatore la bottiglia scivolò di mano e si infranse al suolo. L'uomo piantò uno sguardo da pazzo su Benito Buroy, che teneva ancora il bicchiere in mano e non aveva battuto ciglio. In quel momento Buroy stava pensando che tra tutta quella gente abituata a schivare colpi dopo tanti anni di guerra e di miseria, nessuno era riuscito a proteggere la bambina, né a mettersi poi in salvo dal sospetto ricaduto su tutti loro. Nessuno era stato capace di difendersi, e la vita, quella storia scritta da un pazzo, li aveva di nuovo trascinati in nessun posto. Compreso lui, perché non era riuscito a uccidere Markus Vogel. Non appena avesse messo piede a Maiorca, lo avrebbero rispedito in carcere o a trasportare pietre nel faraonico monumento ai caduti che avevano iniziato a costruire vicino a Madrid. Sempre che non l'avessero fucilato. Ma dopotutto non gli importava molto. Provava solo pena per Camila, e per il povero Otto, che sarebbe sicuramente caduto in depressione e in vizi deleteri per la salute. Ma anche quello, cosa importava? Dopo quanto successo a Cabrera, sapeva che tutti, ognuno a modo suo, si portano dietro una fedina sporca da pulire.

Nel frattempo, in cucina, l'ostessa si consumava le meningi. Date le circostanze, non l'aveva nemmeno sfiorata l'idea che ci volesse una torta. Dal momento che la sua unica preoccupazione era stata di sospendere i preparativi della festa, fare in modo che tutti se ne dimenticassero per rispetto alla tragedia che stava vivendo la bambina, come avrebbe potuto pensarci? Felisa García malediceva se stessa. Come non si era resa conto che sarebbe stata proprio Camila la prima a risorgere dalle proprie ceneri per chiedere di tornare alla normalità? O forse non sapeva che in quel giovane corpo fragile come uno stelo di tulipano era concentrata la forza di un toro? Che stupida era stata, che stupida! Ma faceva ancora in tempo a rimediare.

Tirò fuori dalla madia una pagnotta di farina bianca, l'aprì a metà e ci spalmò sopra un panetto di burro che aveva nascosto per la colazione di Andrés. Poi fece ricorso a un altro dei suoi tesori, una tavoletta di cioccolato arrivata in una delle casse mandate dal cognato, che teneva in serbo per le feste natalizie. La fece fondere in un pentolino. Senza smettere di mescolare versò il cioccolato sulla pagnotta. Mentre la spolverava di zucchero, si girò con la faccia scura verso Andrés e Leonor, che non si erano mossi.

«Ma cosa c'è? Non avete mai visto nessuno improvvisare una torta? Leonor, dammi le candeline, sono su quello scaffale! E tu cerca i festoni, credo che tuo padre li abbia buttati via! Su, svegliati!»

Andrés, tutto elettrizzato, uscì di corsa a rovistare nei bidoni della spazzatura. Leonor Dot trovò il pacchetto con dentro tredici candeline e si affrettò a porgerlo all'ostessa.

«Mentre voi finite vado a parlare con il capitano», le disse. «È importante che sappia...»

Felisa García si voltò come se le avesse pestato un callo.

«Che non ti passi neanche per la testa! Ogni cosa a suo tempo! Come dice il signor Buroy, la giustizia è una vendetta che si serve fredda. Adesso l'importante è festeggiare il compleanno di Camila».

Leonor la guardò sorpresa e un po' indignata.

«Se non li arrestano potrebbero scappare», si lamentò.

«Quelli? Ma se non sono altro che disgraziati! E ignoranti come pochi! Ti assicuro che non sono molto lontani. Manco se lo immaginano che il mondo è immenso e ci sono migliaia di posti dove nascondersi. Saranno in qualche bettola di Palma o di Ciudadela. Forse non si sono neanche mossi da Colonia de Sant Jordi, credimi!… Paco! Dove cavolo è sparito quell'uomo?»

L'oste, che in quel momento era seduto sulla tazza del cesso, udendo le voci si pulì il sedere con un pezzo di giornale e uscì dal gabinetto cercando di smorzare il gorgoglio dell'intestino. Aprì la porta della cucina e infilò dentro la testa, badando a non mettere neppure un piede nel regno della moglie.

«Paco, era ora!» esclamò Felisa quando lo vide. «Va' a prendere il giradischi. E tu, Andrés, porta il pranzo al capitano. Presto, sbrigatevi, che dobbiamo festeggiare il compleanno di Camila!»

Lei prese la torta e uscì dall'osteria. Vedendo i due uomini che aspettavano al bancone fece una smorfia di fastidio, ma non si fermò.

«È chiuso», annunciò passandogli vicino.

Il Lluent, che aveva perso la voglia di mangiare, scostò con un piede i vetri della bottiglia e fece per uscire dietro l'ostessa, ma Benito Buroy non era disposto a rimanere a stomaco vuoto. Non appena se ne fosse andato da Cabrera lo aspettavano mesi e mesi di fame.

«Chiuso?» esclamò. «Ma non c'è nessun altro posto dove mangiare!»

«Be', servitevi da soli, la pentola è sui fornelli!»

Poco dopo una strana comitiva risaliva il sentiero. La guidava Felisa García tutta impettita, tenendo in alto la torta che, man mano che il cioccolato si solidificava, acquisiva l'aspetto inquietante di un meteorite. La seguiva Leonor Dot, portando un pacco di dischi tra cui c'erano *Ojos verdes*, *La renegá* di Encarnita Iglesias e *Ya no te quiero* nella versione di

Conchita Piquer. Dietro di lei, l'oste arrancava e sbuffava come se il giradischi che reggeva fosse di piombo. Chiudeva la fila Andrés, con un groviglio di bandierine sgualcite e fili che gli pendevano tra le gambe.

Quando entrarono in casa, Camila si tirò su a sedere e scoppiò a ridere. Felisa García smise subito di sbraitare e dare ordini, e si soffermò a guardare la bambina con immediata tenerezza. Mentre Andrés, seduto per terra, cercava di districare i festoni, Paco sistemava il giradischi e Leonor cercava i fiammiferi per accendere le candeline, l'ostessa pensava che la vita, la vita bella, quella che aveva sempre desiderato senza rendersi conto di viverla già, era tutto quello che succedeva tra una disgrazia e l'altra.

Il capitano Constantino Martínez aveva finito di mangiare da un pezzo, ma il vassoio, con sopra un piatto con avanzi di fagioli sui quali era stata posata la buccia di un'arancia, era ancora sulla scrivania del suo ufficio. Il militare fece una smorfia e si portò una mano allo stomaco.

«Quelle maledette schegge mi uccideranno», borbottò. «Non avrei dovuto mangiare l'arancia, gli acidi mi distruggono quando sono nervoso... Ma cosa succede a Felisa? Perché non vengono a prendere i piatti?»

«Sono andati tutti a festeggiare il compleanno della bambina», rispose Benito Buroy, seduto di fronte a lui. «Io e il Lluent siamo dovuti entrare in cucina per riempirci i piatti da soli».

Il capitano grugnì muovendosi così bruscamente sulla poltrona che questa, più che uno scricchiolio, emise un lamento di legno scheggiato. Eppure, così vecchio e pieno di tarli, non cedette. Si inclinò solo leggermente su un fianco, come se si accingesse a prendere una curva. Il militare doveva avere una fiducia illimitata in quella poltrona, perché con il sedere la raddrizzò altrettanto bruscamente. Poi, dopo essersi acceso una sigaretta, rivolse uno sguardo torvo al telefono appeso al muro.

«Che cosa ci faceva con una pistola, Buroy? In quali termini devo riferire l'accaduto? Mi dica, come lo spiego che hanno ammazzato un eroe della Luftwaffe? Se almeno fosse stato lui a violentare la bambina... Macché, quel pover'uomo non aveva fatto niente!»

Il capitano, piegandosi in avanti per placare i bruciori, diede un tiro alla sigaretta. Senza drizzare la schiena, come se solo rannicchiato potesse sopportare il lungo viaggio delle schegge nelle proprie cavità interne, fissò la brace fumante vicina al naso.

«Adesso il trasferimento sul continente posso pure scordarmelo!» si lamentò. «Marcirò su quest'isola di merda, se gli inglesi non mi mandano via prima».

«Sarebbe meglio che a Palma non sapessero cos'è successo», suggerì Benito Buroy.

«E come faccio a nasconderlo? Certo che mi piacerebbe insabbiare questa faccenda, mi piacerebbe eccome, ma non posso! Domani la barca viene a prendere il pilota. Che cazzo vuole che dica?»

Benito Buroy si strinse nelle spalle. Il capitano aveva ragione. Il giorno dopo arrivava la barca dei rifornimenti e lui non era riuscito ad ammazzare Markus Vogel. Così sarebbe tornato a Maiorca e si sarebbe messo nelle mani del commissario.

«Maledizione», gemette di nuovo il capitano Constantino Martínez.

In quel momento, il soldato di guardia aprì la porta per annunciare che l'oste cercava Benito Buroy. Paco entrò con i capelli tutti scarmigliati, la camicia aperta fino all'ombelico e la foresta di pelo sul torace madida di sudore. Aveva l'affanno, ma anche l'aria contenta. Sembrava che leggerissime scariche elettriche gli provocassero piccoli fremiti alle braccia e alle gambe. Il capitano e Buroy notarono che riusciva a malapena a contenere un movimento delle anche che sicuramente seguiva una musica che suonava solo dentro la sua testa.

«Ma lei sta... ballando?» chiese il militare. «O forse ha di nuovo alzato troppo il gomito?»

«Tutte e due le cose, signor capitano, ma con il permesso di mia moglie».

«Cosa vuole?»

«Mi mandano per dire a Buroy che la signora Leonor desidera parlare con lui. Che vada su adesso, se può, ovviamente se a lei non dispiace e dà il suo permesso».

Il capitano Constantino Martínez, con le braccia incrociate sul ventre, si disse che viveva in mezzo a un branco di cretini. Uccidevano un uomo sul molo e subito dopo tutti si mettevano a fare festa. Come se non bastasse non lo invitavano, e per di più richiedevano la presenza dell'uomo che gli aveva rovinato la carriera. Decisamente, per lui potevano andare tutti a quel paese.

Benito Buroy si era alzato e lo interrogava con lo sguardo. Il capitano fece un cenno con la testa per esprimere il proprio benestare, ma anche il disinteresse per qualsiasi tipo di festeggiamento e un infinito disprezzo per i civili in genere. Troppe cose per la portata della sua mimica. Buroy, che lo aveva visto solo muovere la testa, fece un passo avanti e appoggiò i polpastrelli sulla scrivania.

«Posso?» chiese.

«Le ho già detto di sì! Vada!»

Benito Buroy uscì accompagnato dall'oste e il capitano rimase solo in ufficio. I due uomini si avviarono verso la casa di Leonor Dot. Cominciava a imbrunire. Il fico, scosso da una brezza intermittente, spandeva nell'aria il suo fragrante aroma. Anche il mare aveva un odore intenso, di alghe e di sale. La notte si annunciava agrodolce e inebriante.

Man mano che si avvicinavano alla casa, la musica si sentiva sempre più forte. Paco non poteva stare fermo e non tardò a fare complicati movimenti con i piedi, e a girare sulle punte alzando le braccia. Dopo ogni esplosione ritmica cercava di darsi un contegno, riprendeva lo stesso passo di

Buroy e lo guardava come se fossero complici di qualche segreto passatempo. Il sicario non vedeva l'ora di arrivare.

Quando entrarono stava suonando *La Parrala*. Felisa García, accasciata su una sedia, gonfiava le guance sventolandosi con un pezzo di carta. Andrés era sempre seduto per terra vicino al giradischi, pronto a cambiare vinile quando era necessario. Leonor Dot sbatteva le uova per preparare una frittata per Camila, e la bambina, che non si era mossa dal letto, sorrideva sfinita. Benito Buroy pensò che Paco non si sarebbe goduto il ballo ancora per molto.

«Andrés, togli quella roba!» gridò quasi Felisa, leggendogli nel pensiero. «Spegni quell'affare! Per oggi basta così!»

Benito Buroy salutò con un cenno del capo. L'improvviso silenzio lo fece sentire a disagio. Sarebbe tornato molto volentieri sui suoi passi, ma Leonor Dot lo prese per un braccio e lo condusse sotto il portico. Felisa García si era alzata e, con una padella in mano, si accingeva a cuocere la frittata. L'oste era rimasto impalato in mezzo alla stanza, senza sapere cosa fare.

«Va' a casa», gli disse la moglie. «E porta con te Andrés, metteremo in ordine domani».

Benito Buroy uscì sul portico dietro Leonor Dot. Anche se non gli andava di stare solo con lei, per qualche oscura ragione desiderava quell'incontro. Sapeva di non essere riuscito a ingannarla, e proprio per questo si sentiva bene in sua compagnia. Non aveva bisogno di nascondere nulla, né di fingere integrità, e neppure di atteggiarsi a uomo completamente privo di scrupoli. Poteva comportarsi come era veramente e dire quello che pensava, anche se non se la sentiva di farlo.

Leonor Dot, girata verso il mare, gli dava la schiena. Stranamente, il tono della sua voce fu gentile.

«Lei è venuto qui per ammazzare qualcuno, non è così?»

Benito Buroy non si disturbò a risponderle. Tacere lo fece sentire in pace con se stesso, come se con quel semplice silenzio stesse smettendo finalmente di nascondersi.

«È terribile quello che hanno fatto a Camila», continuò Leonor Dot. «Quando ho saputo chi erano quegli uomini, anch'io avrei dato qualsiasi cosa per vederli morti. Ma a cosa serebbe servito?»

Si voltò verso Benito Buroy. Lui resse il suo sguardo senza sforzo. Leonor Dot non sembrava volergli rimproverare nulla.

«Mia figlia è l'unica cosa che ho. Non mi aspetto altro dalla vita, mi basta la sua presenza. E sono sicura che lei, Benito, sarà d'accordo con quanto le dirò».

Poco dopo, Benito Buroy entrò di nuovo in casa e si fermò un attimo ai piedi del letto di Camila. Felisa García, seduta vicino alla bambina, lo guardò con la faccia scura.

«Io vado», disse lui. «Buon compleanno».

Stava già scendendo verso la piazza quando lo fermò una voce. Leonor Dot gli si avvicinò al buio. Quando gli parlò, Benito Buroy avvertì il suo alito caldo sulla faccia.

«Diremo a Camila che quel pilota è fuggito travestito da pescatore. Non ci crederà, ma così sarà più tranquilla. Tutti desideriamo essere ingannati».

Benito Buroy assentì in silenzio e aspettò che la donna entrasse di nuovo in casa. Poi riprese a camminare. Ma dopo aver fatto qualche passo, vedendosi solo e notando che nessuno lo seguiva, si fermò e guardò in alto. Il cielo era gremito di stelle. La brezza impregnata di odori gli lambiva gelida la schiena, ma a lui quel freddo non dispiaceva. Gli schiariva le idee. Fino a quella sera non aveva mai sospettato che il male, tra le mani di una donna, potesse servire a rendere il mondo un po' migliore.

Il capitano Constantino Martínez ricevette Benito Buroy brontolando a bassa voce. Aveva messo la macchina da scrivere sul tavolo e batteva faticosamente usando gli indici. Faceva sprofondare le dita sulla tastiera con tale forza che i caratteri colpivano la carta come uno schiocco di frusta. Molti tasti, a causa dell'impatto e della rigidità dei martelletti, rimanevano incastrati dopo aver impresso la lettera. Il militare, imprecando, li tirava indietro macchiandosi i polpastrelli di inchiostro.

Benito Buroy si sedette di fronte a lui, riprendendo la posizione che aveva prima di essere chiamato alla festa. Per un momento distolse lo sguardo dal capitano. Dietro di lui, fuori dalla finestra, le braci del tramonto tingevano il fico di rosso.

«Ha parlato con Palma?» chiese Buroy intrecciando le dita.

«Sono occupato! Non lo vede?» sbottò il militare. «Devo redigere il rapporto da mandare al Comando distrettuale, ed è già tardi. Telefonerò domani mattina presto».

Benito Buroy tirò un sospiro di sollievo. Accavallò le gambe e si accese una sigaretta. Doveva agire con calma. Era giunto il momento di sfoggiare tutto il suo potere di persuasione, ma a lui non piaceva menare il can per l'aia. Pensò che dicendo la verità avrebbe sortito più effetti che facendo volare l'immaginazione. L'unica cosa importante era convincere il capitano, portare a buon fine la proposta di Leonor Dot. In quel momento, e non solo perché era vantaggioso anche per lui, avrebbe fatto qualsiasi cosa per accontentare quella donna.

Il militare, noncurante del lungo silenzio del suo visitatore, era intento a punire sistematicamente la macchina da scrivere. Benito Buroy decise di passare all'attacco senza tanti riguardi. Chinò un attimo la testa, chiuse gli occhi e si massaggiò le tempie. Poi, adottando una posizione rilassata e con lo stesso tono con cui avrebbe fatto commenti sul tempo, disse:

«Butti via quel rapporto. Dovrà redigerne un altro».

Il capitano Constantino Martínez alzò lo sguardo su di lui. Era rimasto con gli indici sospesi in alto, come un torero che sta per piantare le banderillas.

«Ma cosa sta dicendo?»

Benito Buroy doveva giocare il tutto per tutto. Deglutì,

poi passò subito all'attacco. Appoggiò un braccio alla spalliera della sedia per apparire più rilassato, e abbozzò un mezzo sorriso come preambolo alle sue parole.

«Quanto le racconterò non deve venirlo a sapere nessuno. Ma so che lei è un bravo militare e un uomo d'onore... Markus Vogel appartiene alla Abwehr, i servizi segreti tedeschi. Per un certo tempo ha lavorato anche per noi, ma è probabile che lo abbia fatto pure per gli inglesi. Così almeno si sospetta. Come capirà, siamo tutti molto interessati a controllare lo stretto di Gibilterra, e sembra che lui ne abbia saputo trarre vantaggio. Mi hanno mandato qui per farlo sparire. Dovevo ottenere la sua liberazione o ucciderlo, a seconda delle circostanze».

Il capitano Constantino Martínez aveva abbassato le mani fino a posarle sulla scrivania e lo guardava con gli occhi sgranati. Benito Buroy pensò che fosse arrivato il momento giusto.

«Se ho ritardato tanto la mia partenza», proseguì, «è stato per il ferreo controllo che lei mantiene sull'isola. In tutta sincerità, e senza volerla offendere, devo confessarle che non me lo aspettavo...»

Il militare alzò una spalla in segno di umiltà e cercò il pacchetto di sigarette. A quel punto Benito Buroy non aveva bisogno di fare alcuno sforzo per mostrarsi rilassato.

«Insomma, vista l'impossibilità di far lasciare l'isola a quell'uomo, avevo deciso di liquidarlo. Ma poi quell'aviatore è caduto nelle nostre acque e le cose si sono complicate sia per lei che per me. Anche così, però, credo che non abbiamo motivo di preoccuparci. Ho la soluzione che metterà in salvo tutti e due... Naturalmente, sempre che lei la accetti. Io sono ai suoi ordini».

Il capitano agitò una mano con impazienza.

«Vediamo, vediamo... Quale sarebbe questa soluzione?» chiese. «A me non ne viene in mente nessuna».

Benito Buroy inspirò, ma la sua risposta non si fece attendere. Era giunto il gran momento.

«Nel suo rapporto lei dirà che Markus Vogel è morto perché gli ha sparato uno sconosciuto. La spia lascerà Cabrera assumendo l'identità del pilota, e una volta lontano da qui saranno loro, i tedeschi, a doversi arrangiare. A quel punto io e lei saremo fuori da questo pasticcio».

Nell'ufficio calò un profondo silenzio. Benito Buroy ritenne opportuno non aggiungere altro finché il capitano Constantino Martínez non avesse riflettuto, cosa che senza dubbio stava facendo, visto che cominciò a grugnire, si alzò e andò un paio di volte su e giù per la stanza torcendosi le dita.

«Ma se tutto questo si viene a sapere...» tentennò, fermandosi finalmente vicino alla porta.

Buroy capì di aver raggiunto il suo scopo.

«Nessuno ha interesse a raccontare la verità», concluse. «Qui tutti staranno zitti, per loro Markus Vogel è un amico. Quanto a lui, si lascerà rimpatriare e sparirà non appena avrà messo piede sul suolo tedesco. È quello che faremmo io e lei al suo posto, non crede? Per quanto riguarda i nostri superiori, si accontenteranno delle spiegazioni che gli forniremo. Gli avremo risolto un problema ed è quello che si aspettano da noi... È persino probabile che, in considerazione della sua provata efficienza, tra non molto riprenderanno in considerazione il suo trasferimento».

Il capitano esitò ancora qualche istante. Il regolamento gli martellava la testa con la persistenza di un'emicrania. Ma dopotutto era un uomo come gli altri e desiderava salvarsi.

«Soldato!» gridò.

Si aprì la porta e spuntò la testa della sentinella.

«Ai suoi ordini!»

«Mi porti il prigioniero tedesco... E avvisi l'accampamento di mandare il barbiere... E spogli il cadavere. L'uniforme è requisita dalle autorità spagnole. La voglio sulla mia scrivania tra cinque minuti».

Felisa García aveva visto spuntare il sole dalla finestra

della cucina. A quell'ora aveva già tutto pronto per aprire il locale e si trovava seduta al tavolo, impegnata nei suoi esercizi di scrittura. Copiava passi di un libro prestatole qualche giorno prima da Leonor Dot. Parlava di un'altra mattina che cominciava, ma in un luogo molto lontano, la città di Parigi: «I negozi si aprivano con lo sbadiglio rumoroso delle saracinesche», scriveva Felisa con la punta della lingua fra i denti. «Il latte saliva a tutti gli appartamenti e il pane appena sfornato riscaldava il mattino. Era l'ora più sanguinolenta nelle macellerie». Quella frase le diede un brivido. Alzò lo sguardo verso la foto di Pio XII, ma quello che vide furono i banchi di marmo dove buttavano le bestie scuoiate, e le mani intirizzite che alzavano su di esse grandi coltelli e, oltre i vetri, le vie che cominciavano a riempirsi di gente, una folla sonnolenta che si affrettava sotto la pioggia sottile. Pensare a quanto era grande e rumoroso il mondo le procurò un leggero capogiro e la fece sentire a suo agio in quell'angolo dove era nata e nel quale un giorno avrebbe trovato una morte placida e serena.

Capì che erano le otto perché sentì arrivare il camion dall'accampamento con il cambio della guardia. I soldati che avevano passato la notte al Comando non avrebbero tardato a presentarsi all'osteria, intorpiditi e con le occhiaie, con una gran voglia di bersi una bella tazza di surrogato caldo. Felisa García chiuse il quaderno, posò la matita sul tavolo e andò nel locale. Si mise dietro al bancone occupando il posto di Paco, che non si era ancora alzato. Quella mattina non l'avrebbe costretto a uscire dal letto. La sera prima, mentre lo sentiva russare sfinito dalla festa di Camila, aveva deciso che dopotutto suo marito non era un uomo cattivo, solo insoddisfatto della propria vita e che per lui quel peso era già troppo. Nessuno è colpevole di non essere felice, aveva pensato la donna nel buio della camera, dentro la camicia da notte comprata a Palma, grata perché la felicità a volte la accarezzava come un raggio di sole che filtra dalle tende, ti scalda la nuca e subito svanisce.

Entrarono due soldati. Erano due ragazzi molto giovani, quasi dei bambini. Uno di loro tornò sulla soglia e diede dei colpi contro il muro con i tacchi dello stivale.

«Merda», disse, «ho pestato un fico. Impiastriccerò dappertutto».

Felisa García ebbe un tuffo al cuore. Si era appena resa conto che era la metà di settembre e pertanto il fico, senza che nessuno vi prestasse attenzione, stava offrendo loro il regalo con cui ogni anno salutava l'arrivo dell'autunno. «Come ho potuto dimenticarlo?» mormorò l'ostessa.

Posò sul bancone due tazze di latte macchiato per i soldati, e uscì sulla piazza. Si avvicinò all'albero con timore, come se ne temesse i rimproveri. Spaventato dal suo arrivo, un gran numero di uccelli volò via in tutte le direzioni. La donna, alla quale le piume facevano ribrezzo, chiuse gli occhi e agitò le mani. Ma continuò ad andare avanti e, piazzandosi sotto la chioma dell'albero, si lasciò sfuggire un'esclamazione di meraviglia. I rami erano carichi di frutti violacei, così gonfi che in molti la pelle si apriva in strie color porpora, ferite dalle quali stillava il miele della polpa. L'odore dolce era così forte che si imponeva sulla salsedine del mare impregnando completamente l'aria. Nessun albero da frutto, in tutto il mondo, poteva vantare la voluttuosità del vecchio fico dai rami fragili.

Felisa García, provando una immensa gratitudine, pensò che doveva sbrigarsi a trovare barattoli per fare i fichi sciroppati. Proprio in quel momento il capitano Constantino Martínez si affacciò alla porta del Comando e le fece un cenno con la mano.

«Per favore, venga qui».

L'ostessa lo seguì in ufficio. Stava già per dire al militare che non aveva tempo da perdere in stupidaggini quando per poco le gambe non le cedettero. Markus Vogel, con addosso l'uniforme del pilota, i capelli corti e senza la lunga barba da eremita, era in piedi in mezzo alla stanza. Aveva lo sguardo spento, gli occhi rossi. Non sembrava molto soddisfatto della propria sorte. Invece Benito Buroy, seduto di fianco a lui, sfoggiava un gran sorriso.

«Cosa ne pensa?» chiese quest'ultimo all'ostessa. «Per fortuna quando Schmidt è stato colpito aveva la giubba aperta. Al nostro amico Markus va a pennello... Pare che potrà finalmente tornare in Germania».

Felisa García, che non si era girata verso Buroy, studiava l'uomo che aveva passato tanti mesi da solo su una scogliera.

«Come sta?» gli chiese.

Markus Vogel aveva in mano un portafoglio. Lì dentro c'erano i documenti del pilota, con i quali avrebbe potuto tornare in Germania, ma anche due foto che porse all'ostessa. In una la donna vide un bimbo con un aeroplanino in mano. Nell'altra un uomo e una donna anziani che guardavano la macchina fotografica con assoluta serietà.

«Non troppo bene», rispose il tedesco. «Ho ammazzato un uomo innocente».

«La colpa è stata mia. Sono stata io ad accusarlo...»

«Su, su», intervenne il capitano Constantino Martínez. «Le cose sono andate così, e ormai non si può fare più niente. L'ho chiamata per informarla che a partire da adesso tutto sarà un po'... irregolare. Ma lei non deve preoccuparsi. Il sottoscritto e il signor Benito Buroy, che appartiene ai servizi del controspionaggio spagnolo, insieme controlliamo la situazione. Perciò torni a casa e sia discreta. Mi fido di lei».

Benito Buroy si era alzato in piedi. Si avvicinò a Felisa e le appiccicò la bocca all'orecchio.

«Questo non può venirlo a sapere neanche suo cognato, capito?» le sussurrò.

L'ostessa non ebbe il tempo di rispondere. La sentinella, dalla porta del Comando, avvisò che la barca dei rifornimenti stava entrando in porto. Il capitano si sfregò le mani e guardò la donna con il sorriso insinuante di un prestigiatore che sta per terminare il numero.

«Venga con me ad accoglierla», le propose. «Forse mi sbaglio, ma credo che ci sia una sorpresa per lei».

Udendo quelle parole, a Felisa García, che quella mattina aveva già avuto abbastanza emozioni, batté forte il cuore. Seguì il militare brontolando, fregandosi il fianco con la mano e mormorando che l'avrebbero portata alla tomba fra tutti, ma intuiva cosa l'aspettava. Dal molo, man mano che la barca si avvicinava, riuscì a scorgere quello che aveva tanto desiderato e temuto. Su una sedia a rotelle legata come un'altra cassa a quelle stipate in coperta, il figlio maggiore tornava finalmente a casa da una guerra terminata già da tempo. Sebbene fosse diventato un uomo obeso e sciupato, con lo sguardo caparbiamente fisso in grembo e il viso tanto gonfio che stentava a riconoscerlo, Felisa García disse: «È arrivato il mio bambino». Non appena ebbero buttato gli ormeggi chiese che la aiutassero a salire sulla barca. Lo abbracciò senza curarsi del silenzio di lui, e voltandosi verso il molo dove si trovava solo il capitano, un po' infastidito dalla sgradevole visione del mutilato, gridò con orgoglio:

«È mio figlio! Un eroe della nostra guerra!»

L'eco le restituì la propria voce e il capitano Constantino Martínez, allarmato da quella dichiarazione, si sentì in dovere di far sentire la propria autorità.

«Finalmente abbiamo un carbonaio», affermò. «Speriamo che sappia fare il suo mestiere».

Il resto della mattina trascorse nella confusione prodotta dallo scarico dei viveri. Una pattuglia, comandata dal sergente Ridruejo, portò il cadavere di Hermann Schmidt al cimitero, dove venne seppellito. Rispettando gli ordini del capitano Constantino Martínez, scavarono una fossa profonda per evitare che i nubifragi lo riportassero in superficie. Non fu messo nessun segno di identificazione sulla tomba, che con le prime piogge sarebbe stata coperta dal prezzemolo.

Quel giorno nell'osteria i pasti furono serviti prima del solito, dato che la barca era pronta per il viaggio di ritorno.

Avvisate da Felisa García, che aveva finalmente tirato Paco giù dal letto per mandarlo come messaggero, Leonor e Camila ripresero il loro posto al tavolo vicino alla finestra. La bambina era ancora molto pallida, ma gli occhi le sfavillavano e si era messa il vestito uguale alle tovaglie. Felisa García, vedendola seduta lì, eretta e con quei modi da signorina, ricordò il giorno lontano in cui l'aveva vista per la prima volta e l'aveva fatta piangere con la sua brusca accoglienza. L'ostessa pensò che non ne azzeccava una, ma per fortuna la vita era lunga e le dava il tempo per rimediare ai suoi errori. Quel mattino si ripromise di correggere anche quelli commessi con Andrés e con il figlio maggiore, che pur avendo una madre era stato costretto a ricorrere alla carità, e di permettere a Paco di correggere i propri, che erano anche più dei suoi.

Per quanto riguarda Benito Buroy, stava per godersi il suo ultimo pranzo solitario. Dal tavolo in fondo all'osteria vide entrare Markus Vogel, impacciato nella sua nuova uniforme. Il tedesco salutò i presenti inclinando leggermente il busto e si sedette assieme a Leonor e Camila. Non aprirono quasi bocca, come se tutto fosse stato già detto o conosciuto. A un altro tavolo, Felisa García serviva il figlio maggiore, che mangiava senza guardarla e con una smorfia di fastidio sulle labbra. E, al bancone, Paco sembrava finalmente soddisfatto della propria vita. Scherzava con il medico militare, che era tornato a essere un uomo libero. Il Lluent era lì vicino, ma non parlava.

Non si trattennero molto a tavola. Il sergente Ridruejo entrò per annunciare che la barca si accingeva a partire e Markus Vogel si alzò. Leonor Dot rimase seduta con lo sguardo fisso nel piatto, ma Camila saltò al collo del tedesco. Questi l'abbracciò sopportando senza sforzo il suo peso leggero. Poi la rimise sulla sedia e, dopo aver osservato per qualche momento la nuca schiva di Leonor Dot, allungò una mano per accarezzarle la testa. Ma Leonor non alzò gli occhi.

«Non mi dimentichi», disse lui. «La cercherò non appena tutto questo sarà finito».

Solo quando Markus Vogel si scostò dalla tavola, Felisa García osò avvicinarsi per consegnargli un pacchetto avvolto in fogli di giornale. «Tenga, per il viaggio», gli disse. E il tedesco, dimenticando per un momento l'abituale timidezza, l'abbracciò. A Felisa García venne la pelle d'oca.

«Su, vada», gli disse. «Viva la sua vita».

Benito Buroy e Markus Vogel uscirono dall'osteria. Attraversarono la piazza e percorsero il molo fino a raggiungere la barca. Lì li aspettava il capitano Constantino Martínez per autorizzare la partenza.

«Sbrigatevi», ordinò, «il mare si sta increspando e non voglio più vedervi da queste parti».

Nel frattempo, all'osteria, il medico militare, un po' brillo per colpa dei bicchierini che gli aveva versato Paco, insisteva con voce strascicata che Camila doveva tornare a letto. Leonor preferì obbedirgli. Coprì con uno scialle le spalle della figlia e si avviarono insieme su per la salita che conduceva a casa. A quel punto, il Lluent scolò d'un fiato la sua acquavite e si voltò verso Felisa García.

«Stasera non verrò a cena», le disse.

Si avviò alla porta. Uscendo incrociò il capitano Constantino Martínez, che aveva deciso di bersi un bicchiere per festeggiare quella che sembrava la fine di tutti i suoi problemi. Il Lluent non rispose al saluto del militare, che entrò nell'osteria, si appoggiò al bancone e lo guardò allontanarsi verso il molo. Non avrebbe mai più rivisto il pescatore. Pochi mesi dopo, forse grazie al suo eccellente operato nella prevenzione dello spionaggio, lo trasferirono al reggimento distaccato di Algeciras. Il Lluent, da parte sua, scontò sei anni di reclusione nel penitenziario di Palma per aver ucciso un uomo e averne feriti altri due in una bettola di Colonia de Sant Jordi. Paco, in qualche modo, per tutto il tempo si occupò della sua barca.

Quanto agli inglesi, non invasero mai Cabrera.

Finito di stampare
nel mese di maggio 2006
per conto di Neri Pozza Editore, Vicenza
dalla Milanostampa/AGG di Farigliano (CN)
Printed in Italy